TIAO
WANG

眺望

王大进◎著

北京出版集团公司
北京十月文艺出版社

目录

目录

第一卷 Chapter 1

第一章

1

汤小兰一直都记得那场大暴雨。

它来得实在是太突然，又太猛烈了，把她淋了一个透心凉。汤小兰坐了好几个小时的汽车，然后她随着如过江之鲫的人流，拥出了出站口，孤零零地站在这个大城市的东郊长途汽车站的广场上。她的脚下，是那只灰色的旅行箱。箱子里其实空得很，只有少数几件换洗的衣服、洗漱用具，两本很多年前曾经流行一时的言情小说，封面都磨掉色了，书名也糊涂了。广场上是乱七八糟的人流，行色匆匆，他们都发现了天色不好赶紧四散开去……她却没有方向。在路上她就知道随时会下大雨，天色阴沉，乌云密布。她的心里也阴沉得很。广场外的道路上车来车往，穿梭不息。远处就是城市，她能看到无数高低不一的林立的各式建筑，完全看不到城市的边际。就在她犹豫不决的时候，她听到了一阵由远及近的声音，她还没回过神来，暴雨就从天而降。她听到了一片惊呼。她弯腰拉起箱子，才跑了两步，身上就已经湿透了……

雨水把她从头洗到脚……她觉得她完全就是淹没在一条很深的湍急的水流里。她没有挣扎，也不想挣扎。挣扎是徒劳的。雨水流进了她眼睛里，它们就混合着泪水流到了她的嘴里。她知道回转身，就可以走到候车大厅里去，那里可以避雨。但是她也知道自己已经被浇透了，浑身上下已经没有一点干燥的地方，回到大厅里她只会撞到无数射向她的讶异的目光。她宁愿退到广场边缘的一个售报亭那里站着，继续接受大雨的冲刷。

“这是这个城市给我的见面礼，一场猝不及防的大暴雨，把我的全身都浇透了。”她后来在笔记本里写下了这么一句。

大雨下了也就二十多分钟的样子，突然就又停了。原本黑沉沉的天空，密布的阴云慢慢散开，甚至露出了一小块蓝天来。而西边的太阳猛地撕开了厚厚的云层，就像舞台的大幕突然被拉开。天地之间，刺进了大片金色的阳光，把整个城市都照亮了。一些高楼顶层的玻璃幕墙映着灿烂无比的阳光，就像是一把把火炬被点燃。整座城市仿佛就被赋予了特别的魔法灵性，会发生许多的奇迹。

她的心也亮了，一点点地亮，一点点地亮……

这是一个新的开始吗？她在心里问自己。但是她也知道，这是一个不能自问自答的问题。她所能做的，就是把自己交出去。交给这个城市，交给生活，还要交给时间。然而时间是不可回放的，就像流向海洋的小河水。幸好这个世界上有人喜欢写作，喜欢用小说的形式来描写生活，才能够让她的生活可以重现。

她当然不会知道。

2

没人说得清，人的命运拐点发生在什么时候。很多时候是不知不觉完全被蒙在鼓里的，都是事后才知道那原本不经意的一次见面，或者一件小事，正在决定着你一生的走向。

不知道为什么，汤小兰第一眼看到郎宇光的时候就想到了很遥远的一个人。遥远，又亲切。他是从逝去的时光里，突然浮现出来的。她完全不知道这个看上去让她想到了遥远过去的一些事情的这个男人，将要改变她的命运。

是的，当时他是个和她完全不相干的男人。

汤小兰记得很小的时候，村里就传言说要在东滩那里开采石油。

东滩是一片荒地。

那些人是坐着大卡车来的。卡车在村外的那条公路上开来的时候，车后尘土飞扬，远远看上去就像是一条长龙在翻滚。他们清一色地穿着蓝色工作服，头戴安全帽，从卡车上面搬下来很多又重又笨的大家伙，还搭起了帐篷。村里男女老少一窝蜂地全拥去看了，甚至连小猫小狗都跟着去了，比来了马戏杂耍的班子还要热闹。如果真的开采出了石油，他们相信就可以随便地点灯了，而且，这里说不定就会变成一个城镇。虽然村里人谁都没见过大城镇，但都知道城镇的种种好处。甚至还有人梦想说，一旦油田开采了，到时就会在村里招工。村里的男男女女都成了工人阶级，拥有城市户口。城市户口是可以一直传下去的……代代相传，这实在是一个美好得不能再美好的愿望了。

村里热闹了好一阵子，但这些人在数月后却悄悄地把帐篷拆了，又开着大卡车绝尘而去。村里的老人提起这事，就有无限的感伤。对于这样的事，汤小兰其实并不怎么记得，只是后来有人谈起来才觉得有点隐隐约约的印象，非常地模糊，就像是褪色的黑白老电影。她能记住的是另一件事，就是还在她读小学时，家里突然住进了三四个人。有时三个，有时四个。为首的是个大高个，黑黑的，笑起来有一口洁白的牙齿。他们叫他谢队长。

谢队长不是来开采石油的，而是搞地质测绘的。他们是白天出去，晚上才回来。他们在她的家里代伙，仿佛是很快乐的样子。他们驻扎在这村里，没有住到村东的一个老师家，也没有选择住到村里的干部家，显然是看中了他们家比较干净，而且汤小兰的妈妈曹淑英算得上是个非常能干的主妇，饭菜也烧得有滋味。

汤小兰那时候并不知道他们是干什么的，她对谢队长多少有点惧怕。因为他们完全是陌生人，突然闯进了这个家里。但是谢队长却很喜欢她，对她的哥哥和弟弟却是视而不见的样子，只是偶尔才开个玩笑。

“你这闺女真的俊，”谢队长不止一次地对汤小兰的父亲说，“像画上的小人似的。”

谢队长每次有事去县城回来都要给汤小兰一大把水果糖，硬塞到手里。把汤小兰羞得不行，小脸就像搽了一层胭脂。她有点怕他，又有些喜欢他。怕他是觉得他太高大，喜欢他是因为他对她很好。虽然她那时还小，但已经觉得一个男人对她这样好是件很特别的事情。

她分不清那是怎样的一种爱。

而她越是这样羞涩，谢队长就越喜欢她。他搂她，用胡子扎她水嫩的小脸。他说自己家也有一个女儿，和汤小兰差不多。“这姑娘太可爱了，长大了，不得了啊，一准是个大美女，鸡窝里飞出的凤凰啊。”

他简直就是赞不绝口。

对他的赞誉，汤小兰的父母只是嘿嘿地赔笑。农村人不太讲究这个。再漂亮的姑娘长大了也还是得嫁人生子，抵不过吃苦耐劳实惠、重要。看人漂亮，只是城里人的标准。

汤小兰后来想起来，她第一眼看到郎宇光感觉有点熟悉，既不是因为他长着像谢队长一样的黑脸，也不是像谢队长有一口洁白的牙齿，而是笑起来有点弯的眼角。是的，她一下就回忆起来了，这特征是那样的明显。她平时从没注意过男人的眼角，但直到看到郎宇光才意识到原来谢队长正是这样的。她后来有意注意别人的眼角，都不会动。郎宇光长得不黑，牙齿也就不显得那样惊人的洁白。他瘦瘦的，说话的声音比较低。一双眼睛倒是很亮。她不知道他的真实年龄，看上去比较年轻，但说话做事分明又是很有岁月历练。在那之前他们从没见过面，但第一眼突然就有了一种熟悉的东西，只能说是冥冥之中的一种安排？

“你刚来的？”他这样问。

她的脸红了，仿佛是做错了什么事。他看人很准？反正他是说中了，她的确才来这饭店不过半个月的时间。其实他所以这样说，只是因为他是这里的常客。

他之所以特别注意到她，是因为她不像一个低眉顺眼的服务员，倒像是个来实习的大学生。当然，他还在她身上看到了一种特别的美。是的，她是个年轻漂亮的姑娘。这种美很大一部分被她不自觉地掩盖了，还没有溢散……

他想他可以让她的美，在今后绽放出来。

3

小时候漆黑的夜晚，汤小兰会在家门前看到远处有一处特别的光亮。在黑夜里，那光亮就像是出现在地平线上，给她心里一种特别的温暖。白天就不见了。

“那是什么呀？为什么那里会亮？”她好奇地问奶奶。

“笨蛋，那是城里街上的路灯。”哥哥汤爱军抢着说。

“电灯就有这样亮吗？”

“是哩，电灯亮。电灯能照好几百里哩。”奶奶说。

哥哥就“嘎嘎”地夸张地笑起来，大喊着：“好几百里，好几百里。我们能看到北京的电灯呢。”

“我们为什么没有电灯？”她害怕黑夜，喜欢光亮。

“城里才有电灯呢。”奶奶说。

汤小兰后来知道，那远处并不远，也就只有十多里路的样子，是一个小镇。他们连一百里地外的县城的灯火都看不到，而且县城里的灯火要比小镇上的灯火明亮一百倍呢。更别说北京了，完全是看不到的，相距太遥远了。小镇上到了夜晚，家家户户都点上电灯。因此尤其是在天气阴沉、云层很低的时候，从远处看，小镇就散发出朦胧的光亮。

很多时候，她会呆呆地向远处眺望，眺望着那处朦胧的灯火所在。

她喜欢夜晚的灯火。

汤小兰自小就有一种对光亮的向往，而只有城镇才可以让黑夜也能灯火通明。

城里比村里好得太多了。

从村里人最早的石油梦里，她就知道人们对工业文明是多么地热切。城乡的区别太明显了，完全就是两个不同的世界。她从人们谈论这事的神情里知道，一个人在外工作是件很威风体面的事。城市里热闹，会有好多好吃的，有好看的花衣服，有新鞋子穿，能经常看电影，能拍照片……

“等你长大了，我把你带到城里去好不好？”谢队长曾经说过的这句玩笑话，在她已经读了高中的某一天，突然跳到了她的脑海里。是的，这句话在瞬间点燃了她心里的火苗，就像家里用着的沼气，跳跃起了蓝色小花。她想她可以努力去考大学，说不定就能考进城里去呢。或许有那么一天，她会去找那个谢队长，会不会让他大吃一惊？

汤小兰记得那年谢队长走的那天，她和妈妈曹淑英正在村外东滩的那片一望无际的苜蓿地里挖野菜。

苜蓿开着蓝色小花，开得又密又多，简直就像晴朗夜空里的银河里的星星那样的密。天很蓝，太阳在头顶上明晃晃的。四下里没什么风，苜蓿地里蒸腾着一股忧伤的味道。她知道那是香味，但她却分辨不出那是一种什么香，只记得那种香味让她有点鼻塞，像是感冒了一样。一切都安静极了，她看到天上有小鸟在飞，一点声息都没有，就像是蜻蜓掠过河面。一些蜜蜂倒是“嗡嗡”地叫着，在各个花朵间出没、忙碌。她注意到妈妈有一会儿直起了身子，朝村口的那条路上张望，然后看到那几个人离开了村子。

“他们还会再来吗？”她问。

她记不得妈妈是怎么回答的了，或者干脆就没回答。就在前一天，她放学回家的时候发现家里只有谢队长和妈妈两个人。妈妈的眼睛有点红红的。

谢队长他们走后，就再没来过。一晃好多年过去了，有一年家里突然收到了一个明信片，是谢队长寄来的。明信片是哥哥从大队部拿回来的，上面写的是父母两人共同的名字。明信片上印有背景图案，是南京栖霞山的秋景。到处是红色的枫叶，一带江水在山脚下奔流向东……下面的落款是：谢明达。

“老谢这人……还没忘记这里。”父亲说。妈妈没吭声。那张明信片后来就一直放在窗台上，非常扎眼的样子。父亲有时还会主动和村里人说起谢队长，说他人不错，性格爽朗，没架子。听的人就笑笑，也有搭话的，说的都是着三不着四的。直到那张明信片上落满了灰，最后不知道啥时消失了，父亲才终于在家里也不再念叨。

汤小兰幻想自己有一天也能成为城里人。

但她只能在心里悄悄地想，不能对任何人说，甚至不能对妈妈说。她知道这是完全没有可能的白日梦，要是让别人知道一定会羞死人的。但她却禁不住心里有时会悄悄地想，要是她也生活在城市里，那有多好啊。尤其是到了夜里，村里静得不得了，屋里一片漆黑，屋外同样黑暗，或者是有些星光月色时，她更是忍不住会想。她的思绪会变得非常细长，就像是村里谁家炒了鸡蛋饭，或者是油炸肉圆那样的香味，随风飘啊飘……那香味能飘得很远很远，飘得无声无息，直到最后完全散去。那最终消失了的地方，就是非常遥远的一个什么地方。她想，城市就应该是在那非常非常遥远的地方的尽头。那里到处是林立的高楼，人们穿着各种各样好看的漂亮衣服，商店里有各种各样好吃的糖果。那里的一切非常地喧闹，和空旷寂寞的小村庄完全不同。

她有时会觉得这很羞耻，觉得不应该这样去想。

然而，哪个小姑娘不爱做梦呢？尤其是她的内心那样地玲珑剔透，就像一块透明的多棱水晶，只要放在阳光下，就会发出五彩缤纷的耀眼光芒。

“这姑娘是玲珑心。”村里的一个八十多岁的老太，那时每次看到汤小兰，都会长长地叹着气说，没人真正懂得她说的这个“玲珑”是什么意思。是夸赞？

汤小兰其实是很羞涩的一个小美女，而且学习也用功。因为她羞涩，她害怕成绩不好被老师提问。她的努力是藏着的，别人在外表上看不出来。初三时她的成绩下滑，一个人偷偷地哭过好几次，哭得眼睛红红的。其实她的成绩在班里已经很好了，但却比不过另外两个男生。她希望自己的成绩能超过他们。她希望自己有一天能考个师范，在县里或是乡镇当个小学老师也是好的。

“好好学，将来考到城里去。”汤小兰记得妈妈一直这样对她说。在心里，她很感谢妈妈，觉得妈妈虽然也只是一般的农村妇女，但在学习问题上却表现出很坚定的支持态度。村里有一些年龄和汤小兰相仿的女孩子，早回家帮着干活了。

“你家小兰将来肯定能考上大学，不用愁。”村里的妇女们常这样说。不管她们是真心的祝福，还是假意的说笑，曹淑英并不做太多的回应。

“曹淑英嘛，人好看，心气也高，多少年了也不变。”她们说。她们不需要再多说了，因为她心气再高，人再漂亮，也不过就是嫁了汤立德这样的男人。在她们眼里，汤立德并不比自己的男人强半分。甚至，他还不如她们的男人。

“现在她的心思，全在女儿小兰身上了。”她们说。她们看出来了，这倒是不假的。曹淑英希望女儿能有和她不一样的命运。

谁都看得出来，汤小兰越长越好看了。她上初中的时候，就像雨后竹林里的笋儿，一个劲地往上拱个子。谁见了都说她长得太单薄，太瘦。她一下子拔得太高了，细长细长的。父亲汤立德就担心她长得太高了，女儿家长得太高了，将来不太好嫁人。但妈妈曹淑英却很肯定地说：“她就是瘦显的，看上去细高。”显然，她对自己的女儿有数得很。中考时汤小兰的成绩不错，居然考进了县二中。全校只有三个人考进了县二中。县二中离村里相隔有一百多里地，所以，汤小兰通常都是个把月才回来一趟，来去匆匆。有时，两三个月才回来一趟。第一学期结束回到村里进了家门时，曹淑英一下子都没反应过来。

她真的长大了，而且，变了。

那一眼，让曹淑英心里“咯噔”了一下。细看，女儿的确还是原来的样子，可是分明又变化很大，明显了。女儿成人了。女儿美，青春逼人。这样的惊艳，肯定不仅仅是因为她们有一段时间不见了，而是这一段时间女儿确实在身体上有了惊人的变化。她的眉眼和腰身全伸展开了。如果说原来女儿是一枝花骨朵儿，现在是慢慢绽放了，好看得都有点让她这个做妈妈的无法接受了。

女儿一定是会离开家里，离开村子的，她想。她相信女儿一定能考上大学，去到外面的大城市里读书。而既然考上了大学，也就不可能再回来了。女儿不适合这个小村子。或者说，这小村子盛不下女儿的美。如果说她有遗憾，那就是大儿子不爱读书，和他妹妹完全不同。他读到初中就不再读了，执意早早回家，宁愿帮着家里下地干活。女儿成绩好，家里所有的希望就寄托在汤小兰身上。曹淑英甚至希望在汤小兰这个姐姐的带领下，她的小弟弟也能有点出息。

但两年后汤小兰却失败了。

那个夏天就像是一场梦魇。

整个大地都被晒蔫了，所有的村庄都是静静地接受着太阳的灼烤。天空上连一只飞鸟都看不到，只有河流还在流淌，仿佛在向远方运送着热烫。

太热了，每天太阳刚出来，就热得人喘不过气来。要是没有特别要紧的事，人们都不愿跨出家门槛半步。就算他们蛰伏在屋里的阴暗处，也止不住流汗。瓜果在火热的大太阳下，迅速地热熟了。有些来不及采摘都烂熟在了地里，弄得整个村子里弥漫着一股熏人的甜味。苍蝇们"嗡嗡"乱飞，趴在烂熟的溃面上大快朵颐。村东那片地里的大片芝麻还没等得及收割，就全都炸裂了。它们在烈日下噼啪作响，细小的籽儿就直接从裂开的壳里蹦了出来。人们一边淌着汗一边咒骂着这酷热，盼着天气尽快地凉下来。平时最不安分、到处东嗅西嗅的狗们都不动了，伏在阴影里伸着舌头，大口地喘着气。到处都是烫人的空气，把一切都包裹得紧紧的，紧得你都透不过气来。

汤小兰的心里却比炎热更热，她盼着期待中的分数……她在心里无数遍地祈求，哪怕只是正好站在录取线上，她就满意了……

她那阵子天天盼，没日没夜地想。每天都向村口张望，指望能看到镇上邮递员的身影。差不多等了整整一个夏季，也没等来消息，就好像她压根没有参加过高考一样。她知道她的同学中已经有人知道了分数，而且还拿到了录取通知书。她在一个大热天专门跑了学校一趟，却连一个值班老师都没遇上。她找到了另外几个同学，探听到的情况都不太好，大多是考得很差。她想找班主任问问，可有同学告诉她，班主任生病住院了。

很明显她是落榜了，如果考得好早就应该接到通知了，班主任会第一时间通知她。她的心火灭了……刚考过的那些日子，她心里还有熊熊烈焰。那烈焰，烧得她的脸都红红的，眼睛也是亮亮的。她觉得以她自己的能力，她是拼尽全力了。对自己她是有预判的，觉得发挥得还好，至少比她想象得要好。可是，这样的信心火苗随着时间一天天地流逝而变得微小起来，就像是快要把油耗尽的灯芯。终于熄灭后，连灯芯的灰烬都冷了。冷得彻骨是她最后一次打通了教务处的电话，电话那头的老师用非常肯定的语气告诉她，她没考上。

“你的分不够，我要查查，但肯定没上线。”那个老师说。她不知道是哪一位老师，也许她根本就不认识，但他那么坚定的语气是不会骗她的，“这次考试很难的，不少平时成绩不错的，都考砸了。”

“要不我们再复读一年吧，”妈妈说，“明年再试一次。”

汤小兰知道，妈妈这样说只是在安慰她。如果她复读一年就一定能考上吗？她相信妈妈的心里也是没底的。所以，妈妈那样说时语气显得有些犹豫。妈妈当然也是在试探她的勇气和决心。如果她坚持，她相信妈妈也会同意的。当然，父亲也会默许。但她那阵子情绪低落，害怕自己会再次失败。

她对自己没信心了。

汤小兰在心里没法接受自己居然没能考上这样的现实，这个打击太沉重了。她一个人暗里哭了无数次，泪水都快要把她淹死了。如果能淹死，她多么希望能够就这样淹死啊。就像有一两年大沙河上游漂来的年轻女尸……

那一整个夏季对她来说，是漫长的煎熬。

天气说凉就凉。

大风吹走了暑气，连田间地头的枯草和塑料片儿都吹了起来，就像风筝一样被扯上了天，最后消失得无影无踪。天空被风吹得就像一块纯净的蓝布，看不到一缕云丝。大沙河的河水也被吹得变蓝，蓝得发黑了。汤小兰慢慢从痛苦里挣脱出来，开始和父母一起下地干活。其实她怎么可能挣脱得出来呢？她只是必须要接受这样的结果罢了。既然已经没考上，那就只能老实地在村里下田劳作。

就在这年的冬天，村里居然又来了一批勘探队，说是要在东滩再次探测油田。汤小兰是亲眼见到了，来了好几辆车，车里装的应该是一些钻探设备。但村里人却摆出一副司空见惯的样子，没有过去那样兴奋地去奔走相告。他们有点不再相信了，更主要是时代变了，村里人的见识不一样了！他们从电视里知道了外面更广阔的世界。再说这些年里有越来越多的青壮年出去打工，在南方的城市里有了各种见识。甚至还有两三个才过门不久的小媳妇，都去了韩国、马来西亚打工，年年往家里汇钱。汤爱军也出去了，在南方的一个小城市里干零活，什么能挣钱就干什么。

汤小兰不羡慕村里那些打工的。

最让汤小兰向往羡慕的还是那些在外地工作的人。原来只有参军入伍的，后来有一些考上大学的。邻村有一个人在外面据说当了很大的官，大到村里村外的人都只是听过他的名字而没见到本人。他几乎就不回家乡。那人出去得早，本村里的人有七成都不认识他，只有上了年纪的，才记得他年轻时的样子。那人也是考上大学出去的，先在西北的一个国营工厂里当普通的技术员，后来一步步地官当得越来越大。到底有多大，也没人说得清。有说是省委书记了，也有说是省长。汤小兰听说过有一年那人回来奔丧，是他的老母亲去世。他是坐车回来的，一辆军用吉普，身后跟着两个警卫员。乡下人不知道别的，但知道就算是县里的县长都是没有警卫的，可见人家的身份大多了，大到他们实在是无法想象了。

当汤小兰那天看到勘探队再次到来，她突然决定离开这里，也到外面的世界去。尽管她内心里一点也不向往打工，可现在却变得非常地坚决。

“你出去干吗？”曹淑英听到她这样的决定，大吃一惊。

“打工啊！”她语气坚决，“服装厂、饭店，都行啊。别人能干的活，我也能干。”

汤小兰打定了主意要这样去做。村里村外出去打工的不只是男人，有不少是姑娘呢。她们在外面能生存，她相信自己也一定行。她当然也知道打工肯定是辛苦的，但她在思想上有准备。既然没考上大学，她就要靠自己的双手养活自己，还要为家里挣钱。田里刨不出金子来，打工也不会有发财的机会。但是打工的收入总是比单纯地种地要强。她和哥哥都到外面去打工，就会减轻家里的经济压力。那样，弟弟就可以更好地读书。

汤立德开始时是反对女儿出去打工的。作为一个父亲，他有太多的担忧。关于打工，他是听过有不少的传言的。儿子在外打工好几年了，他一直是放心的。他自己也曾经出去干过了一阵，挺好的，虽然辛苦。农村人，不怕辛苦，再辛苦也能顶得住。可是女孩子家出去就不一样了。女儿的漂亮，是最让他感到不安的因素。十里八村也挑不出和女儿一样漂亮的姑娘来，而越漂亮，越让他不放心。

但是曹淑英却显然对女儿有更多的信任。她觉得如果不让女儿出去，也许女儿就会疯。这样的事情是有例子的，隔壁村里有个姑娘就是特别想外出打工，家里人不同意，好好的一个大姑娘就疯了，经常脱了衣服光屁股满村跑……

最终汤立德还是妥协了，他只是希望女儿汤小兰出去能学好，不能学坏，挣钱多少倒不是主要的。作为家长，他觉得名誉是最重要的。孩子们可以在外面晃荡，因为面对的是一个陌生的城市。但是他们作为父母，要在这个村子里做人，面子不能丢。

这是很重要的，他想。

4

几年之后，汤小兰对自己当初进城时的那种迷惘与窘迫，感觉已经不真切。她能记住的就是那场大雨，把她浇得很狼狈。

狼狈的不只是她。当她站在广场上的那会儿，她看到一个年轻的女人正在用力蹬着一辆小货车。货车的车厢里装了几包货物一样的包裹。车子在路边的护栏那边显然遇上了障碍，她怎么用力都越不过去。汤小兰看到了，就赶紧跑了过去，在后面用力地推了一把。小车腾跳了一下，越过了那个隔离栏。当越过的那一刻，骑车人回过了头，向她一笑："啊，谢谢。"

那是一个年轻的、漂亮的，而且时髦的女人。

不知不觉，汤小兰出来打工已经一年多了。她第一站到了淮南，因为她听说有个高中同学也要到那里打工。她希望能找到那个同学，因为那个女同学是她过去比较要好的一个室友。然而，她寻找了好多天也没能打听到。她家人提供的地址和电话仿佛都是错的，要么是号码不对，要么就是路名不对。这样的错误当然很拙劣，但这就是城市和乡村的不同。不同就会有错误。

淮南是一个小城市，但在汤小兰当时的眼里已经是个很了不得的城市了。在此之前，她从没进过真正的城市，哪怕是个小城市。她一进城，立即被到处林立的楼房和街道弄恍惚了。城市太壮观了、壮观得超过了她的想象。与乡村的自然随意相比，城市是刻意的，规划的、秩序的、工业化的。城市里到处是忙碌的人啊，杂乱又有目的。她要找工作，问了一些地方，那些人都用怀疑的眼光看着她。在那一刻她才知道工作并不好找，即便你要的只是一份打工的活。

在一个快餐店里她干了三个多月，弄得自己蓬头垢面，晚上三四个女孩挤在一个不到十平方米的小黑屋子里。她不是嫌脏嫌累，而是不喜欢那样的环境。她感觉自己像是在打黑工一样。之后她又换过好多地方，其实工作性质都差不多。天上不掉馅饼！那段日子，她感觉自己把世间所有的劳累都体验过了，所有的辛酸都尝过了。好几次她都试图打电话，想问问哥哥或是别的什么同学、同乡那里有没有工作干，哪怕就是当个缝纫学徒，可是最终还是忍住了。她也想过回家，放弃这样的漂泊。出来后的某一天晚上，她无意中在随身的那只箱子里，发现夹层里有一封信。说信或许并不准确，是妈妈写在弟弟的一张作业簿上的。

小兰：

你明天就走，妈妈希望一切都顺利。在外打工不容易。出去后，要保护好自己。挣不到钱不重要，人平安才最好。万一在外不顺当，一定要回来。

妈妈

汤小兰看到这个纸条的时候，眼泪夺眶而出。妈妈其实识字不多，字迹歪歪扭扭的，写下这几十个字真的很不容易。如果说没有妈妈的这张纸条，或许她有一天就会回去，可是现在她怎么也不能让妈妈失望。不，是她怎么也不能在妈妈面前认输。她已经在高考上输得很惨了，她怎么可能再在这件事情上输掉？这是门槛低得不能再低的事情了。她之所以会输，无非就是自己不肯把身子伏得再低一些……

她愿意继续到别处去试运气。

汤小兰相信自己一定能找到合适的工作，只要她不计较太多。她愿意去吃苦。她越走越远，故乡在身后被拉得也越来越长。她不害怕自己走得远，甚至不怕自己消失在远方……

雨后的城市让她产生了一种新感觉。

“经过风雨的洗礼”，她当时在心里这样祝愿。城市大，机会就要多一点，她想。后来仿佛也真的被她证明了，她每询问一家，对方都是先用狐疑的目光上下打量她一番，见她十分地诚恳后基本都愿意接收她。她什么活都愿意干。尤其是长途汽车站那一带，简直所有的小饭店都缺人手，因为那些打工妹的流动性太大了，三天两头地换人。

情况真的在好转。几个月后，她在市内找了一份还不错的工作，活轻松，工资也高。那是一个比较大的饭店，在繁华的商业区里，甚至可以说是算得上高档。老板对她的条件非常满意，让她站在门口迎宾。并说以后有可能会让她从事更好的工作，比如收银什么的。

饭店里的姑娘们都有统一的服装，她则被要求穿上红色的旗袍。她开始有点紧张，但老板要求她必须穿。那身旗袍穿在她的身上，立即点亮了店里所有姑娘的眼睛，每一双眼睛里都冒出了漂亮的小火苗。她自己也吃了一惊，在镜子里她看到的是一个和过去完全不同的姑娘。那鲜亮的红色旗袍，也照亮了自己的双眼，变得格外地明亮，映得她雪白的脸庞现出迷人的红晕。光滑的绸布，非常合体地包裹着她那一下就变得婀娜多姿的身体，上身和臀部就像起伏的山峦般迷人，而修长的双腿在袍衩间若隐若现，格外妖娆。

一件衣服就能改变一个人，尤其是姑娘。这真是太奇妙了，她想。

但是她慢慢地就不再喜欢穿着这旗袍迎接客人了。她觉得他们的眼神都有点特别，甚至有些喝多了酒的客人对她还有一些不三不四的言语和小动作。她真的很不喜欢，她也不盼着以后去做什么收银，她宁愿立刻和别的姑娘一样去端盘子。店里的姑娘们来自四面八方，身高长相不一，但基本身份都和她一样，来自某个乡下。她在那个店里干了好几个月，最后还是离开了。她不想在那个环境里受气，因为她明显能感觉到老板娘在处处刁难她。她是清白的，为什么要受那样的气？

城市里的名堂多。

汤小兰还做过促销，卖化妆品。她开始显然是想得简单了，但一天站下来，到了晚上整个后背都痛。而且，嗓子也疼。其实她不怕苦，但感觉那个公司是在坑人。那些化妆品说是进口的，其实却是乡镇小厂生产的。更主要的是她觉得自己没法骗人，她觉得那样骗诱过往的女生很可耻，心里跨不过那道槛。所以她在那个公司的集体宿舍里住了一个多星期，就又离开了。

“工资也不要了？”领头的那位妇女感到有点意外，“那你辞了，再做什么好工作？”

好工作是没有的，这点汤小兰清楚。又轻松又挣钱的工作，是不存在的。她知道有一种工作是可以的，但她想都不会去想。

年轻漂亮的女孩在外面其实是有风险的，诱惑太多。汤小兰心里明镜似的，她觉得自己是能把握好的。她出来了，就会特别注意，绝对不做让父母蒙羞的事。她知道村里出来的姑娘中，有人是做了不太光彩的行当的。

一切苦累，都是自己应得的，她常常这样想。如果她当时在学校里再刻苦些，成绩再好些，就一定不会是现在这样子。她也知道自己当时的学习还是比较认真的，有时候别的同学还会到县城里的大街上去逛逛，她却一个人躲在宿舍里看书。她知道隔壁班上至少有五位同学考上了大学，自己同班的下铺的同学平时成绩并不好，据说也考进了一所职业学院。汤小兰甚至有点后悔，也许她真的应该再复读一年。然而，这又如何可能呢？她知道家里的负担。而且，她没有回头路好走。

人和人的相遇，有的只是擦肩而过，有的却有交集。就在她辞去推销化妆品一个多月后的一天，她在商业街上闲逛，看到了一个服装店的橱窗里挂着一条蓝色的旗袍，她就被吸引过去了。是的，她穿过红色的，要是穿上蓝色的又会如何呢？她都有好久没有认真地看到自己穿上漂亮衣服后的样子了。她进去后，突然发现那个店主有点面熟。那个女店主也有点发蒙。

“好像在哪见过你。”女店主说。

汤小兰心跳有点快：“是啊……感觉有点……面熟……在哪见过？”

就是忽然之间，汤小兰想起来了，她是那个在雨中踩小货车的女人。就在她几乎要脱口而出的时候，那个女店主显然也想起来了：“哎呀，你是不是帮我推过车？”

两人的喜悦都蹦到了眉梢，这份意外让她们差点就抱到了一起。

5

女店主姓程，程蕊蕊。

程蕊蕊是个漂亮女人。中等个头，看上去比较小巧。她不仅时髦，还比较前卫、新潮。短发染了色，一半是火红的，一半是褐色的。前额处却又染了一绺蓝色，就像是湖水一样的蓝。她皮肤白皙，脖子长得很好看，细长的，那弧度曲线简直就像是天鹅一样的优美。她喜欢穿低开的 V 字领，锁骨处有着迷人的浅坑，就像酒窝一样。她喜欢穿黑色的窄腰短裙，显得她的腰肢纤细。

她就是人们所说的那种小女人，汤小兰想，美丽，惹人怜爱。但她却又是一个很能干的女人，内心也精明。程蕊蕊说，她第一眼以为她是学生。那阵子正是开学季，有好多女大学生来逛她的小店。当她得知汤小兰还没找到合适的工作时，简直就是喜出望外。

“到我店里干吧，”她说，“来吧，真的，我不亏待你。”

汤小兰被这意外弄得有点发蒙。

“谁让我们这样有缘呢。你说我们这算不算有缘？”她说，“真的，如果你真的要找一份工作的话。”

女店主说得坚决。她相信汤小兰是个不错的姑娘，因为她相信自己心里的基本判断。她当时正缺人手呢，原来店里用的是一个亲戚家的小姑娘，但那小姑娘最近却经常三天两头地有事请假，这样她一人就撑不住了。她一直想再找一个店员，但没个合意的。她这生意必须要找个自己放心的人。那阵子正为找不到合适的人而犯愁呢。那个亲戚不够勤快不说，还略显笨拙。程蕊蕊说怎么教她都教不会，她有耐心教，小姑娘却没耐心学。她待她并不薄，但小姑娘还是回去了，说是要结婚嫁人了。而程蕊蕊不可能没日没夜地守在店里，她除了要回家照顾孩子，每过一段时间还要去进货。她真是疲惫得不行。

她太需要有一个人帮她了。而还有谁比汤小兰更合适呢？

她坚信汤小兰是最好的人选了，直接送上门来的。

这是自己的运气，她想。

第二章

1

郎宇光是个生意人，公司经理。

那场大雨改变了郎宇光的行程。本来他是晚上五点的飞机，要飞到北方的一个城市去，结果机场方面说北方那个城市在下大暴雨，雷电交加，飞机没有飞过来，延误了。所以，他只能留下。既然飞不成了，那就还得处理这边的事情。他想到和银行的关系，就决定请相关的客人吃饭。大事小事都是事，大事处理不了，就得解决小事。

他喜欢在聚香楼请客。

聚香楼在湖南路上，粤菜的名气大。他邀请的客人除了银行的一位支行长，还有几位机关里的处长，还有一两位是生意上的合作伙伴。自然还要关照他们带上一两位异性朋友，有了异性，席上的气氛会更好。大家都是圈内人，不必避讳的。

郎宇光原本不是生意人，但他阴差阳错走上了这条路。

这生意一做就不觉做了好些年。熟悉的人中有人做得很大，有人却早已经失败不干了，甚至还有破产的。在别人眼里，他也算是一个有钱人了，名下有两三个小公司，经营着不同的项目。但只有他自己心里清楚，有的小公司不赚钱，甚至是赔钱的。赔钱的小公司从事的项目其实很有前景，非常诱人，但一直就是不赚。他好几次想放弃了，却又一直犹豫着。

郎宇光骨子里有野心，但他性格上还是有弱点，所以离到达成功总是隔着一段距离。实际财富和他内心的期望，相距更是遥远。可他不服输，因为他眼看着一些能力远不如他的人，做得风生水起。他当然知道其中猫腻。他知道这里面有多脏，有多黑。他也不清高，也会干，但往往还是干得不到位，缺乏坚定的执行力。其实他事情没少做，可就是说不清为什么总是缺那么一点点。就像一个高妙的厨师做的一道绝顶美味，调味、火候多一点点就过了，少一点点就不够。

所以，他有时不免感到苦闷。他在生意场里结识各种各样的人，但他一直觉得缺少一个真正能帮他把事业做大的人。生意场上的规矩他也懂，有时出手也算是不凡。他深谙这年头一个商人要想发财，背后必须得有靠山，还有就是够“狠”。无论做哪一行，其实都要“狠”，不“狠”做不成大事。他听说过许多“狠”的故事，对自己狠，也对别人狠。能对自己狠的人，必然对别人狠。刀割自己的肉，到底是疼的。刀割别人，却只有快感。

这些年里他也结交了不少人。打交道的人里，有的接触得多一些，有的少一些。交道打得少的，往往倒是最重要的人。那些重要的人他们往往有更重要的事情要做，所以和他交往也只是场面上的客套。生意做得大的，都是可以进入到权力的深宅大院里去的，就像是新女婿能够进入岳丈家去拜见。他却最多只能站在前厅，里面的人高兴了，传话出来让他等一会儿，允许他坐下喝口茶。更多的时候，他连大门都进不了。而之后，他看到的是一场豪华盛筵，眼睁睁地看着别人狼吞虎咽地大吃，他却不能近前。最多是等别人散去，才能凑上前吃点残羹剩饭。他不死心，一直不死心，努力寻找着各种机会。他也要吃大餐。他相信只要有足够耐心，总会有一些机会的。他只是说不清机会何时能来。

客人基本都来了，大多是熟悉的。不太熟悉的就是一位瘦子，说是郊区的副镇长，姓葛。郎宇光去过那个镇，只是从来没和这位葛副镇长打过交道。还有一位客人身份不明，中等个头，微胖。

葛副镇长是银行行长的朋友。

这些年随着城市的不断扩大，房地产越来越蓬勃，郊区乡镇不比往日。好多拆迁的农户发了财，通常是一幢房子能换来两三套商品房，甚至还有现金补贴。郎宇光见过一个厉害角色，那人办了一个饲料加工厂，都快倒闭了。结果，正好高速公路从他那里经过，他就凭那破旧的两排厂房得到了一千多万的拆迁补偿款。而城郊的乡镇长们更是牛气得很，那派头一点也不输给市里大机关的处长们。对于财富，他们不掩饰，满不在乎。在村民们面前，他们是领导干部。到了城里，他们又常常以没文化的乡下人自谦。但他们的自谦是假的，语气里其实是满满的骄傲。他们的收入虽然比不上成功的生意人，但比在机关里当一个普通的处长要强多了。所以到了城里的酒桌上，两杯酒下肚，很快就袒胸挽袖，喧宾夺主起来。他们最豪迈的说法，就是邀请你去他的地盘上。在那块地盘上，他就是说一不二的主人。大口喝酒，大块吃肉。

郎宇光倒是喜欢和这种人打交道，简单。他也有朋友在乡镇里。他们进城，他就请他们吃饭喝酒，洗浴桑拿。席间年轻的女客就不用多说了，她们不是某位的情人，就是正在发展成情人的路上。她们都是正当好年华，各有各的姿色。

作为主人的郎宇光自然不愁没人活跃气氛。熟悉他的人都知道，那个公司助理林岚是他的女人。林岚自然也是一位美女。年轻，腰身也好，凸凹有致，别有风情。而且她是一个特别会察言观色，又能装傻，又会发嗲的女人。只要他一句话，小林就敢往死里喝。她酒量不算大，也就是半斤的酒量，但在酒桌上却有能力让别人都喝趴下。她也醉过，那都是有特殊原因的。他明白那原因，懂她的心思。但他明白了也不说，装糊涂。男人装糊涂，其实比女人装得更像，因为男人更沉得住气，他想。

郎宇光发现，那个副镇长对小林有点意思。他在心里就笑了，心想他这样的土老帽儿也敢有动她的心思。他向林岚使个眼色，她立即就笑吟吟地向葛副镇长敬酒。葛副镇长还没有多套几句近乎，很快就被她连灌了两大杯，加上先前就喝了不少，说话很快开始打结了。他们一起笑起来，纷纷起哄……

郎宇光那天自己喝得有点多了，因为饭局进行到一半，外面也下起了大雨，电闪雷鸣。好在他们在楼上的包间，感觉不到。偶有一声惊雷，桌上的女客表现出了花容失色，连小林也是大呼小叫的。倒是站在一边的服务员，表现得很镇定。这个姑娘不错，当时他心里这样想，应该是能做事的。他需要这样的人。事实上他第一眼看到汤小兰的时候，心里就有点吃惊。他想不到这个饭店里会有这样漂亮的小姑娘。当然，现在这个世界年轻漂亮的小姑娘太多了，但他隐约觉得她和别的姑娘有点不一样。

那个晚上他站在宾馆27层的房间里，俯看着城市的夜色。他能看到大半个城市，烟雨朦胧。天气好的时候应该能看到远处的鱼山，但现在完全湮没在夜色里。但他能看到不远处的明镜湖，一点也不美丽。那些四通八达的好多条大小不一的道路，现在都是一般的细，细得像一根鞋带。他已经抽了三支烟了。他在等电话，如果那个朋友打电话给他，也许那个工程项目还有希望。那么如果明天航班还不能准时，他就要坐火车赶过去。要是电话不来，那么他则不必再去了。

卫生间里的水“哗哗”地响，是小林在洗澡。

她喜欢把水流开得很大。

他没有回家，是因为妻子知道他今天乘飞机走。他要是回去，倒又要费一番口舌解释。

他们的夫妻关系已经名存实亡。他们心里都明白，分开只是早晚的事，就取决于哪一天通知孩子更合适。关于这个时间点，他们感觉一直没有寻找好。孩子也知道他们这样是不可持续的。他们过去吵了很多年，甚至还动过手，心早伤透了。原来的心，还是鲜红的。后来他们就互相地划割，还不断地往上面撒盐，终于让心板结成了一块。当他们意识到这一点的时候，反倒冷静了下来，再不争吵打闹了。她也索性不爱管束他了。

夜色很深了。

一道闪电，突然像一条金蛇扭曲着从天上霹雳而下，把黑夜劈成了两半。但随即又归于黑暗……他合上了窗帘。

小林洗好了澡，笑嘻嘻地光着身子从里面跳了出来，迅速地钻进了被单。

他没有去冲澡。他在事后洗。她把被单拉到下颌那里，打开了电视。她看他脱衣服。他呼着气，感觉到自己的酒气。他看到自己小肚子上的一处疤痕。她全身都是香的，头发湿漉漉的。他掀开被单，看到她就像一截河藕那样的白皙，小腹上那丛水草上还闪着水珠的光亮。

外面的雨还在“哗啦啦”地下。外面虽然夜深了，但其实还是灯红酒绿，各处演绎着形形色色的故事。电视里正在播送着CCTV新闻，让他的注意力有点不能集中。她敏感地觉察到了他的倦怠，所以主动翻身骑到他的身上来。她的舌头寻找着他的力量。他的力量在她舌头的调动下，重新变得粗野起来。她喜欢他的粗暴，她迅速地换了一个频道。科教频道正在播放非洲野生动物们在撕咬，在残杀，当然，也有温情。他看到她闭着眼睛，胸前的两只乳房就像两只沉甸甸的木瓜在上下晃动，脸上现出一种复杂的表情。

“你记得今天晚上包间的那个小姑娘吗？”他问。

她停止了动作：“怎么？你好坏，太色了。”拳头在他的胸膛上轻轻地捶了一下，“你有什么坏主意？”他知道她只是调侃。私下里，她总是喜欢叫他色狼。她却又喜欢用身体来喂他这样的色狼。

“你想歪了，正事。”他说。

“哼，打听漂亮小姑娘还能是什么正事？”她显然不太相信他的说法。

他把她从身上翻了下来，长舒了一口气，说：“你不懂。”

她的确不能明白他的意思。

他喘息着，有点累，他能听到自己“咚咚”的心跳。

“你找机会帮我打听一下，”他说，“想办法弄到咱们公司来。”

2

城市里的雪化得快。

城里下雪和乡下不同。乡下的雪可以一直静静地覆盖在树上、屋顶、田野里……直到最后慢慢地消融。有时就算是到了二月，也还能看到田野里的低洼处的少许残雪，就像无边无际的天空上散落的一朵朵白云。城里的雪下得小，很快就融化了。要是夜间下了大雪，第二天就会被清扫掉，而且因为行人和车流，会被踩踏得污浊不堪，触目惊心。

那段日子，是汤小兰最舒心的日子。程蕊蕊对她非常好，她还把她带到自己父母的家里。她的父亲是一个研究所里的工程师，母亲原来是位中学教师，刚刚退休。她的父母住在一个很老的小区里，房子看上去很旧了，但人却很热情。她们一起包了饺子，吃了顿饭，这让汤小兰感动不已。

“我让她叫我姐。”程蕊蕊那天对她的父母说，她的父母都笑了。

汤小兰有点不好意思。

两人相处得好。

她们虽然才相处不过半个多月，却好得像是上辈子就认识了一样。她们几乎把自己的底细都交代了。程蕊蕊可能是压抑了好久了，把能说的和不该说的，都说了。那个时候程蕊蕊才离婚不到半年，孩子才四岁多一点。让汤小兰惊讶的是，程蕊蕊是从很好的大学毕业的。毕业后就在一个市级机关里上班，可上了两年多后就辞职不干了。

“没意思，那种单位里半死不活的，又不自由。”她说。她喜欢美，喜欢各种各样的衣服，于是她就在市里这条最热闹的商业街上租了门面，开起了服装店，单干了。

汤小兰不知道程蕊蕊有没有从失败的婚姻里完全走出来，只知道她对过往的生活充满了痛恨。因为她对前夫相当不屑，所以对别的男人评价也非常负面。她的前夫其实单从长相上看，真的是高大威猛，相当帅气。她说他追了她好几年，一个劲地向她献殷勤，每天接送她上下班，关怀备至。为了送她一束鲜花，能在毒辣的太阳底下站一两个小时。听上去他的工作也不错，收入也好。可是，结了婚后各种毛病大爆发，“原形毕露了，”她说，“有些男人的话根本不能信。”她现在把所有的心思都用在经营小店和孩子身上。时装店让她在现实里很充实，而孩子的成长就是她对未来的期盼。

汤小兰觉得认识程蕊蕊是幸运的。

店里的活很简单，无非是客人来了要主动热情地招呼，然后在讨价还价上有一些简单的窍门。最核心的，当然是首先记住各种服装的成本价格，然后才好把握如何与客人达成交易。汤小兰的记性好，两三天下来，她能把所有的价格都记得一清二楚，不能不让程蕊蕊佩服。

“跟姐做吧，我不亏待你。”程蕊蕊说。

汤小兰当然是愿意的。在这店里打工，总比在工厂和饭店里干活要强多了，不累，又干净。她也喜欢各种各样的漂亮衣服。她知道凡是在这条街上店里打工的姑娘工资都不高，也许就和辛苦程度有关。汤小兰不计较。她相信程蕊蕊真的不会亏待她。

程蕊蕊喜欢她，觉得用她很顺手。汤小兰虽然是从乡下刚来的，但是心里聪明，眼里有活。在客人犹豫不决时，汤小兰还会主动在自己的身上试装。来的客人们，尤其是那些年轻姑娘们马上就会动心，就像穿在自己身上一样。

汤小兰白天帮着招呼顾客，晚上就歇在店里，虽然地方小，但她感觉很满意了。她喜欢这个城市，喜欢这条街。繁华的城市，热闹的街道，和乡村完全不同。她对这个城市慢慢从生疏变得有点熟悉起来。程蕊蕊会时不时地送点小礼物给她，虽然不贵，但都是很精致、讨女孩子喜欢的。程蕊蕊不让她叫老板娘，“真难听，”她说，“你就叫我姐好了，上次说好了的。”“那哪行呢？”汤小兰觉得她们之间还是有身份区别的。

“再那样叫，我就恼了。”程蕊蕊说，“就叫姐。”

“好。”

汤小兰觉得程蕊蕊是真的对她好。有时她们会睡在一起，说闲话。程蕊蕊算是有见识的女人，又经历了不幸福的破碎婚姻，所以肚里有说不完的话。那些故事有她自己的，更多的是别人的，好多事情讲出来让汤小兰惊讶不已，真是开了眼界。特别是作为一个女孩子，尤其是漂亮女孩子，程蕊蕊对她有许多建议。

“女孩子，一定要守得住。”她说。

汤小兰懂她话里的意思。

有了汤小兰，程蕊蕊感觉自己的负担减轻了不少。她的心情也比过去好多了，虽然有时也还会伤心，但至少有人听她倾诉了。她的前夫偶尔还会来找她，什么事情也没有，就是耍赖，东拉西扯，说些不着边际的话。他能从房子说到孩子，再从孩子说到自己的破袜子。事实上，他们离婚后她把房子留给了他，自己则买了一处靠近她父母小区的二手房。她要了孩子，每天接送幼儿园，都是她的父母。汤小兰第一次知道找到店里来的那个高大男人就是她的前夫时，心里还暗暗地为她有些惋惜。他有一米八几的个头，高大威猛，浓眉大眼，说话的声音也很洪亮，看上去绝对是女人最好的守护神。

“无赖，”程蕊蕊说，“他现在像个无赖！”

他纠缠着，无理地纠缠，就是不想让她过上好日子。其实他那样的男人，完全可以再重新开始生活。“别看他是个身材高大

第一卷

的男人，其实心眼很小，窄得很。他计较。他总以为自己吃了亏。哪怕他突然想起来，我们分割财产时，少分了他一张纸，他心里都会不舒服。”程蕊蕊算是把他看透了，他的心思在她的眼里，成了一杯白开水，一眼就望到底。

“他是不是想和你复婚呢？”

“让我死去吧，”程蕊蕊说，“我已经犯过一次糊涂了，还能再犯一次？”

但她的女同学和要好的闺蜜却并不认为她事事都聪明，比如在她把孩子带在身边这件事上就认为她很傻。她还年轻，孩子是个拖累，会影响她再嫁。但她显然压根没有考虑过这个问题。她的闺蜜在她离婚后至少向她推荐了六七位不同的男人，简直比她原来未婚时还要热心。那些男人里有机关干部，也有公司的什么老总。自然他们有离婚的，也有丧偶的。他们的年龄都比程蕊蕊要大，最多的一个大了十四岁。

程蕊蕊并不愿意去相亲，但却挡不住闺蜜的死缠烂打，有时简直就是绑架。那些男人里她几乎就没一个看中的，他们要么是表现出急不可耐的样子，要么就是故作深沉。总之，他们骨子里的想法是一样的，就是觉得她是个二手货了，还带着孩子，迫不及待地想要把自己嫁掉。他们脸上所有的表情，都写着四个大字：

吃定你了。

“已婚男人是不是都这么自信？”她有两次忍不住这样大声地责问闺蜜。

“谁让你这么漂亮呢。” 闺蜜笑嘻嘻。

“滚！”

她当然明白闺蜜的好意，但她不喜欢她们这种恨不得立马再把她嫁掉的作派。她们虽然是好朋友，但却是各过各的生活。她认为她现在经济上独立，生活上又自由，一切都很好，为什么要去嫁人呢?

“不嫁了，就这样挺好的。”她和汤小兰说。她这样说，真的是发自内心的。她在经历过了失败的婚姻后，不觉得婚姻是一个女人所必需的。即使她承认一个人必须有一次婚姻，也绝对不同意一个人必须保证在婚姻失败后再继续去经营第二次。

汤小兰知道程蕊蕊是不愁嫁的。她佩服她，羡慕她。在店里，她经常听到有人打电话找程蕊蕊，打来的也大多是男人。有年轻的，也有中年的。但她对那些人并不客气，很多时候就是随意敷衍。有时连敷衍都不需要，直接表现出来的是一种厌烦。有一个什么公司的老板，有一阵子经常来。那脸上挂着的馋相，都快要掉到地上了。他是有老婆的人，但却话里话外总是暗示自己的婚姻多么的不幸，早晚是要离婚的。要不他就暗示他是一个素质很好的人，挣的钱多，善良，对人好，尤其是对女人好。

“他做梦。”程蕊蕊说，“他这种人，我死都看不上。”

汤小兰说：“下次再来，我就直接赶他走。”

“这种人，皮厚。”程蕊蕊说。

汤小兰觉得程蕊蕊不喜欢的人，一定也是自己所讨厌的。她发现他真的是讨厌，有天居然问她：“小姑娘多大了？十六？十八？”看她红着脸不搭他的话，就继续以那种居高临下的口吻说，“现在乡下还是那样穷吗？你家是哪里的？进城好。城市热闹吧？乡下我去过的，我去过好多地方的乡下。有一年我在乡下整整待了三个月。有的乡下那个穷啊，穷得简直不可想象。”

“你跑到乡下干什么去？”程蕊蕊突然问。

那人就迟疑了一下：“没什么，没什么。”

“听你说过，你老家就是哪里乡下的？”

“那是我爷爷家。我父亲出来早。他十几岁就出来工作了，老革命。”他说。

程蕊蕊就笑而不语。

“真能吹。”程蕊蕊后来对汤小兰说。

汤小兰真的是喜欢程蕊蕊。程蕊蕊经常会从家里带点吃的给她，还时不时地送她一些小礼物。汤小兰给家里写信，说了自己的近况，让父母放心。她有时会想家，想念家乡，想念父母。但她还是喜欢城市。她很高兴自己能出来。店里的工作不累，她晚上还会看看闲书。程蕊蕊有时会从家里带点杂志给她看。不拘是什么杂志，她都喜欢看。她也有非常寂寞的时候。寂寞的时候，她也会想到过去的同学，想到学校，想到她曾经的学习生活。它们是那样的遥远，虚幻，不真实。

“你怎么没有考大学呢？”有一次程蕊蕊这样问她，“是家里经济不允许吗？”

家里经济困难是一部分原因，她想，最主要是没有考上。但她真的不想承认只是因为自己的成绩不够好，因为她其实是努力了的。每每想到这一点，她心里都有点隐隐作痛。她已经梦了不止一次了，有人通知她已经考上了。但等她兴奋地跑到教务处去查看成绩时，发现墙上的那张光荣榜上，写满了熟悉的同学的名字，就是没有她自己。她不相信，反复地看着，从头看到尾，毛笔写的字黑乎乎的，一排又一排的名字。她仿佛是看到自己的名字了，可是再定睛一看，却又消失了。她急了，急得哭了。突然来了一个老师模样的人，塞给她一张白纸，大声呵斥她说：这上面有你的名字吗？有吗？你在做梦！

她在梦里伤心地哭了，但却哭醒了。醒来后知道自己是真哭。从梦里，一直哭到梦外。醒来后她久久不能再入睡。夜，很深。她都能听到洒水车的声音。洒水车有时会播放一些流行歌曲，有一首歌她居然是熟悉那歌词的。

……年少还不懂得离别，只想飞得更远
一心只想着外面的世界
长大以后才发现，家已经离得很远

月圆了，想回家
想醉倒在故乡的月光下
月圆了，想起她
是否又多了几根白发
…………

洒水车的这种音乐声在寂静的夜晚更显悠扬，也分外让她惆怅。她现在的这种离家和考上大学的离家是不一样的。那是一种本质上的区别，她想。

高考是人生命运的一道分界线。越过了那条线，就是另一种生活。她没有越过那道分界线。她知道有一些同学在打听她，但她却不愿意和他们有任何联系，虽然她也很怀念那段同窗的友情。有时候她会想，已经考上大学的同学现在过的是怎样的一种生活呢？她真的担心有一天某个已经考进大学的同学，突然走进这个店里买衣服，她自己会有一种强烈的羞愧，无地自容。她害怕看到同学，甚至不敢听到“大学”这样的字眼。有一次她无意中路过一所大学的大门口，赶紧就离开了。那学校高大的门楼，让她的心情特别地复杂。

她觉得糟透了。她不仅没有考上好的大学，甚至连师范或是别的专科都没能考上，她实在是太丢人了。

“这是命。”谈到自己的婚姻时，有时程蕊蕊会说这样的话。自己居然连专科学校都没能考上，也是命，汤小兰想。一切都是命中注定的。用宿命这样一想，就会减轻一些对自己失败的自责，心里会好受一些。慢慢地，或许自己就完全接受这样的暗示了。

但程蕊蕊的日子不会差的，汤小兰这样想。她看人的，有些男人打电话或是来找她时，她还是蛮高兴的。有一次一个男人来找她，她开心得很。那人长得又黑又瘦，看上去像是一个乡镇干部。那人坐了一会儿要走，她还不让，主动请他去北京西路那边的一个饭店吃饭。这在她还是不多见的。她吃完饭回到店里，脸上居然红红的。她说那人姓周，原来是她读大学时的辅导员。

“他其实比我们大不了几岁，”她有点兴奋地说，“他很聪明，上大学早，十六岁就考上了大学。毕业后就分到我们学校当辅导员。他那时候真是青涩，和我们女生说话，紧张得很。”她笑起来，仿佛他过去的傻样子又重现在她眼前。

“他其实是个书呆子，”她说，“现在也还是有一些。他干了好几年辅导员，然后被派去援藏。在西藏待了三年多，回来后却不习惯学校的生活了，突然提出到一个县里去工作，挂职副县长。”

“那很好啊。”汤小兰觉得能当上一个副县长，是一件很了不起的事。

程蕊蕊笑笑：“他根本就不是一个当官的人，挂职副县长和真正的副县长，那是两回事，还不如在省级机关里当个副处长呢。机关里的副处长，也是可以用扫帚扫的，一扫一大堆。”

汤小兰不懂机关里的那些复杂事。有时就是瞎想，程蕊蕊难道会看上这个姓周的？可是，一个乡下，一个却在城里，有太多的不方便了。再说，他不在乎她拖着孩子吗？“他没有成家吗？”她问，“看上去他比你大不少呢。”

“你想多了吧？不可能的。”她笑笑。为什么不可能，是他还是她的原因呢？她不说。汤小兰也没再问。也许她忌惮前夫？

他现在骚扰得真是有点频繁了。有一次还带了许多人来，那些人看上去就不面善。好几个是光头，身上还有吓人的刺青。她记的最清楚的是一个二十来岁的青年人，在颈后文了一个骷髅头。“你到底还想要什么？”程蕊蕊气得不行。“不要什么，我就来看看不行？你气不过，你再报警啊。”前夫满不在乎，甚至有一种得意。

的确，他们来了什么也不干，就那样在店里转来转去，来的顾客有的刚进门就吓得赶紧离开了。

“这生意是做不下去了。”程蕊蕊有些发愁。

事情往往发展得比人们设想得要快。那个早晨汤小兰刚刚打开店门，就看到小街对面的墙上，写满了“拆”字。她吃了一惊，她回头再看，自己存身的这个小店的墙上，也同样写上了一个大大的“拆”字。

汤小兰不知道，关于这里要拆迁的消息实际上已经传了两年多了。但却一直进展缓慢，因为这条街牵扯的利益太多、太杂。曾经有一阵传得很盛，仿佛一夜之间就要拆光。区政府一直想对这条商业街进行改造，想打造成文明示范街。但总是进行一阵子就又偃旗息鼓，难度大。程蕊蕊和别的商户们一样，并不愿意拆迁，因为改造之后她们再次承租的费用就可能会大不一样。而且，拆迁期间她们的损失没有合理的补偿。

天色阴沉沉的，又像是要下雪的样子。但汤小兰也知道，其实是下不了雪的，这样的阴沉已经连续多天了。这个城市很少下雪，偶尔下一场大雪，也要迅速地扫除，整个城市会因为雪水的融化而变得很脏。雪，对这个城市来说是一种奢侈品。奢侈品一旦被抛弃，下场就很惨。

3

汤小兰内心里一直有点担忧，她害怕拆迁在某一天突然到来。

“没事的，”程蕊蕊倒是很宽心的样子，“这事都说了好久了，有得拖呢。就这样涂上‘拆’，也不知道哪天才会真拆。”

果然好像后面又没了动静。商业街上，仿佛一切如常。

在平静的日子，汤小兰经常和家里联系。

她想家，非常想，但是她不能回去。她觉得她在这里就应该好好地帮着程蕊蕊，不能像那个远房亲戚女孩。她会隔三岔五往家里打电话或是写信，家里也会给她寄信来。家里的情况听上去很好，哥哥汤爱军居然有了女朋友。妈妈告诉她，那个女孩就是县里的另一个乡镇的，也在外打工。父亲对此似乎是不太满意，但却又无可奈何。

“你爸是个死脑筋。”曹淑英说。

“现在这样的……多呢。”汤小兰说。

“是啊，”曹淑英说，“这种事怎么拦得了？那毕竟是儿子自作主张找女孩，要是女孩自作主张找男孩呢？”

汤小兰心里笑了一下，仿佛听出了妈妈话里的另一点特别的意思。

“叫什么名字，漂亮吗？”她问。

“叫周什么，周美爱？周爱美？据说挺漂亮的。”

汤小兰还是蛮高兴的，不管怎么说，哥哥有了对象总是一件好事。弟弟的成绩据说还不错，这个学期比上学期有了进步。弟弟现在有条件安心学习。她相信他将来一定能考上大学。如果第一年失利，一定要再复读一年。他需要什么样的学习资料，她可以想法去帮他买。每次在电话或是在书信里，她都不忘叮嘱让弟弟好好学习。如果弟弟将来考上了大学，对她也是一种安慰，是极大的安慰。

虽然自己没有考上大学，但汤小兰觉得自己出来还是对的，虽然只是打工。她看到了外面的世界是如此的丰富多彩。城市里的生活把她的心胸也撑大了。虽然她还是原来的她，但她的见识却完全不一样了。她听妈妈说，村里来的那个钻探队在前滩的那个地方驻扎了半年，再一次撤走了，而且好像从此再不会来了。据说底下的油是有的，但含油量太低了。

终归是不能指望的，她想。

她满意现在的工作，虽然说不是多么的好，但的确让她忘记了过去的许多不快。她整个人的精神状态也好了。她和程蕊蕊经常有说有笑。程蕊蕊也不再提过去的那个男人了。也不知道为什么，那个男人好像突然不再来了。

生活很阳光。

但最担心的事情还是发生了。

“妹子，不要哭。”程蕊蕊说。

“妹子你不要哭，”程蕊蕊说，“没事的，没事的。”

程蕊蕊搂住汤小兰的肩膀：“妹子你真不要哭，没事的。”

“我再找地方，”程蕊蕊说，“你别哭，妹子。”

汤小兰那天哭得真伤心，在等待的那几个月里她的神经一直是绷着的，就像是岌岌可危的大坝终于还是溃堤了，一泻千里。她知道拆迁是不可避免的，但却还是一直心存侥幸，这种侥幸心理比程蕊蕊更甚。她不想自己经历了那么多的小挫折后，再次变得漂泊不定。她害怕再去寻找工作了。她就觉得和程蕊蕊最投缘。她觉得和程蕊蕊在一起，比自己和家人在一起更舒畅。程蕊蕊和她说的一些话，让她长见识。她甚至还教她如何打扮，教她说一些本地话，纠正她一些不够标准的普通话的发音，教她如何更好地适应城市生活……她也发现了，汤小兰和别的那些打工妹不同，她不仅长得好看，而且她的文化素质还是蛮高的。有一次她从外面回来，看到她正在用英语和两个金发碧眼的老外交流。

汤小兰的英语有点磕巴，但她还是努力地让对方明白了。她看到了汤小兰眼里闪着光，那是兴奋的光，也是幸福的光。

汤小兰喜欢这条街。这个服装铺子虽然小，但却是一个向外打开的窗口。在这个店里她不仅知道季节的变化，甚至还感受到了潮流的变化。这条街上，每天不知道走过多少人，人来人往。她知道这条街的商户在不断地向区政府、街道交涉，甚至还有人向市政府去反映情况，但根本阻挡不了这最终的决定。市里有关部门是下了大决心的。改造是大局。区政府再一次来人，一户一户地做商户们的思想工作，并且承诺会有一定的补偿。但商户们心里也都清楚，这样的补偿其实只是象征性的，他们实际的经营损失是不好计算的。区政府里的一个工作人员好像和程蕊蕊还挺熟悉的样子，听上去她们俩说了许多体己的话，但也不能阻挡这样的大事。也有“钉子户”是坚决不从的，甚至扬言要纵火自焚，一些便衣上前把他摁倒在地，动弹不得……不少商铺在清理货物，逐渐地搬空。

后面的日子里可以看到许多的城管或是特警人员进进出出，一些机器也轰隆隆地开了进来，它们真的就像钢铁侠一样，铁臂轻轻一挥，一面墙就会出现一个大窟窿……无坚不摧，沿街所有的建筑都变得残破不堪、尘土飞扬……程蕊蕊是拖到了最后的，她是实在不忍看到汤小兰伤心的样子。离开这里，汤小兰比她表现得要更失落、伤心。她能理解她。她哭，而且哭得很伤心，几乎要哭断气，程蕊蕊就也忍不住。两人搂在一起，哭成一团。

汤小兰没有想到像程蕊蕊这样的大城市女人也有很多的委屈。在她眼里，程蕊蕊有钱有文化，却也这样无奈。她知道程蕊蕊真的是不希望被拆迁的，虽然她在这里还经常受到前夫的骚扰。她对自己经营的小店却怀有很深的感情，她是用心的。而且，这拆迁以后啥时能再搬回来，她心里没有底。或许到时租金大涨，她就不一定能再经营了。这是她离婚后的又一个小打击。

程蕊蕊想，最好的办法就是迅速地在别处租一个门面，这样汤小兰就还可以继续在店里做下去。她托了许多人，昔日的同学、朋友、亲戚，各种各样的线索和信息。只要有可能，她就会亲自跑过去谈。看市口，谈价格……最多一天她看了五处，却没有任何结果。她真心觉得累，晚上躺到床上一动都不想动，后背和腰都是酸疼的。连续多少天，她把孩子完全托给了她的父母，自己累得连过去看望一下的心思都没有。做事好难，她想。她既要迅速地落实好这件事，又不得不从长远打算。但是，直到整条商业街都拆光了，成了一片废墟，她也还是没能找到合适的地方。

“不急，我再想办法。”她对汤小兰说。

4

汤小兰遇到的事情有点怪。

春寒。汤小兰回家。她想家了，真的很想，这年春节她都没回去。她恨不得一秒钟后就能现身在家人面前。

已经是过了清明了，但是广阔的田野上绿意并不盎然。这年的春天有点长，长得就像春天要无休止地延续下去，不再四季轮回。

车子在公路上一路飞驰。天色阴阴的，要下雨的样子。田野，时有一些起伏，她甚至还看到不远处有几座低矮的连绵的小山。间或，她也看到路边一些小集市。很陌生。它们和自己的故乡有一点点相似，但更多的却是明显的不同。车里都是各式各样的旅客，但她想他们和自己是不同的。她虽然穿上最好的衣服，现在看上去和城里姑娘没有什么不同，可是内心里却慌张得很。是紧张，也是兴奋。她离开了相当长的日子了，她不知道要如何面对家人。尽管她知道家里人一切都好，可是她心里就是悬着，就像一个趴在悬崖边的人，一松手就会掉进万丈深渊。她知道了什么叫“近乡情怯”，体会真切。

下雨了，果真外面下起了小雨，一路上烟雨朦胧，一切都被牛毛细雨笼罩。这是她所熟悉的，熟悉得让她伤感。城市离自己越来越远，家乡离自己越来越近，可是心里有声音告诉自己，她是多么喜欢城市的生活。城市生活让她多少有点紧张，可是却又让她迷恋。

路上她看到有人家出殡，几辆小中巴里载满了人，还雇用了一帮吹鼓手在卖力地吹奏着哀乐。其实哀乐一点也不哀，反倒是很欢乐的流行曲调。又一个人离开了尘世。生生死死，就在这看似平静的生活里每天演绎着。她一下想起了许多事，小时候的各种情景。它们层层叠叠，扑面而来。长途是那样的长，大客车一直在卖力地飞驰着，可总也开不到头，仿佛家乡遥不可及的样子……汤小兰哭了，无声地，泪水止不住地往下流。

她想到了奶奶。

让她想不到的是，在县城的车站竟然遇到了班主任老师，陶老师。陶老师看到汤小兰也有点惊讶。

"你没考上？怎么可能。"他说，"我是看过你的分数的，应该是够了的。"他过去一直是带毕业班的，对汤小兰很好。她是他心目中比较看好的学生之一。他知道他班上是有一些同学考上的，而汤小兰是班上成绩很不错的学生啊。他坚持说他记得当时的情形的，但他后来没问这事，因为他突然生病了。

"您现在的身体怎么样了？"

"还好，还好。"他这样说。他做过一场大手术，住了很长时间的医院。汤小兰知道他并不好，他的妻子原来在县里的一个工厂，早就下岗了，全家就靠他一个人的工资。而他还要继续在家休养，这休养也许是半年，也许是一年。休养期间，工资是打了折扣的。他说他会争取很快去上班的。"其实现在挺好的。"他说，"已经恢复得很好了。"但汤小兰看到他的脸色依然不太好的样子，人也消瘦。他看上去比实际年龄要老。也许是因为手术的后遗症，他说话有点结巴。

"不要放弃，不要放弃自己的……理想。"他看着汤小兰说，"你成绩很好的，很有上进心。"

汤小兰羞愧得不知要说什么了。只是一瞬间，她又成了他的学生，只是低下头，看着自己的脚尖不知道回答什么。

也正因为陶老师的这句话，让汤小兰觉得她应该有一份更好的工作。她为什么要当一个饭店的服务员呢？既然已经有公司愿意聘用她。到那个公司不适应又能怎样？无非就是重新开始，她想。原来她就是什么都没有。经过这么长时间的城市生活，她已经不像开始时那样胆怯了。当然，就算她要离开饭店去那个公司，也一定要听听程蕊蕊的意见。

她要尊重她。

回城的路上，汤小兰遇到了一件怪事，不知道什么时候上来一位女生。那个女生明显是一副大学生的打扮，长得很清秀，鼻梁上架着一副近视眼镜。她扎着一束马尾辫，穿着一条水磨蓝的名牌牛仔裤，脚上是一双名牌旅游鞋。汤小兰感觉这个女生有点面熟，仿佛是在哪里见过的。她使劲地在头脑里想，是在哪里见过的，可是却怎么也想不起来。

车子到站拥出车站广场的时候，汤小兰听到有人在喊："汤小兰——汤小兰——"

声音是陌生的，谁会认识她呢？汤小兰感觉很奇怪。她循着声音望过去，看到广场另一边正有两个女生朝着她这边跑过来。看那两个年轻的女生，她并不认识的。多么地奇怪啊！正在她疑惑的时候，从她旁边跑过去了一个女生和她们热烈地拥抱在了一起。她们多么地亲热，多么地兴奋啊。她们的声音在广场上是那样地动听，在阳光下显示着年轻的活力和青春的愉悦。

那个跑过去的女生就是半路上车让她感觉有点面熟的女大学生。

她也叫汤小兰？是的，这是毫无疑问的。

汤小兰有点蒙。

她很恍惚。

这世界上当真有两个叫汤小兰的，命运却迥然不同！那个兴奋地奔跑过去和同学相拥在一起的，难道不是另一个自己？

她的心里像是被什么东西扎了一下。不，她更像是吃了一个枣核，结果这枣核却一直梗在她的心里……很多天里，她一直在念叨一个名字，“汤小兰，汤小兰”。仿佛这个名字不再是自己的名字，而是另一个人的。事实上也的确有一个姑娘叫这名字，却是和自己全然不同的人。

5

在聚香楼当服务员的工作是程蕊蕊帮她找的。

“先干着吧，以后有机会再想办法。”她说。

程蕊蕊喜欢汤小兰。过去读大学时，一个宿舍里住着六个姑娘，有三个来自农村。她觉得她们普遍比较纯朴、节俭，学习刻苦，上进心强。对于出身城市的她，她们表现出相当的友爱。和她们相比，她觉得汤小兰一点也不亚于那些女同学。而且，她相信她其实比她们更出色。漂亮，善良，内秀。

这样的一个好姑娘，为什么不可以有更好的生活呢。她相信汤小兰应该有一个更好的结局，至少不能再回到村里去。她甚至想，说不定汤小兰在这个城市里会遇上一位白马王子。这也是说不定的事情，谁知道呢？现代版的灰姑娘故事，她其实不只听过，也真的看到过。

程蕊蕊想，她必须要帮她。自己重开商铺的计划，暂时还没头绪，而汤小兰却必须要解决生存问题。她想到了一个朋友是酒店的老板，或者更准确地说，那个老板是她朋友的朋友，后来也和自己熟悉了。所以她一开口，那个老板立即就同意了。

“先去干吧，”程蕊蕊知道她其实是不愿意干这份工作的，但在没有更好的工作之前只能临时性地过渡，“走一步算一步，后面说不定还有别的机会。”

汤小兰当然不能拂掉程蕊蕊的好意。再说，这个饭店的老板毕竟是她的朋友，她一定能够得到相对宽容的对待。

老板对汤小兰果然是非常地照顾。她报到那天，是程蕊蕊亲自送去的。

“这是我的妹妹，表妹。”程蕊蕊说，“就拜托你了，多照顾。”

“你放心好了，必须的。”老板笑着应承。

汤小兰没有站在门前迎宾客，也没有去端盘子。经理让她只是接接电话，记录一些客人的预订要求。时间，人数，用餐标准。然后安排妥当后，再一一地通知客人，告诉对方的包间号。这算得上这个饭店最体面的工作了，几乎等同于白领，汤小兰心里非常满意。她甚至暗暗地想，这比在服装店里还好呢。

这样的工作，她感觉愉快。

汤小兰没想到在这个酒店才干了几个月，就有人想挖她。这太让她意外了。

生活里有些事情就是这样出人意料。

郎宇光的那个女助理找到汤小兰的时候，问她愿不愿意到他们公司干，汤小兰简直有点不能相信。怎么可能？她非常地心动，但并没有马上答应。她有疑惑。

“你好好地考虑一下，”那个年轻漂亮的林助理说，“两个星期时间，两个星期给我回话，来或者不来。”

汤小兰不明白那个客人为什么会看上她。那个晚上她的确是不应该出现在那个包间的，但当时酒店里的生意实在是太好了，楼上楼下所有的包间全满了，服务员的人手严重不够。所有上菜的姑娘们，都是一路小跑。事后有个姑娘抱怨说，她连上卫生间的时间都没有，结果后来的那一泡尿足足尿了有十分钟，把她们几个姑娘笑得不行，眼泪都笑出来了。工作间里的厨师们，更是挥汗如雨，连抽一口烟的工夫都没有。

“我们的公司很好，”林助理说，“看你的标准了。反正比你在这个饭店里，收入要好得多。饭店里整天端着盘子，累个半死，有什么好做的？”

汤小兰有点犹豫。

“你有什么犹豫的？”这让这位姓林的助理很是吃惊。

“我……考虑一下。”汤小兰有点小紧张。

“错过这个机会，你永远也不会再有了。”对面的女人说得非常肯定。

“……为什么……要……我？”汤小兰对眼前的这个高级白领说的话有点发蒙。是的，她自己怎么可能会有这样的好运气？进公司，不就是成了白领了吗？考上大学，毕业了，是不是一般也只能到一个公司里谋一份职位？可是她现在就能做到。

她觉得太不可思议，这速度有点快。

从老家回来后，她觉得她下定了决心。

她约见了那个老总的助理。

林助理不再像开始劝她时那样热情了，她似乎已经看穿了汤小兰的内心，觉得她根本不可能拒绝这样的机会。傻瓜才拒绝。而汤小兰开始时的犹豫在她看来，其实不过是在伪装。她不喜欢伪装的姑娘。她并不了解汤小兰。既然她已经接受了她的邀请，那她也就不必再客气了。她们完全就是工作关系了，而且是上下级的关系。

对于这个消息，汤小兰第一时间打电话告诉了程蕊蕊。她站在电话亭里，有点拿不定主意。她跑了好远才找到了一个电话亭。电话亭外车来车往，声音嘈杂。她几乎是喊出来的："有一个公司，他们，要录用我！"

"当然去，傻瓜。"程蕊蕊挺高兴的，"去！这对你是个机会。"

6

去公司报到的前一天，程蕊蕊说请汤小兰吃饭，祝贺一下。

她提出去湖北路上的那个大上海，但汤小兰觉得应该是她来请。两人在电话里争执了半天，后来决定去上海路上的一家叫黑猫的餐厅，那是一家口碑很好的西餐厅，在市中心的最高建筑的 67 层的顶楼。餐厅是旋转式，能够俯视全城，尤其是夜色，特别地美丽。餐厅里往往会有一位年轻的姑娘或是穿着西装的小伙子，弹奏着钢琴。

汤小兰从来都没来过这么高级的地方，甚至她连怎么乘坐电梯都不知道。那个大厦的大厅里，光电梯就有五六部，她是跟着别人一起才乘坐到了顶楼。程蕊蕊早已经坐在预订的那个位置上了，看上去她还像过去一样漂亮，精神也好。她正在用手机给谁打电话，看到她上来了，立即就挂断了电话。

“真好，”她说，“恭喜你。”

汤小兰笑得是真开心。

“给你一套衣服，”程蕊蕊说，“不是店里的，就是我在那边的大西洋商厦买的。你到新公司入职了，要打扮得好看些。”那是一套很漂亮的衣服，汤小兰知道那一定是非常合身的。她猜不出价格来，但知道一定是价格不菲的。她是一个极为幸运的人，她想。在这个城市里得到了温暖，全是这个正经受挫折的年轻女人给她的，她怎么能不感动。

“程姐你好吗？”

程蕊蕊笑笑：“就那样。”

“还在找地方，但一时没有合适的。”程蕊蕊说，“过一阵再看看吧，也许不干了，或者再换一份事情做。现在还没想清楚。”

“聪聪现在好吗？好久没见他了。现在还在外公外婆那里吗？”她问。

程蕊蕊笑了：“现在跟着我。我不是没事嘛，正好每天接送他。”

汤小兰相信，她的前夫一定不会再去闹了。那条商业街上的店铺都拆了，他还能到哪里骚扰她去？世界上的事有时候就是这样奇怪，说不清。

程蕊蕊点了牛排，而且要的是七成熟。她觉得她应该让汤小兰懂得一些简单的吃西餐的礼仪，或许以后用得着。

“招录你的公司是做什么的？”

“好像是做什么器材进出口，还有建材，还有房地产。”汤小兰真的还一头雾水，她不太搞得清。她知道在这个城市里有无数的大大小小、各式各样的公司。国有的大公司不算，光是个人，大的有百十号人，小的只有一两个人。有一些就租一间民房，装台电话就开张了，有的则藏身在高档写字楼里，金碧辉煌的。汤小兰其实真的不在乎招她的公司是做什么的，她能进去工作就是天大的好事。不管做什么，她都会好好地学习，努力地表现。她不怕吃苦，不怕累。再苦再累，能比一个农民在田里干活更累吗？

“饭店的工作毕竟是临时的。现在有这样的公司招你，干吗不去呢？”程蕊蕊说，“到了新单位，你一定要学习，哪怕通过自学考试弄一个学历。”

汤小兰过去还真没想过这个问题，但显然这是程姐真的关心她。

“虽然你没考上大学，但学历对你自己今后的成长，还是有用的。有知识总比没知识好。”程蕊蕊说。

程蕊蕊虽然干的是个体，但到底她是有文化的，和别的个体户有很大的不同。当时在那条街上，她的店铺远比别家更受年轻女顾客的欢迎，很多人和她结成了朋友，有的还成了非常好的朋友。有时候她们即使没有买衣服的需求，也会去看看她，和她聊天扯闲话。她当时的那些熟客中，两类人居多，一种就是有钱的富姐，喜欢讲小资品位；一种是高校里的年轻老师和家庭经济条件很不错的学生。她的小店，就是时尚的代名词。

“一个人一生的路很长。谁也不能保证自己在一个单位干一辈子，你有个文凭，多学点东西，就算将来离开了这里，也可以再换别的工作。”程蕊蕊说。

“是。”

“在老家有对象没？”

汤小兰红了脸，笑了：“没有。”

她这样的回答心里还是有点发虚的，她没有说假话。但是，也不能算是完全的实话。她心里有小秘密。她不知道那算不算是爱情，就像是大雨中野地里的一朵黄色的小野菊，影影绰绰的。她想无视它的存在，可是却又分明能感觉到它的香味。

“说不定以后就落户在这里了，”程蕊蕊说，“找个踏实点的，不能光看外表。”

“怎么可能？姐姐。”汤小兰小声夸张地叫起来，吐了一下舌头。这绝对不可能的。她可不敢做这样的美梦。

“怎么不可能呢？”程蕊蕊说，“现在和过去不一样的，城市户口、农村户口区分得那么严格。现在无所谓，只要你能找到工作，有事做，就可以在这里扎根。”

这个想法太美好了，汤小兰觉得对自己而言还很遥远。

“你看看夜景，很漂亮。”程蕊蕊说。

“啊，好像外面的景色不一样啊，刚才底下是肯德基，现在底下怎么是百花影城呢？”

程蕊蕊笑了：“这餐厅是旋转的呀。”

“呀，我怎么感觉不到？”汤小兰挺吃惊的。

“你能感觉到地球转吗？”程蕊蕊调侃说，“漂亮吧？这夜景最迷人了。”

“漂亮。”

“明天就开始新生活了。”程蕊蕊说。

汤小兰笑笑。

“真的。”程蕊蕊说，“全新的开始。”

“嗯。”

“兴奋吗？”

“……有点。”

程蕊蕊看着她，微笑着。汤小兰发现程蕊蕊的眼睛真的很漂亮，深情款款的。她是一个甜蜜的女人，一个温暖的女人。她的那双水汪汪的眼睛，在这个夜晚就像是夜明珠。她想不明白，那个男人为什么要和她离婚。

外面的夜空很黑，但整个城市却是灯火通明。鸟瞰城市，下面是密密麻麻的建筑，高高低低的，倒像是一截截大小不同的树桩。道路纵横交错，四通八达，各式车辆在路上就像是缓慢流淌的浓稠的荧光液。人就变得很小，黑黑的，小小的一点。从高空往下看，发现人群是那样的没有秩序，好像是在漫无目标地乱窜……她第一次以这样的一种高度去看人，突然有点慌张，就像自己的隐秘心思被别人识破了一样。

人很渺小，她想，不管是城里人，还是乡下人。从高处看，他们的身份都不重要，也无从区别。

“走吧。”程蕊蕊说。

“好。”

7

汤小兰特地买了一个新笔记本，决定记录她在城市里的新生活。她觉得这样做对她是有意义的，她希望通过日记记录下自己的点滴感受。她相信自己的新生活已经正式开始了，非常光明。她就像一个喜欢吃糖果，并且事后还收藏花花绿绿糖纸的小姑娘。糖纸是一种象征，也是一种财富。糖纸收集得越多，就证明她过去的日子越甜。

每一个小姑娘，都曾经有一个糖纸的梦想。

在日记里，她写下了程蕊蕊，也记下了林助理和郎宇光的名字。她在郎宇光的名字后面打了一个问号。她不知道他是怎样的一个人，为什么又会愿意聘用她。她见过劳务市场里，人头攒动，都是寻找工作机会的人。而且那还是很低端的工作，都是出卖苦力的。

当然，她和那些人还是有所不同的，她想。

第三章

1

汤小兰上班了。

公司是在城西解放大道一幢二十七层的大厦里，在二十层占了两间。其实是一大间被隔开了，郎宇光有了一间总经理室。外面是那种办公小隔间，有十多个人，都是各忙各的。有两个副总，一个姓陆，一个姓秦。陆总是位女士，五十来岁了，看上去很和蔼的样子。她年轻时一定是个美女，只是现在发福了。陆总原来是位歌唱演员，后来声带坏了，就提早办了内退，然后就到这里来上班了。有几次活动，陆总都唱歌了。在汤小兰听来，那就是天籁之音，美妙极了。明明唱得很好，但很多时候陆总却不愿意多唱，她说她不喜欢在 KTV 或是饭局上唱。她不太参加公司里的应酬，总是下班后就匆匆离开。

秦总是个北方人，说一口东北普通话，看上去要比郎总年轻不少，也许只有四十刚出头的样子，瘦瘦的，显得很精干。虽然说是副总，但是汤小兰感觉他在公司里说话的分量还不如林助理。秦总也是经常出差，大都是接受郎总的吩咐去做事。所以，外面的大办公室里能经常看到的也就是陆总。

汤小兰住在离公司不远的一个地方，步行只要十几分钟，原来是公司租给另一个人的，结果那个人干了大半年就跳槽了。汤小兰当时心里还有点奇怪，那人为什么要跳槽。房子的条件不错，一室一厅，独立的卫生间，还有一个小厨房。这样的条件对汤小兰来说，简直就像是一个天堂。林助理把她带去，交给她钥匙，说："还是蛮干净的，你住进来再稍微收拾整理一下。"看得出来，林助理对这房子很熟悉。汤小兰刚踏进门时，闻到了一股特别的气味。她还有些疑惑，就在林助理从她身边擦过时，她猛地悟出来，那就是她的气息。她新来的气息和过去残留在这里的气味，交织到了一起。不，事实上她当时只是觉得有些熟悉，是那天晚上才悟出来的。那个晚上她把房间好好地清理了一遍，把床底下都翻了个底朝天，用抹布把房间的角角落落都擦了。地板的每一寸都仔细地擦了，擦得像镜子一样，能照见自己。

男人住过的痕迹还是很重的，柜子的缝隙间有两只烟蒂，一只旧袜子，使用过的打火机，还有一个可疑的塑料套子，干了，里面有一些可疑的东西。她还在床头发现了一只女式的发夹，很漂亮，镶着一些明亮的假钻。她犹豫了一下，然后决定把它洗干净，收起来。她把一只红色旅行包里的衣服全翻了出来，然后挂在了衣橱里。她几乎要在房间里跳起来，可是她只在床上打了一个滚，弄得披头散发的。

“好好干，好好干。”她在心里对自己说，“一定要好好地干！”

一定要好好工作，像程蕊蕊说的那样，在这个城市里扎下根。她是知道有一些人真的能在城市里留下来，如果运气不错的话。如果能留下来，那么她也算是让父母感到欣慰。她知道她没能考上大学，村里人认为父母过去是白糟蹋了钱。一个女娃，读那么多书有什么用？她得用行动证明父母培养她是对的，她会挣钱的，她要努力地多挣些钱。节约些，再节约些，然后补贴家里。父母一定会高兴的。当她到公司上班前打电话回去的时候，妈妈有半天说不出话来。她显然是被“吓住了”。

“这么好？”曹淑英显得有点不能相信。

“过一阵我就回去看你们。”她说。

“家里挺好的，”妈妈藏不住的激动，“别回来，耽误工作。

你哥嫂也挺好的，他们前一阵回来的，你嫂子，最近好像又要到另外一个什么工厂去，比原来在服装厂挣的钱多。”

就在她上次离开老家后不久，哥哥也回去了。回家的不是他一个人，而是两个人。两人直接到了乡民政局领了结婚证。村里人都说，老汤家娶了个媳妇一分钱都没花，口气里流露的是羡慕和忌妒。但是汤立德却一点也不高兴，觉得这事真的是不太体面。他们在思想上一点准备都没有，所以看到这样的一个媳妇进门，心里有点五味杂陈。

“人长得倒是挺漂亮的，一双大眼睛，皮肤好，腿长。性格蛮活泼的，大方，也不夹生。”妈妈说，“就是烫了一头红毛，像猴屁股上的毛，真是难看啊。”

汤小兰想到了程蕊蕊，觉得不同的人，被评判的标准就不一样。“妈，现在城里就流行这个，时髦着呢。你觉得不好看，但城里人就觉得好看。她在外面打工，又不是在村里务农。哥哥都不嫌，你们嫌得没道理。”

“我也这样劝你爸的，”曹淑英说，“随他们。已经这样了，我们生气、反对，又有什么用？他们自己满意就好。”

“挺好的，挺好的。”她说，“这样他们两人在外，总比一人好。”

“你也一定要好好表现，好好做事。”曹淑英说。

“自己在外面，要照顾好自己。要舍得吃，舍得穿，不要太省啊。”曹淑英显然不放心。现在女儿安定了，工作有了质的变化，她反倒不放心起来。

“会的，会的。”汤小兰高兴地应承着。

汤小兰真的兴奋，在最初的那几天里，她都是很晚才能睡着。有时候，她自己一个人会在黑暗里笑出声来。她把自己找到工作的事，写信告诉了过去几个要好的女同学，并且以主人的身份邀请她们有机会来城里玩。她知道自己现在所在的这个城市对她们来说，诱惑是多么地大。而且，她不是在这个城市里做一个普通的打工妹，而是在一家公司里当白领。她邀请她们倒不是虚情假意，是真心的。她觉得自己太幸福，太幸运，想把这幸福与幸运的消息传递出去。

那段时间郎总不在公司，林助理把她安排好后的第三天也不见了，说是到福建去了。公司里的人三三两两，忙来忙去的。她有点手足无措。

汤小兰却不想让自己闲着。她就像只忙碌的小鸟一样，每天忙着打水或是打扫卫生，整理办公室。半个多月后，郎宇光回来了，看到了汤小兰，笑笑点点头，然后就进了他自己的办公室。她一直以为他会找她谈点什么的，可是回来后一进门他的电话就没断过。有时他一个电话刚挂掉，另一个电话就紧接着打了进来。有时他的门不慎敞开，能听到他在里面大声地说话。有时他是温和的、客气的，是商量的、协调的语气，甚至是哀求的；有时则是愤怒的，狂躁的。她能感觉到他在控制、控制、再控制，爆发、爆发、再爆发……但只要一走出办公室，他的神情就恢复常态。后面几天里，他几乎把公司里的人都叫进去，谈些工作上的事，或长或短。领了指令的，或是匆匆就出去了，或是仍旧回到办公桌前，继续工作。

“满意吗？”有一天郎总走出他的办公室突然这样对她说，“开始会有点不习惯，但慢慢熟悉了就好了。”

汤小兰有些紧张，她感觉到自己手心里都要出汗了，脸肯定也是红的。

“不急，总是有一个过程的。”他说，“住的地方还好吧？先住着吧 。”

在公司里也就出现了两三天，然后郎宇光就又消失了。她听公司里的人说，他有时还要去另外的公司，那下面的两三个小公司事情也多，有时他要亲自过去处理。下面公司的业务很杂，有一个是做房地产，有一个是做贸易，还有一个是做计算机网络工程。房地产那个做得还不错，主要是郎宇光在负责，贸易公司也还行，但计算机网络工程公司一直在赔钱。但据说网络工程公司一直是有别人在投钱，而且据说因为某个特别的项目现在吸引了好几家风投公司要投。郎总很看重，他自己雄心勃勃，畅想不久之后的目标是要上市。上市当然就可以弄来更多的钱。

“房地产项目是看得见的，而网络软件这一块是看不见的。看不见的才好。”郎总有一次和人聊天时说，“网络信息这一块是个大蛋糕。做生意有时就是孵蛋。有时候是孵出一只小鸡，也可能会孵出一只天鹅，甚至有可能孵出一头大象。”他知道在这个城市软件开发园那边，有无数个和他下面这个子公司一样的企业，有的真的就能一下做得很大。据说有一个做视频软件开发的，原来一直赔钱，后来突然被上海一家上市公司看中收购了，一下卖了三个多亿。他计划要收购更多的这样的小公司，有些只用几十万就能收购一个，然后等着有一天突然卖出一个好价钱。

他头脑里的想法太多。

2

郎宇光想法多，都是想着怎么把公司里的生意做大，做好。但除了大多数有钱人喜欢的那些东西之外，他还喜欢收集古玩。

他从一开始只是一个爱好者，慢慢就变得入了迷。他收集各种石头，奇形怪状的石头。喜欢的，不惜重金要购买。所谓的四大名石，寿山、青田、昌化、巴林，他都有收藏。小的玉石有不过拇指大的，更有大到数吨之巨的太湖石、灵璧石。但他不专业，收了很多，依然只是玩票的。每当心里比较烦躁时，他就会去看看他收藏的那些宝贝。他的办公室里也有一些好石头，其中有一块是陨石，黑漆漆的一团，很沉，表面可以看到高温烧灼后的一些痕迹。他见过一个地产界的大佬，也是收集各种奇石异宝，有一块陨石在黑暗处能发出幽绿的光芒。据说这一块不大的陨石，价值上亿。

那个大佬是上过《福布斯》中国富豪榜的。

郎宇光去过那个大佬的公司，坐落在这个城市东郊广州大道上，呈金字塔形，顶楼47层。其中的A楼是完全属于他个人的领地，能获邀参观的，估计人数极少。里面的各种奢华自不用说，简直是用金子堆起来的。熟悉的人进去了，也只是领略其中的一小部分。那个大佬和政界关系良好，坊间对他的传闻很多。据说有一次在一个小范围的饭局上，说起某个重要官员，他微微一笑，说：“我一个电话就能把他叫过来。”众人都有点疑惑，因为那个重要官员正在下面的一个市里开会呢。他也不多说，漫不经心地拿出电话，轻轻地摁了几个键，在人们呼吸都屏住的十几秒里，听到了他们的对答。

“来吧,我在公司里等你。”他说,“再不来我们的菜都吃光了。”

事实证明，那绝对不是吹嘘。所以，这事在一定范围里大家把它当成奇谈，不得不服这位地产大佬的能耐。其实说起来也没什么，他自己的身世也是相当地显赫。他的父亲原来就是老革命，在某部当过部长。他本人当过兵，然后转业到一个大型国企当过老总，又到一个市当过副市长……人脉广泛，根基深厚。他把公司总部设在本市，但事实上他更多的时间却是在北京和广州。据说广州公司的规模更大，真正的业务都是在那里开展得多。自然，他的业务很广泛，地产开发只是他商业王国里的一部分。

郎宇光和这样的大佬比起来，那完全就是小角色了，小得不能再小。他在这个大佬的会所里，所到之处都是金碧辉煌。走廊里的年轻小姐看到每一个客人，都会弯腰鞠躬，动作标准、一致。她们个个都年轻貌美，穿着旗袍，修长的玉腿在开衩间若隐若现。在其中的一层，是他收藏的各种奇珍异宝。分门别类，有十几个展厅。其中光一个展厅里展示的玉石，就让人叹为观止。好多藏品，是他从国外的拍卖会上拍来的。他的藏品中甚至还有用黄金打制的手枪，但这只是传说。郎宇光对此并不怀疑，这种人有什么是他不可以收藏的呢？这位大佬曾经干过一件颇为漂亮的事，就是花了四个亿从一位国外收藏家手里收购了一件珍稀文物，然后捐赠给了国家。四个亿对他来说，算不得是个大钱。

在展厅的楼下，是各种各样的休闲娱乐室。在桑拿按摩室里，那里的技师都是从全国各地高薪请来的。保健医生也有好几位，中医和西医。中医是以保健为主，各种各样的讲究。据说在这里某个隐秘的地方，提供一种“花浴”，温泉池里泡满了各种鲜花，年轻的姑娘会全裸帮助客人洗浴、按摩。此外这幢大厦里还有各种高档的客房、休息室，秘不示人。

这样的大佬，郎宇光自然是得罪不起的，能被他请来参加宴会已经是一个很大的荣誉了。据说他的厨师有四五位，有中式的，也有西式的。糕点师傅是专门的。郎宇光和这位大佬之间原本是没有交集的，就像两条互不相干的小河。或者说，大佬是大海，他只是一条小河。大佬的业务范围广，触角还伸到海外。郎宇光一直想结识他，但始终没得到机会，直到那个周六的中午，郊区的那个葛镇长打电话给他，说请他去钓鱼。自从那次相识后，葛副镇长和他联系还比较多，请过几次他和林岚去他们镇上吃农家菜。他对林岚表现出了极大的热情，几乎到了不加掩饰的程度。

郎宇光其实对钓鱼没有积极性。他也知道钓鱼只是一个借口，主要还是到乡下去吃农家菜。而事实上他对农家菜的兴趣已经不浓了，总是那十来样，变不出新花样。

“来吧，晚上我带你去个好玩的地方。”听出了他的犹豫，葛镇长的话语就有点神秘，“来吧，乔董也会来的。”

他说的那个乔董，正是这位大佬。这着实让郎宇光有点惊讶，他一个小小的镇长如何能引得那样一个呼风唤雨的巨商？他有点将信将疑。事实上他和那个葛镇长的交往一直保持着某种距离，尤其是看到他对林岚那样地热情，心下是有一丝丝不悦的。见他这样邀请，郎宇光也就答应了。做生意的，必须要建立各种各样的人际关系。有些开始瞧不上的小人物的关系，却有你意想不到的大能量。

郎宇光赶到那个镇政府时，果然看到已经到了一帮人，各种豪车。他看到了一群人簇拥着一个人，自然就知道那是大佬。葛镇长已经不是副镇长了，是镇长，看到了郎宇光就举手示意，点头微笑了一下。原来说是要带来的“尊贵的客人，尤其是乔董”先去参观一下镇政府大楼里的各个部门，结果乔董听说这里有一个花木大王，突然就来了兴致，大手一挥，决定去看花木。

那个花木大王果然是名不虚传的，他承包了上千亩的土地，培育各种名贵花木。自然，田里培育的那些苗木都不算稀奇，他自己另外还有一个工作室。说是工作室，其实是一个很大的庭院，里面长满了各种名贵的花木，最多的却是主人的各式盆栽。主人快七十了，可看上去还只是六十岁刚出头的样子，很精神。在他的展览室里，陈列着他参加国际比赛的众多奖状，有联合国秘书长的题词，有和一些外国领导人的合影。他最好的一个盆栽据说已经养育了二十年，那是一棵汉柏，虬枝狂野，老干沧桑。他说有个东南亚来的商人多年前就要出五百万，他都没出手。

乔董显然也一眼就看中那棵盆栽。是的，它实在是太雄伟神奇了。它的枝干扭曲缠绕，有一种挣扎中的狂放，有一种放荡不羁的力量，非常震憾。它身上像有一种强大的磁力，你站在它的面前就会不自觉地被它镇服。

它仿佛会说话。

“好，好，好！”乔董连声地说，“太好了！”

“这是大师的精品。”镇长得意地在一边夸赞说。

“不，这是神品！”乔董纠正说。

大师表现得很矜持：“一般，一般，就是时间长，用心了。”

“我培育了多年，”大师说，“它吸收了天地的精华，把我要它表达的那种欲望，那种想法，都充分地表达了。”

“太好了，”乔董说，“我喜欢，我想出三百万。”

大师的脸上却没有一点欣喜的神色，完全是一副宠辱不惊的样子。

“乔董是真喜欢，大师考虑一下。”镇长在边上敲着鼓。

大师不言语，他依然不紧不慢地端详着他的作品。显然他也是一个见过大世面的人，并不会轻易满足别人的要求。而且，钱对他来说仿佛也只是一个数字而已。他在这个庭院里，不像是一个雇用了好多工人，承包了许多土地培育花木的老板，倒像是一个修身养性的隐者。他穿着中式的对襟青衫，脚上一双圆口的黑色布鞋，头发是绾起来的，看上去真的颇有一些仙风道骨。

“五百万。”乔董说。

“这是我培育多年的，有了感情了。”大师说。

“八百万。”乔董说。

镇长觉得大师要是再不答应，他自己的面子好像都挂不住了，“乔董是专门来看你的，慕名而来，真心喜欢。”

大师的脸色略略有些为难，但看上去他又好像不愿意驳回镇长的面子。既然他在这方土地上，到底是要服从镇长的安排的。像是有许多的不舍，但还是点了一下头。

事后葛镇长告诉他，其实大师那样的盆栽成本不过是千把块钱罢了。“关键就是他养得时间长了，多少年了，他就一直培育着这一棵大的。”

当汤小兰听说一棵盆栽居然卖了八百万时，惊讶得不知如何是好了。当然她更惊叹于那个大佬的有钱。“天哪，八百万，金子做的吗？”“那比金子也不差的。”他说。“不就是一棵树吗？”郎宇光笑起来，觉得她真的还是脱不掉乡下妹子的单纯，“是树啊，摇钱树。”

“你也是一棵摇钱树呢。”他打趣说。

汤小兰有点羞。

“女儿是父母的摇钱树。”郎宇光又补了句。

汤小兰多么希望自己能成为父母的摇钱树啊，但她觉得让父母失望了。她再次想到那个和她同名的姑娘，那才是让父母骄傲的女儿啊。

多么奇怪啊，她想，同样的名字，相仿的年龄。人家却是大学生（她不能完全肯定，但就算从外表看，她的生活和工作一定比自己强得太多），而自己却只是一个打工的。她当时看到迎接那个汤小兰的两个女生各自提着的纸袋子上都有“××学院”的字样，心想是大学生无疑的。她们一定是同学关系，那样的亲密。

她后来一直努力地想，忽然觉得她可能是自己的高中校友。是的，高中的同学，只是不在一个班里。她相信自己一定是见过她的。可是过去在学校时从来也没听说过另外的班上会有和自己的名字一样的。如果有同名同姓，学校里是不可能不传的。这太奇怪了，她弄不明白。她有点后悔，其实当时她应该上前主动问问她，问问那一个汤小兰。同名同姓，也算是一种缘。她为什么不去证实一下呢？

不，证实了又怎么样呢？她想。人家是大学生，而她什么都不是。证实了，只会让自己心里越发地郁闷而已。她要努力。她愿意在业余时间里学点东西，也许可以让她安心一些。她想自己进了公司最合适的也许就是学财会了，或者是统计？电脑是在高中里就学过的，绘制表格什么的对她也不成问题。她特地去书店买了会计方面的书，晚上回到住处里看，有时在公司里也悄悄地学。对她而言是有相当的难度，但她不想让自己无所事事。让她想不到的是，她居然收到了妈妈从家里转来的信。好多封，都是同一个人写的，信封的右下角印着红色的校名：南方财经大学。

她一下就意识到了是谁写来的，信封上的字迹她也是熟悉的。家里人一直是小心翼翼地怕刺激她，一直藏着那些信，就连她前面回老家时都不让她知道。现在他们觉得可以不用再隐瞒了，甚至父母还觉得现在对她来说是个机会呢。他们是看过刘晓阳的。那还是在高二的暑假里，大中午的，他骑了三十多里地到她家，送了她一本复习资料。他家在三十多里地外的一个镇子上。当时他穿了一件白色的衬衫，藏青色的长裤，脸上晒得红红的，满头大汗。她当时不在自己家，而是在爷爷奶奶的老屋那里，帮着奶奶摘花生。然后弟弟一路小跑，又蹦又跳地尖叫着，向她喊：“汤小兰，你的男同学来了，你的男同学来了。”他的声音是那样的尖细，尖得几乎全村人都能听到，好像来的不是她的同学，而是男朋友。

“叫魂哩！”她真是气不打一处来，觉得他太可恨了，“你叫魂哦，全村人都能听见。”

“我妈叫我喊的。”弟弟做着鬼脸，还狡辩，“你怪我！”

汤小兰一路低着头，羞得都不敢看那个人。她完全没有想到他会这么大老远地送书来，而且，她记得自己从没告诉他自己的家住哪里，他怎么就能摸来呢？她不仅因为他的冒失而感到羞愧，也为自己家当时的寒碜有点尴尬。全村里，就属自己家的房子最破了。一个外地的年轻学生突然来到家里找自己的女儿，让汤立德一时还回不过神来，倒是妈妈曹淑英一下就反应过来了，热情地招呼他进屋，喝口水。可是，刚来时还很勇敢的青涩少年，反在汤小兰妈妈热情的招呼下变得窘迫而狼狈了，一副不知所措、进退失据的样子。

“不用不用，大妈不用。”那张原本晒得通红、满是汗水的小脸，刹那间就更红了，连连后退，把她家场院里摆着的一只装了一半刚挖的马苋菜的柳筐都撞翻了，吓得鸡笼里的一群鸡“咯咯咯”地乱叫。他见出了乱子，就越发地慌张，都没来得及和汤小兰说声再见就赶紧推着车子跳上座凳，头也不回，一顿猛踩，就像一支箭一样地射出了村子……

“谁？”妈妈问。

“同学。”汤小兰感觉自己的心思被妈妈全看穿了。妈妈当然知道是同学，她只是想打听他的名字。她有点恼，恼他的冒失。他不知道这样做，会让家里人笑话她吗？尤其是她的弟弟，后来一直拿腔捏调地学着他讲话：“请问汤小兰同学在吗？”汤小兰被他气得脸上红一阵白一阵的，泪水在眼里打转，可是弟弟汤小明却越发地显得快乐。她要打他，妈妈就拦着她。为了证明自己的清白，证明她和他只是单纯的同学关系，她气得把他刚送来的那本数学练习题撕得粉碎。她其实真的心疼那本书，她知道好多同学都在寻找这本复习题，她曾经为这本书去过县城中心新华书店两次，都没买着。看到她气得把书撕了，妈妈才象征性地在汤小明身上拍了一下，就像是掸灰一样，却又顺手重重地打了她一下，是认真的，重重的，打得她生疼。

妈妈是生气了。

“你疯了？把好好的书撕了！”妈妈怒喝道。

“有本事你不要读了。”妈妈是真的生气了。

“不读就不读。”汤小兰也真伤了心。

“好，你说了不要后悔。”妈妈弯腰把残存的书和纸片一张张地捡起来，一张一张地捋，用力地捋平它们。

汤小兰后来一直偷偷地保存着那本书，妈妈用米汤帮她把破了的地方一页一页地粘好。后来回到学校她更不敢把那本书拿出来，怕被刘晓阳发现。

学校在整个高中阶段是严禁恋爱的，但有一些同学还是悄悄地好上了。他们班上就有好几对。据说有一对在毕业后就去外地打工了，而且同居在一起。自然，他们肯定会结婚的。也许在外面挣够了钱，就会回去举办婚礼。她和刘晓阳的关系当时并不明显，但也还是有一些同学知道。她是很胆怯的，不想让同学知道，更怕老师发现。但刘晓阳很主动，胆也大一些，总喜欢悄悄地给她递条子，还写情书。其实后来回想起来，情书上也并没有什么特别的语言，无非就是抄录一些励志的小诗，连“爱情”这个字眼都没有。但她每次接到他的信，心里就慌得不行。心儿“咚咚咚”地狂跳，简直要从嗓子眼里跳出来了。喉咙发紧，干涩，口渴，痒痒的。每次都像是做了小偷被人捉住的样子。她都是晚上才能悄悄地打开看，她想着他的样子，眼睛，眉毛，他的笑。

现在她不再害怕他的来信了，相反她对他的来信充满了好奇。信都是两年前写给她的。她一封封地拆开，里面无非就是鼓励她再考一类的话，还有就是表达了他对她的思念。他说他不明白她为什么不理他。他希望她能再努力，考上大学。

那是不可能了，她想。

他在信里描述了自己的大学生活，并且希望她有机会去看他。

她笑了。

南方财经大学在新的大学城那里，她是知道的。她想象着他在大学里是如何地生活，可是实在却又想象不出太多。她无法体验那样的一种生活。她犹豫着要不要给他回信。犹豫了好久，终于还是给他写了一封信。她告诉他现在自己已经在城里上班了，工作还不错。她还邀请他来公司看看。信发出后，她的心里有点慌，也有点后悔。她不知道等待她的回音会是什么，忐忑不安……

3

公司里有时清淡得看不到一个人，有时却又像打仗一样，忙成一锅粥。

汤小兰发现了，如果郎总在公司大多总是忙的。她现在是万金油，公司有什么杂事她都做。有时还要学着和海关、税务、城建局打交道，她很愿意。她不希望自己没事做。她希望自己在公司里越忙越好，这样她感觉就是充实的，心里踏实。晚上她一个人回到宿舍，心里就特别舒服。白天再累，这时候她就全然没感觉了，全身的轻松。有时候她也在住处周围的那条小街上逛逛，随意得很。那条小街很小，也很乱，两边都是小杂货铺，还有一个小超市。有时下班了，汤小兰就会在那个小超市里买一碗方便面，回去烧了开水泡着吃。她喜欢这样简单的生活。有时候她就坐在地板上，吃着泡面，会想到家乡，想到父母和弟弟，想到自己家的房子，想到村口的那条小路，想到村外的那条大河……

有一份工作真是一件很美妙的事啊，她想。她领到第一个月工资时还是挺吃惊的，她没有想到她还在试用期就能拿到那么多。她自己只留了一点零用，别的全寄了回去，她要让父母也分享到她的这份甜蜜和快乐。她想，自己以后挣钱的日子很长，她不会缺钱的。她的日子会越来越好。她自己最奢侈的就是买了一个MP3，听歌。她想她以后还会添加很多很多的东西，只要她有钱。

一天居然会有一年那样长，甚至比一年还要长。在她把信寄出的第二天，她就在想着刘晓阳的回信。他会收到吗？或许收不到呢。她有这样的担心。如果他收到了，会回复她吗？他会回复些什么呢？这么长时间没联系，或许他对她已经完全没有感情了。毕竟那是高中的一小段恋情，仔细想想，他们并没有什么实际的亲热行为。或许他现在有了新女友呢，这完全有可能啊。这样一想，她的情绪就有些低落。

她盼着他的回信，盼得心焦，简直就像当年盼着录取成绩一样。她现在是个没有绊系的浮萍，她想。她需要一种牵挂。有时候夜晚她熄了灯，自己一个人静静地趴在阳台上，看着远远近近一些楼房里的灯光。她想，此时的刘晓阳会在干什么？在教室里看书，还是在宿舍里睡觉？或者，是和女同学一起去看电影、跳舞？

她难免会想到自己今后的生活。她希望能永远地留在这个城市里，行吗？

等待让汤小兰慌张。

慌张之下她决定去看望程蕊蕊。她们一直保持着联系，但却是很久没见面了。汤小兰特地买了一套化妆品，还给小聪聪买了一辆玩具跑车。程蕊蕊看到她，高兴得不行。她装着生气的样子，怪汤小兰来这里走动太少了。

“忙，最近忙死了，”汤小兰有点不好意思，努力地掩饰着，“各种乱七八糟的。”她也知道程蕊蕊并不是真的怪她。女人间总会有一些过于夸张的热情，何况程蕊蕊是真的喜欢她呢。她完全没有把自己当成一个乡下人，这是自己永远要感激的。她在这个城市里没有亲人，程蕊蕊就是她最值得信赖的亲人。

程蕊蕊才是真没闲着，她和另外两个朋友在谋划着做别的事情。有一家旅行社的副总想从原来的公司离职，准备自己开一个公司。这些年里，旅游的生意慢慢火了起来，他看到了其中广阔的市场。而他在那个国有的旅行社已经干了十年的副总了，他想赌一把，自己干。而他需要一个能干的人，就想约她过去帮忙。她挺动心的。反正那段时间她也没事，就过去了。

“你的老板为人咋样？”程蕊蕊问。

“还行吧。”她说，“其实不太能看到他，经常在外面。”

汤小兰说的是实话，她真的不了解老板。其实后来她还是经常见到他的，尤其是他在公司的日子里，经常在有饭局时叫上她。除了林助理，她应该算是他向客人推荐的又一个美女？汤小兰知道他的意思，并不生气，因为她知道这不值得生气。她很高兴自己的容貌和身材被人肯定，甚至是欣赏。她也知道郎宇光所以会聘用她，和她的容貌有很大的关系。她在一本什么杂志上读过一篇文章，里面提到一个词：美女经济学。桌上有年轻美女在场，气氛总是格外地活跃。而且她看得出来，林助理是个很能豁得出去的女人。

对于林助理，汤小兰了解得比对郎总还要少，只知道她也不是本市人。她的经历要复杂一些，在南方的城市里闯荡过，也做过北漂。然后她来到这个城市在一家央企背景的房地产公司里做行政助理，干了好几年。在那个公司，报酬当然比这里要好，但她还是跳槽跟了郎总。她不在的时候，汤小兰听到一个叫小孙的人暗示，说她和郎总有那种关系。小孙是个男的，有时帮郎总开车，但他并不是驾驶员。对他的话，汤小兰是相信的。全公司里和郎总说话最随意的，就是林岚了。

林岚早已经过了宜嫁的年龄了。汤小兰后来听说，她过去是有男朋友的，那人先是在新加坡读书，后来又到了荷兰。有一年她去了法国、葡萄牙、西班牙、荷兰，就是找那个人的。那人却满世界地跑，像是故意在躲着她。也有说，她是有情人的，之前有一个老板和她相好，却一直不愿意和她结婚。

汤小兰有时在心里还是蛮同情她的，觉得她过得并不容易。她每天忙来忙去的，瘦瘦的身材在公司里简直就像是织布机上的梭子。她的身材很特别，真的就是前凸后翘。胸部很饱满，而腰肢却很纤细。不仅是腰，四肢都是瘦的。尤其是她的手腕，细瘦得能看到白皙皮肤下的淡青色的血管。明明是纤瘦的，但她却对肥胖充满了恐惧，天天喊着要减肥，要节食。可是她吃起来真的不含糊。她吃得并不少，可是她会说："哎呀，我简直是一口都吃不下去。我要节食的，太胖了，这样不行的。"

每当她这样说，陆总就要嗔骂她："你是不想让我活吗？瞧我这身肉，唉，减不掉。""姐你这是富态。我看那些著名的歌唱演员，都是胖子。"林岚分辩说，"胖了是不是腹腔的共鸣好？

可是我这样胖算什么呢。”陆总就笑：“你这样的身材，该苗条的地方苗条，该丰满的地方丰满，还要怎么的？”“唉，我要再减十斤就好了。”陆总说：“你这是心理有问题。”

这是一个矫情的女人，是啊，陆总说得对，心理有问题了，汤小兰这样想。她觉得一个女人要是像陆总这样，倒是蛮不错的。陆总有一次还请大家去她家里吃饭了，因为她家乔迁新居。新居是在一个很高档的小区里，房子很大，上下两层的。在汤小兰看来，那装修得是极为豪华。那天是她丈夫下厨，她只负责带领大家上下楼参观，阳台、储藏室、健身房、卧室、洗浴间……她丈夫是位国企的副总，中等身材，也是发福了的。但这天他显然很高兴，乐呵呵的，很快乐地在厨房里忙来忙去的。在这个家里，只有他们夫妻两人。他们的孩子在国外读书，刚刚大学一年级，说是在麻省理工，学的是计算机。

汤小兰是真心地羡慕陆总这样的生活。当然，她是不可能拥有这样的生活的，永远也不会，她想。陆总这样的人，也配有这样的幸福生活。她觉得陆总的生活比郎总还要美好。她喜欢陆总，或许是因为喜欢、羡慕她这样的生活。如果说她最讨厌公司里的谁，那肯定就是林岚。她不喜欢她，但却又不能表现出来。

有天林岚看到汤小兰头上的发夹，吃了一惊：“这不是我的发夹吗？我过去找了好久，怎么会在你的头上？”汤小兰红了脸，仿佛倒像是自己偷来的。“还我。”她几乎是不假思索就从她的头上拔了去。“这是我的，”汤小兰说，“我自己的。”她不想说她是捡的，可是那也是她在住的地方捡的，怎么就成了她林岚的呢？当然，林岚说的也可能是真话。可是让她觉得奇怪的是，她的发夹怎么会掉在那个屋子里？而且是掉在一个很隐秘的地方。这是不可理解的，她想。或许她有太多的她所不知道的秘密。

但汤小兰知道一件事，那就是自己不能得罪她。所以，她是比较小心的，尽量不去冒犯她。她知道林岚内心里是个多么要强的女人，而且有时她的心眼还显得很狭窄。有时她有大大咧咧的一面，有时却又心细如发丝，或者说是针孔。公司里有两个人大概曾经是冒犯过她，她就一直背地里向郎总表达不满。她看得出来，林岚总是让自己保持在一种紧张的状态，除了郎总，她对谁都不讲客气。她往往是强硬后，立即就又放低身段，主动地要和你亲近得不行。或者前一刻还和你亲热得很，一点小事就能引起她的不爽。

她一个老姑娘了，情绪不稳也许是正常的，汤小兰有时候就在心里这样提醒自己。她俩的性格反差很大，要命的却是她们在一起的时间还比别人多，因为她们总是经常一起出席饭局。

饭局通常都是设在晚上，有时是在公司楼下附近的某个饭店，有时则要到市内的某个饭店。在市里就要开车去。人多时，小孙会开着郎总那辆黑色的大奔。人少时，林助理也会开自己的那辆国产的红色小车。汤小兰不知道那车的牌子，因为林岚自己也说她买不起好车，就买一辆别人不认得的。“便宜，别人又认不出来。”她又像是在自嘲。在她的能力范围里，她喜欢买名牌，比如LV手包、伯爵女表。但在汤小兰看来，她说的那些和她过去在那条商业一条街里的有些小店铺里看到的仿制品并没有什么明显的差异。

林岚喜欢开车，有时主动开那辆大奔。“你开车太猛了。”郎宇光不止一次地责怪她，“这个速度太危险，要是遇到紧急情况，你都来不及反应的。”虽然这样说，但他却并不惧怕。有一次她开车带他到一个山里去，车子急剧摇晃，他都被她震得从座位上跳起来，撞到了车顶棚。“我不怕死，但死一定要死得干脆。”他这样说过，“别落个残疾，那太磨人了。”

“不会的，”她自信满满，“我喜欢开车，尤其喜欢老美的车，然后才是德国的车，霸气。”她说。“有人说女人开车是感觉在驾驭男人，你是不是这样的感觉？”郎总说。“是吗？我没这样觉得。这世界是你们男人的。你好驾驭吗？你是千里马，不是野马。”她说。

“你是野马，一匹小野马。”他笑着说。

汤小兰听出他们是在调情，她不说话。她能感觉到自己在他们中间很多余。林岚不喜欢她，只是因为她是郎总招进来的人，所以她才会拿捏其中的分寸。林岚也看得出来，汤小兰对自己并不构成威胁，所以她有时表达出来的暧昧也不避讳汤小兰。有时饭桌上客人拿她打趣，她也不恼。

她是一个久经沙场的女人，汤小兰想。后来她才知道，她内心里也会有很柔软的地方，并不像外面表现出来的那样老辣。

“一个人心痛，外人是看不出来的。”林岚有次突然这样说。

汤小兰觉得她说的简直是一句名言。

4

郎宇光心里的一个想法很特别。

公司里招录了汤小兰，自然不是做一只花瓶。郎宇光是生意人。他在收藏中突然悟出一个道理，就是有些东西是可以升值的。其实这个道理他早就明白了，只是上次见识了那个花木大师，这样的感觉就更加地强烈了。他自己也说不清为什么就对汤小兰动了心，他承认她身上有什么特别的东西吸引了他，不止是年轻美貌。当然，他当时要求林岚把汤小兰聘进来是一个临时的决定，也许有点冲动？不，他一点也不后悔，坚定地认为这是一个正确的选择。

汤小兰就是一朵清纯的花。他在她的身上还是能感觉到一些泥土的气息，还带着清冽的晨露。他要把她培养成盛开的花朵，鲜艳欲滴，芳香四溢。他要做生意，就要有吸引人的宝贝。他就要把她养成他的宝贝。这样的事，他也见过。他记得在他小的时候，邻居是个丧偶的商业局长。那年头商业局长的权力真是大啊，多少人要巴结、仰望的。那个局长平时进了院子，都不爱搭理人的。要是求他给一辆自行车券，或者缝纫机、收音机什么的，甚至是多买几斤白糖都不行。但他看中了城郊供销社里的一个年轻漂亮的营业员，那个女营业员当时只是一个临时工。因为有了这样的一个“软肋”，所以那个供销社要什么样的紧俏商品，都能被满足。

美色也是一种力量。

她要成为他的秘藏的武器。

通过一段时间的观察，他感觉汤小兰真的是可以塑造的。他要慢慢地磨炼她。他开始有意识地带她参加小范围的饭局，见识一些简单的应酬。他能看得出他的那些生意伙伴和朋友，眼里都有一些特别的火光。他们在心里恨不得立即把她生吞活剥了。那些家伙见惯了生意场上的年轻女子，色情下流场所的美艳女子也阅历甚多，哪里见过这样清纯朴实的姑娘呢。

“老郎你在哪儿挖来的美女啊？”

“你这家伙，原来还藏着这样的美女？”

“上手了没有？放手时和兄弟说一声啊，一定重谢你。”

“老弟你艳福不浅啊。”

“行啊，你厉害。”

…………

郎宇光对他们七嘴八舌暗地里的话，只是笑笑，不多作辩解。他知道她的名声已经在小圈里传开了，不少人都知道他的手下有一个年轻的小美女。这个年轻的美女和风月场里的美艳女子是不一样的。他们都想能一睹芳容。他们以为自己或许是有点机会，真是做梦。她的身子，连他现在都还没有想法呢。他们真是把他想得太简单了，他想。他当然也是喜欢年轻美女的，但他却不会对她下手。她是他的收藏品。他让林岚带着汤小兰去KTV里唱歌，发现她的声音还可以，乐感也不错，可就是有点胆怯，情绪上放不开。

和汤小兰跳舞是一种享受。

汤小兰有灵性，林岚只教了她三次，她就基本掌握了，甚至还能做出一些漂亮的舞蹈动作。他拥着她的时候，感觉她就像一只温柔的小猫，格外地轻盈。他的大手放在她的腰肢上，感觉她真的是柔弱无骨。腰肢绵柔温热，它潜藏着年轻女性的体能。从腰肢最凹处隆起的就如两个大陆板块碰撞后形成了连续的山峦曲线，是灵巧的髋部。她的髋骨是有灵魂的，能敏感地体会到他手指非常轻微的暗示，又像是长了眼睛一般地主动跟着他的脚步移动……他不像是在和一个年轻的女性跳舞，而仿佛是一个人沐浴在午后的阳光里，而且是在酒后微醺中于田野上和一团空气相拥，陶醉摇摆……但她的肉体又是那样真实地在他的手掌里，她的小手也是轻柔地搭在他的肩膀之上。他的鼻息里，是她头发上淡淡的香水味……

郎宇光并不经常和她跳舞，因为他知道林岚有时会吃醋，这让他心里对她有些不快。他觉得她应该是了解他的。当然，他不得不承认和汤小兰过于接近是容易出问题的。他跳舞时很少去看汤小兰。她的那张脸真像是画家画出来的，线条精致流畅。在舞池旋转的五彩斑斓昏暗的灯光里，她的脸越发生动，一双眼睛秋水流动。他有冲动，有时会情不自禁地在手上用了些力量。他想把她完全拥在自己的怀里，把她整个人都摁到自己的身体里去。他有那种非常强烈的合二为一的冲动，想占有她，揉碎她……

他那一刻，就像钢铁一般地坚硬。

他不怕她发现他的欲望，她应该能感觉到他身上的力量，他的血液流动在加速，心跳加快，呼吸粗重急促……他怕的是别人看到异常。

他不想有这样的尴尬。

“你过去怀疑我对她有非分之想，现在错了吧？”有次他对林岚说。

林岚嘴上不太愿意承认，但心里却又不得不承认这么长时间以来并没有发现他对汤小兰有什么特殊的举动。她相信他们到目前为止还是清白的。可是有一个晚上当他在她身上猛烈地撞击时，她耳朵里听到的却是另一个名字。那个晚上他好像特别地猛烈，就像是一头野蛮的公牛。他喜欢把他体内的蛮劲，全部发泄到她的身上。那一刻，他全身的力量都会集中到一点，双手就像工地上打桩机的两根臂柱紧紧地撑在她的身体两侧，青筋暴绽。他的头发在激烈地飞扬，脖颈的血管凸起在薄薄的皮层之下。他一边用力地喘息，一边在嘴里蹦出无数稀奇古怪的言语：“我的小饼干，小肉肉，× 你 × 你 × 你……”他的喉管简直就像是爆米花机，那些奇妙的胡言乱语杂夹着各种脏话就像受热炸开的玉米花从铁筒里蹦出来……

“你是我的！我的！我的……我的小饼干、小草莓、小甜心，干你干你干你……”他低吼着，在她的耳边。当他说到了另一个名字的时候，她真的愣了一下，但随即就感到他一泄如注。就如广阔大洋上屹立的高大的冰山，瞬间雪崩……倒塌……

他倒下了，躺下了，又恢复了原来的面貌。他甚至能在这之后不久，一本正经地和她谈工作，和平时一本正经在办公室里布置工作并无二致。

她已经有点习惯了。

但她现在是好奇了："你刚才叫我什么？"

"什么？"他像是有点惊讶。

"你叫了她的名字。"

他愣了一下，随即长呼了一口气："胡说！"

她知道他心虚了。

"别胡说，你要好好地带着她，培养她。有一些东西要教她。怎么应酬，怎么装扮。"他说，"我们要开展业务的，少不了和客户打交道，也不能总让你在前面应付。"

"你还知道我辛苦？"

"我是说正经的。"他说。

5

汤小兰能真切地感受到郎宇光对她的好。

郎宇光有时喜欢带着汤小兰出去。有一次她随着他去市里看望了一位老干部，据说是个很大的高官。她就说了两句话，老人就知道她是哪里的人。

“你是陈桥那边的人吧？”老人是满头的白发，老态龙钟，但眼神很好，说话也利索。

“是的。”汤小兰知道自己努力说的普通话还是露出了破绽。

“陈桥哪里的？”老人来了兴致。

陈桥是县。

“南阳。”她说。

老人高兴起来：“南阳，南阳，我去过，当年我在那里搞‘四清’。我对那个地方很熟啊。你父亲叫什么？噢，或许你爷爷应该知道我的，我在那里待了半年多。自那走后我就再没去过那个地方。你们那里出人才，是谁来着，名字到嘴边想不起来了，是你们村里的吧？”

汤小兰知道他说的是邻村的那个人，在外当着高官。那个人的官应该比眼前的这个人还要大，更威风。

郎宇光是带着她出来见世面的。他一直觉得她是拘谨的，因为在她的头脑里一个乡长就是很大的干部了，虽然她到省城已经有些时候了，可是旧有的念头却挥之不去。在那一段日子他领着她去省、市的一些机关厅局都转了转，那些人的眼神是暧昧的，但他一本正经地告诉他们，她是他的侄女。是的，这是他临时灵机一动想出来的。因为有她陪伴，所以那些人对他比平时要更热情些。他非常热情地邀请他们有机会到他的公司来“指导工作”，他们都非常愉快地答应了。

“这些机关真大啊。”汤小兰每次都感到惊讶。那些机关大院，平时她是进不去的。她从来就没敢想着能进去。

有天他和她路过了康宁路。

“怎么这样静？”她有点奇怪。

他就一下子想起了那个老头。

老头住在康宁路 8 号。

康宁路永远是这个城市里最静谧的一条巷子。这里就像是城市中心的一个很大的花园，绿树成荫。那些树木都有些年头了，看上去都非常古朴却又生长茂盛。那一带看不到高层建筑，一式的都是两三层的小楼，大多是民国建筑，粉墙黛瓦，很神秘地掩映在路边围墙后的树丛里。大车在这里是限行的。那些小楼大多是独门独院，在外人看来，院门永远是关着的。那些小院看不出有太多的区别，都是看上去很相似的铁门，区别只在于门牌号，蓝底白字。这条路上也很少有人来往，更别说小商小贩，驶来驶去的大多是挂着机关牌照的黑色小车，或者是很高级的私家轿车。

这个地方郎宇光其实来过好几次，但老头一直对他淡淡的。当时是省报的一个记者带他来的，那个记者神通广大，和不少商界大佬有交情。郎宇光就是在一次企业家联谊会上认识的。他们坐在相邻的位置，交换名片时，他说："哪天我带你去看一个人，许老。"

这是一个很响亮的名字，郎宇光自然是知道的。如果不是他退休了，他相信自己过去是没有机会接近的。

老头喜欢听人说，他是一个习惯了听取汇报的人。现在没人汇报了，他依然是个喜欢了解情况的人。他不想被外面的世界隔绝。听了后，往往也并不说什么。郎宇光知道那个记者其实更像一个做局者，但他也是江湖中的老手，交际能力自然也并不弱，迅速让老头对自己有了信任，并由此慢慢熟悉了起来。

郎宇光也知道其实来看望现在的许老的作用是有限的，因为他已经退休多年了，没有什么权力了。当然，他依然还有着常人所不及的能量。因为现在很多领导，曾经是他的部下，甚至是他部下的部下。事实上他退休以后就很少出现在公众场合了，他把更多的时间用在读书上。郎宇光第一次到他家时，被他书房里的两大排书架吓了一跳。老头绝对不是故作高深，在他的明亮的书橱里并没有成套的某一类书籍，许多是政治学、哲学和经济学的著作，也有一些历史书籍和回忆录。甚至他还自学德语，当然，学得非常吃力。

“年纪大了，记忆力不行了。”老头曾经这样哀叹说，“忘性大。”

老头还写回忆录，连秘书都不让看。他说他写了很多自己想说的话：“真实，真实，重要的是真实。我写这个是留给历史的，给明天的，给下一代人的。有一些历史性的事件，我要写下来我所知道的。我知道的，和现在书上写的，不一样。”

“我在写回忆录，很累，很累。”老头说，“涉及的一些问题，有一些是犯忌的，有一些当事人也还在。我未必能活得过他们。我写的，必须是我不在了，他们也不在了，才能公布。太多的是是非非，太多的斗争……这些历史必须有人写出来，有些事我是当事人之一，是亲历者，必须要给历史一个准确的记录。”

郎宇光最初的想法是希望通过老头帮他在一些事情上打打招呼，但他很快就明白这是完全不可能的。老头的秘书后来悄悄告诉他，说尤其是刚退下的那些年，来找老头的人多得不行。但老头是一概拒绝的。这些年，才稍稍好一些，开始接触一些人了。但是，不管来的是什么人，他只是“倾听”。

“我听，但不管事。”这是老头常挂在嘴边的一句话。

郎宇光后来改变了想法，他觉得真的就不能对老头有那种生意上的想法，他甚至为自己当时有那样的想法感觉到可笑。和老头以利相交是行不通的，而以义相交却可能对他有大帮助。他想他或许在某一个关键的时候，需要老头来帮他说话。他是见过一些人倒霉的。不管你生意做得多大，但随时都有可能破产。这个破产不纯粹是因为生产经营出现了问题，而是某种特别的原因。就在半年多前，他很熟悉的一个人跳楼了。他投资的一个项目突然被冻结，投了好几千万，而相关部门没有任何说法。那是一个很开朗的大胖子，喜欢女人，喜欢美食，爱结交朋友，经常一掷千金。他朋友多，路子广，挣钱也多。他不掩饰他的一些做法，听上去粗鄙而直接，但却往往行之有效。

“送钱，送钱，就是送钱。”他说，“妈的，有钱就能办事。”

郎宇光当然也知道送钱，但他知道光这样还是不行。就是这一次，他带着汤小兰来看望许老，让他心情大好。郎宇光故意提到了自己的一个项目现在出了问题，是被城西区的区长拦住了。而这个区长，原来做过好多年老头的秘书。

“小杜？”老人这样问了句，就不再说话。但是，郎宇光心里却开心得很。他有第六感。他觉得许老的语气和平常有点不一样。他在心里有点佩服自己，觉得他的努力其实是有点意思的。

“什么时候许老可以再回去看看。”汤小兰说。

“好好好，”老人连声说，“真的要再回去看看，也不知道你们那里变成什么样了。过去一直是觉得总有机会去的，但却一直忙得没时间，去也只去那市里面。市里的同志把你的日程安排得满满的，根本走不到田间地头去。”

走到8号院子时，郎宇光说：“权力给人带来的感觉是不一样的。”

汤小兰不太完全明白他的意思。

“这个过去是省里最大的官了，不可怕吧？很平易的。”

汤小兰有点惊讶于这样的见面，“挺好的。”

汤小兰等了好些日子也没接到刘晓阳的回信，她的心里也开始冷了下来。是的，他的身份不一样了，怎么可能还会保持着过去的那份情感呢？所有的情感都是会变化的，会冷却的，会遗忘的。她庆幸自己在信里并没有更多的感情流露。

他一定是有女朋友了，她想。有女朋友是正常的。考上了大学他就会有不同以往的生活，不同以往的命运。这是人生的一种再塑造，她想。如果当年她也顺利地考进一所大学，他们又会如何呢？他们或许会非常地幸福和甜蜜。即使没有考进同一所大学，他们也会经常地联系，经常地见面。卿卿我我。

有一天上班时汤小兰接到一个电话，在电话里听到的却是一个陌生的声音。

“你听不出我的声音？”

她一下子真是分辨不出来。

“刘晓阳。”对方笑了。

汤小兰的脸红了一下，她看了一下办公室，好在没人注意到她的反应。她有好多的事情想问他，想对他说，可是他却只顾在电话里说啊说，说他刚刚才收到她的信，说他最近在学校里的生活……

“哪天我们见面吧。”他说。

“好。”

她的心一直在“咚咚”地狂跳……

6

风在大平原上肆虐。

大平原上一马平川，风几乎没有任何阻挡地咆哮而过。显然它不满足于这样的坦荡，使劲地在这片大地上撕扯着，像是要把这大地扒掉一层皮似的。所有的植物都在狂风里发抖，尤其是大片的玉米地里的玉米如潮水般地汹涌。每当它们在一阵强风过去刚想稍稍直起身子时，又一股狂风就再地呼啸着碾压过来，让它们再次匍匐下去……宽大的叶片互相抽打着，就像鞭子一样。抽断的碎片已经被狂风卷走，飘到了半空中，最后消失到不知何方去了。

最初的几天里天空碧蓝如洗，看不到一丝云朵。村里看不到什么人，偶尔路上有农用车驶过，或者是一两头牛，而牵牛的人则被风刮得东倒西歪，远远地看上去有点奇怪，就像在跳着一种奇怪的舞蹈。汤小兰就在这个时候回到家里，在村外的那条公路边下了车后，几乎都站立不稳。风太猛烈了，撕扯着她的风衣，撕扯着她乌黑的头发。她的乌发在她雪白的脸上飞舞着，挡住了她的视线。她不得不放下行李箱，想拢一下头发。就在她抬手的那一瞬间，狂风像是一个顽劣的孩子一下子就把她脖子上的那条丝巾扯走了。

那是一条特别漂亮的丝巾，就在从她脖子上扯走的瞬间，它还躺在离她脚下不远的地上，静静地等着她。可是当她快步跑过去想弯腰捡起时，它立即就又像蛇一样地扭动起来，然后飞腾到了半空。它飞扬得那样的高，高得几乎都超出了她的想象。它在阳光照耀下的蓝色天空背景里，越发地艳丽。

它是那样的轻盈，以一种优美的舞蹈姿势在天上翻飞，它时而是弯曲的，时而是伸展的，变化多端。她希望它能缓缓地落下来，给她重新捡回来的机会。这条丝巾是刘晓阳送给她的。他们第一次约见时，他就送了这条丝巾。那条丝巾的价格对他而言还是比较贵的，他是在市里最豪华的商场买下的。当他将丝巾送到她面前的时候，她的心里就像是被小电流暖暖地麻了一下。她的脸红了，心儿有点颤，眼眶有点湿，但她忍住了。她笑了。她在他的眼里也看到了他的满足与幸福。是的，她相信他那一刻也是甜蜜的。

她爱这条丝巾，看得特别的珍贵，因为她觉得这条丝巾里全是他浓浓的情意，有他对她全部的爱。她几乎是不离身的，每天都会围着它。可是它飞走了，就像是一只大雁缓缓地扑打着翅膀，向远方飞去……她的心真的有点痛，痛得厉害了。她站在那里看着它越飞越远，越飞越高，最后完全地消失在她的视线里。

汤小兰眼里的村庄变得有点陌生了，这样的感觉是奇怪的。她最初回来的时候还有一种浓浓的归宿感，这里是她的家，城市只是她漂泊的地方。可是现在却觉得城市才是她生活的地方，真正在村里长大的有父母在的家反成了自己临时的驿站。

在她的心里一直疑惑的，就是那个也叫汤小兰的女生。不久前有一个班上的女同学来城里，告诉她一个惊人的消息，说她的成绩被别人顶替了。

“怎么会？”她惊讶得不行。

“真的，我听人说的。”那个女同学很肯定地说。她说她是半年前才听她的哥哥说的。她哥哥在县里的一个机关工作。当然，她的哥哥也只是听人无意间说起的罢了，并不了解真实的内情。这位女同学也没能考上大学，但她在县城，各方面的条件不错。她先是在县里的一个工厂里工作，半年前工厂倒闭了，她就决定到省城来找一份工作。她有亲戚在这个城市，据说已经帮她找了一份不错的工作。

这事是难以想象的，但因为前次的那个巧遇就使汤小兰相信真的有这样的可能性。天下没有这样巧的事情，但天下真的可能就有这样巧的事情。她知道这个世界上同名同姓的人太多了，多到数不胜数。在二中读书时，她就知道学校里有两个叫王军的。一个王军个高点，瘦，家里是县城的；另一个王军矮胖，成绩不好，爱打架，家里是赵集乡的。他们是名人，因为很多同学出于好奇都想认得他们。而自己在高中的三年时间里从来也没听说过另外的班上有和自己同名的女生。

她相信自己的记忆。是的，那个叫汤小兰的女生她过去一定是在学校里见过的。她的记性一向是很好的，尤其是这两三年她在饭店和服装店里的经历，她越发相信自己对人的识别。过去凡去过服装店的客人，只要她见过一次，后来再见她就会马上认出。那个女生，一定是她过去在学校见过的。是的，至少见过了五六次，有一次是在学校的大操场上晨跑，还有几次应该是在食堂和集体宿舍的走廊上。

汤小兰想，也许那个叫汤小兰的女生根本不叫汤小兰而是叫别的名字，但是她的同学却一定是真的。如果这样的推论是成立的，那前来告诉她自己被人顶替了的女同学的话就一定是真实的。而且，女同学的话越发证实了她前面的推论的可靠。如果自己是被人冒名顶替了的，那么她希望学校能对自己有个说法。是的，必须要有一个说法。她也不需要有什么赔偿，只希望自己有机会能重新去读一次大学。她会比别人晚几年，但她不在乎。她渴望能有这样的一个补偿，好好地到大学里去读书。

她太想了。

因为这样的想法，她甚至有点激动起来。

“我们学校过去有个叫汤小兰的吗？”她这样问过刘晓阳。

刘晓阳笑了，觉得她说得太诡异了：“不就是你吗？”

当她把自己的一切遭遇都告诉他后，他也表现出了极大的迷惑。他不能相信，却又有点相信。他相信汤小兰的话，但却不敢相信这样的事情。

“怎么可能？不会吧……”

如果这事是真的，那么也就证实他自己当时对汤小兰的认识是正确的。以汤小兰的成绩，当时怎么可能落榜呢。

父母对汤小兰突然回家，多少有点意外。汤小兰没告诉他们实情，只告诉他们自己回来只是看看，想家了。她告诉他们，自己和公司签订了劳动合同，也就是说她和一般的打工有所不同。她订的是长期的劳动合同，收入上有一定的保障。

汤小兰专门回来找了原来的老师，试图探听一点消息。原来的班主任陶老师也不相信她这样的说法：“不会吧？怎么可能？”他是吃惊的。

“没有同名的，”他很肯定地说，“这个我知道。你们那一届里面的女生，只有你一个叫汤小兰。”

“没有，你肯定你这消息准确吗？”陶老师问。

汤小兰心里没了底……

“上次给你写信的……你和那个同学有联系吗？”妈妈曹淑英有点关心。

汤小兰笑笑，装着漫不经心地说：“联系了呀。”

她没有往下说。她不想说得彻底，这是她心里的秘密。她觉得这种事暂时还是不对父母交代干净的好，因为她怕也许最后的结果会让他们失望。她感觉她和刘晓阳的关系还没有非常成熟，她不能肯定他们这样的关系能一直不变地保持下去。当然，她相信刘晓阳是真的爱她的，她也是爱他的。可是以自己现在的这种情况她不知道将来会是如何，毕竟他还面临着毕业就业的选择。他们的心是不会变的，但工作和生活的状态却是没法完全把控的。

像所有的恋人一样，他们开始约会。再次相遇让他们感情迅速地升温，完全没有汤小兰担心的那种隔膜。刘晓阳说他没有女友，而她自然更是没忘初心。她更希望悄悄地进行着，不希望被别人知晓。她希望自己能努力，努力地配得上刘晓阳。

她想追究真相，但显然没能解开心里的疑团。

晴朗的日子是短暂的，狂风刮来了大片乌云，它们就像草原上汹涌奔跑而来的马群……整个天空都变成了铅灰色。黑色的雨燕惊慌地在空中扑打着翅膀，时而低低地掠过一片水面，时而又奋力地向半空中飞起。玉米地里的玉米一片狼藉，全部倒伏了下去。而且暴雨很快就会来临，倾盆而下，让所有的田野变成一片泽国……

汤小兰等着陶老师的消息。

陶老师答应帮着她去查查，但她也知道这样的希望是很渺茫的。但她愿意等待最后的结果。如果事情并不像自己怀疑的那样，那她也就正好死心了。白天里她和父母一起下地，努力地去把那些倒伏的玉米扶起来。父母也是做最后的努力，他们寄希望于天气不会再有变化，狂风之后不要再下大暴雨。然而，这也只是一种心愿而已。

暴雨好大，哗啦啦的噪响，充斥了整个村庄，充斥了整个漆黑的夜晚……汤小兰几乎每天夜里都会做梦，做着各种各样的梦。那些梦让她心烦意乱，好几次都从梦里惊醒过来。她梦到了刘晓阳，也梦到了郎总和早已经去世的爷爷。她梦到了那条丝巾，好好的，就在床边。她满心欢喜，一下就醒来了。醒来后就本能地在铺上摸啊摸，却怎么也摸不到，这才反应过来原来不过是一场梦。

她心里好失落。

她有点担心要是刘晓阳问起来怎么办，她要说实话吗？不！她就说这次遗忘在家里了。这是个好理由，她想。

让她意外的是居然又梦到了另一个汤小兰。其实她并没有看到她的样子，模糊得很，影影绰绰的一个身影。好像是在城里的一幢大楼的走廊里，她就走在她的面前。她想追上她，可是怎么也追不上。于是她就使劲地喊，汤小兰——汤小兰——可是那个汤小兰却根本不理她。她急得不行，她想追上她，当面问清楚那到底是怎么回事。她不是汤小兰，自己才是汤小兰。

她急哭了。

醒来后她想回城。她害怕这样的雨夜，梦魇一直这样缠绕着她，让她身心疲惫。她的头好疼，晕晕的，一种很昏沉的疼痛……

7

内心里的忧郁让她的脸上有了一丝愁容。

公司里的人却说她是瘦了，好像还有点黑。他们还夸她，说她这样也挺好看的，就像是去了马尔代夫旅游过了一样。林岚去了马尔代夫回来时就是这个样子。

她的确看到自己脸上不像原来那样水嫩了。陆总刚从日本旅游回来，送了她一盒资生堂的美白霜。秦总每天进进出出，打不完的电话，有时表现得不太耐烦。让她有点奇怪的是回来后连续好多天没有看到郎总，小李悄悄地告诉她，说郎总和林助理有天吵架了，吵得很凶。林岚在郎总的经理室，把他的茶几都砸了。没人知道他们后来去哪了，或许是到下面的公司去了？但这样的可能性太小了，至少林岚是不会去的。

“为什么吵？”汤小兰话一出口就意识到自己很傻。

“领导的事，呵呵，我们不懂。”小李眨着眼睛说。

汤小兰不想多猜。有一次到外地去，然后活动结束了，她去一个房间准备问点事，推门却看到林岚坐在郎总的怀里。林岚显然哭过的，眼睛有点红。汤小兰吓得赶紧退了出来，心还怦怦地激烈地跳个不停。她真心不想窥破他们的这种事。

“你年轻，不懂。”小李这样说。

小李是个胖子，有一副圆滚滚的肚皮。其实他是这个公司的少数几个元老之一，据说跟了郎总已经很多年了。他原来是市郊农村的，初中毕业就学会了开车，跑了好几年运输。他在公司里就是打杂的，啥活都干。后来林岚来了，好多重要的事情就不需要他干了。他挺乐意的，因为他觉得他天生就不是一个干细活的人。让他去办太讲规矩的事，他干不好。

“这样挺好。”这是他常挂在嘴边的一句话。

他是个乐天派，凡事不愿意想得太多。他结婚好几年了，居然有三个孩子。老婆就在乡下。他所在的村子也遇到了拆迁，一下子分到了三套房子。老婆更美了，“没事干，快活得很，成天就是打麻将”。他说。自然，他也不在乎自己的工资多少。重要的是他觉得一个男人必须在外面有点事做，哪怕只是在外面晃来晃去的，也还是算个事情。他之所以在这里干，一是因为郎总待他还挺好的，二来他觉得在这个公司里和社会接触比较多，形形色色，各种各样的，五花八门。当然，他最不喜欢的就是和权威部门打交道。他喜欢和最底层的人交往，因为他觉得越是简单粗暴，越是沟通有效。公司里凡是遇到那种鸡毛蒜皮的小事，都是他去摆平。

“公司里的事……不好说。”有一天他这样说。

汤小兰不明白他的意思，感觉他说的并不是一般意思上的评价，更像是一种对她的警示。她知道他对公司了解得多，公司的许多秘密甚至包括郎总个人的隐私，小李应该都是一清二楚的。然而，就算她知道公司里的一些危机，她又能怎样呢？

她希望公司太平。

第二卷 Chapter 2

第一章

1

汤小兰有点脱胎换骨的感觉。

程蕊蕊再次看到她，也说她变了。她变得洋气了，讲究了。她不是打扮得时髦的那种，而是在衣着上更讲究品质。现在没人能轻易认出她是乡下姑娘。而且，她的普通话说得也比较好了。虽然还略带一点她的家乡口音，但听上去却更有韵味。她偶尔冒出一句方言，还挺逗乐的。她现在的性格也开朗，爱笑，还时不时地冒一两句小幽默。她头脑里迸发出的那种小智慧，是有趣的。就连林岚这样特别要强的人，也不得不承认汤小兰是聪明的。办公室里有时遇到一些解决不了的小难题，她会用别人想不到的意外方式去尝试。

“聪明。”郎宇光就用这俩字来评价。

他是有成就感的。他向公司里的人证明了自己看人的眼光，虽然他根本就没意识到这一点。淘选古玩时，他时有上当受骗的，但他知道在这件事情上他肯定是做对了。有时他不能办妥的事，让汤小兰去跑就变得比较容易。甚至有一次他到一个机关里办事，那位处长非常直接地说：“怎么不让那个汤小兰来？还劳你老总的大驾？”

汤小兰成了公司的一张名片。每次郎宇光请客，那些客人们都要看到汤小兰参加。有次一位银行的副行长喝多了，凑着郎宇光的耳朵说：“你让小汤陪我……几天，贷款的事……我马上签字……”

郎宇光笑笑，不当真。这怎么可以轻易出手呢？就算是出手，他也要讲方法的。现在是慢慢把她塑造成了一个现代的清纯姑娘形象了，如何地真正为他所用，还是一个问题呢。而且，这是一个很大的问题。这事急不得，他想。这是一个漫长的过程，但是他有信心。城市是一个光怪陆离的所在，灯红酒绿里飘荡着奢靡的气息。各种的热闹浮华是那样的鲜艳动人，勾人魂魄，而暗里都是金钱涌动。一如城市的白昼和傍晚并没有明显的分界，原来的矜持也一定会滑入或游离于半明半暗的生活……一切都是可以交易的，而交易有时是充满了暧昧的气息，有时气息醉人。

他要让她变成可控的。

有一阵子他让她到下面的子公司去。“下去看看吧，熟悉熟悉情况。”他说。

公司在黄州路那边，汤小兰每天光花在路上就要一个多小时。她开始真心感觉有点不太适应，但她却不吭声。她向程蕊蕊埋怨过，但程蕊蕊立即就说：“千万别埋怨，挺好的。这是对你的考验呢。在上面你又没有太多的事情做，做好做坏的，反倒是碍人眼。到下面公司自己多看看，挺好的。”

让汤小兰感到不安和难堪的是，她到那个房地产公司真是无事可做。那个公司里有好几个和她一样的年轻女孩，她们嘻嘻哈哈的，好像过得很开心。她去的那段日子正好是淡季，她们都闲得很。只有到了有新楼盘开售时，她们才会忙碌，一个个打扮得花枝招展，卖力地向客户进行推销。她们的工资完全和业绩联系在一起，卖得多就挣得多。她听说她们中的一位一年能挣几十万，让她吃惊不小。那个姑娘长得很性感，娇媚，据说她专门找大客户，一年里如果能找到一个集团客户那就什么也不用愁了。一笔回扣相当于普通人好几年的收入。当然，要做成这样一笔大生意也是非常不容易的，免不了要陪客户一起吃饭、唱歌，甚至是上床。她们说有一个公司的一个售楼小姐，一年能挣好几百万。当然，她们也没见过，只是传说。但她们相信那个传说一定是真的。

她们是真心羡慕。

但要做到那个级别太不容易了。吃饭、唱歌甚至上床都不算难事，还得要长得非常好看。光好看也还不够，还要有点心机，嘴巴还要像抹了蜂蜜一样的甜。汤小兰看到的那个姑娘就真的很好看，奶子大，屁股翘，皮肤又白皙。和她一比，汤小兰觉得自己还是太本色了。而且那个姑娘真的就是千面娇娃，时而表现得很羞涩，时而又豪迈得不行。她可以和公司里的男高管随便开任何玩笑。有些人甚至当着那么多人的面，就拍打她的屁股，或者是在她的胸上摸一把。而她夸张的惊叫，简直能把售楼处的玻璃给震坏了。郎总偶尔来一次也喜欢和她聊天，和她说话什么的还很亲密的样子。

“她们就像妓女一样。”有次林岚这样不屑地说，让汤小兰吃了一惊。她很惊讶于林岚这样的评价，有些想不明白她为什么要这样尖刻。她想她是妒忌了，妒忌那个姑娘的性感、美丽、能干，还妒忌她的捞钱本领。事后汤小兰才知道这些姑娘和公司的关系其实并不大，严格地说她们甚至不算是公司里的人。公司和她们并没有用工关系。她们的底薪很低，只有她的五分之一。她们几乎完全靠销售才能生存。很多时候，她们就站在大厅里闲晃，或是围着楼盘的沙盘模型转悠，有些姑娘干一阵子就离开了。

汤小兰不喜欢在这个环境里，她感觉下面的情况有点乱糟糟的。她和那些姑娘有点隔膜。她感觉她们看她的眼神也有点怪。她感觉不自在。她静不下心来，连小说都看不进去。很多时间她只是在那里玩玩电脑游戏。她还必须每天正常去上下班。公司里那个姓尤的经理总是会注意她的出勤，“你是郎总派来的人，”他说得意味深长的，“我们要照顾好的。”

那段日子是最难熬的，她感觉自己是一个可有可无的人。她不明白自己为什么会在那里，因为她觉得自己对别人的工作一点作用都没有，甚至可以说是一种累赘。她希望能回去，回去了至少还可以做些她已经熟悉的事情。她不明白郎总这样的用意。用他的话说，他是不养闲人的。他用的人就必须有作用，能赚钱。她闲得都发慌了。她不敢向郎宇光提出来，只好偷偷地问林助理，而林岚却往往淡淡地说：“急啥？反正他也不经常在公司，你实在不想在那里，就不去。谁管你！”

汤小兰当然不敢。

她有点苦闷，就把它们写进日记里。

有一段时间，汤小兰发现自己没有任何的依托，数月听不到关于公司里的消息，也见不到郎总和林岚。有一天她装作有事的样子回到公司，居然发现办公室里没有一个人。她心里打起了鼓，鼓点激烈。有时她真的会发慌，害怕公司会出事，更怀疑她这样被边缘，是不是他有意要辞退她。如果真是那样，她想自己会主动地离开，虽然她会非常地不舍，不情愿。她知道这样的状态，让她变得多疑而胆怯。而之所以会这样，还是因为自己在乎这份工作，甚至可以说是非常在乎。甚至连刘晓阳都有点羡慕她，因为他毕业后参加工作也不一定会有她这么好的工资收入。

仿佛只是一眨眼的工夫，刘晓阳都已经快要毕业了。他已经开始在城南的一个单位实习了。关于未来，他还没有太多的把握。他说家里人希望他回去考公务员，进政府机关，但他希望能留在这个城市里。当然，家里人也并不反对他留在大城市。他希望能找到一份满意的工作，但自己也知道要实现这样的目标并不容易。现在就业越来越难了，尤其是要找一份好工作如果没有背景那几乎就比登天都难。因此他在心里犹豫得很，他甚至想着或许可以去考研。考研也并不是为了将来好就业，而是可以延长他在这个城市里的时间，可以和汤小兰更多地在一起。

他们的恋爱关系慢慢地公开化了。他们曾经一起结伴回过老家。在县里，他们见了过去的一些同学。不少同学都很羡慕刘晓阳，在他们眼里，他是他们中的优秀分子。在为数不多的已经考上大学的同学中，他也是非常优秀的一个。刘晓阳聪明，活泼，爱说爱笑。他是一个很讨人喜欢的人，尤其是女生。他们能这样一直保持着恋爱关系，还真是让大家有点感动。当然，大家更是满心欢喜地祝福他们。

他俩很般配，虽然说汤小兰没能考上大学，但大家依然觉得他们是适合的一对。汤小兰的美丽并不是随便什么人可以拥有的，他们对此深信不疑。

他们是一对幸福而甜蜜的恋人。

刘晓阳的大学同学也见过汤小兰，羡慕不已。那次中午，他带她去食堂里吃饭。班上不少同学都看到了，尤其是在食堂里他们对面而坐时，不时有男同学过来亲昵地捶刘晓阳一拳。那一拳，表达的是亲热，是小小的羡慕与妒忌。尤其是那些同学后来听说她已经工作了的时候，他们更是羡慕得很。刘晓阳没有告诉他们，她并没有读大学。当然，他们应该也能想得到。可是，并不影响他们的羡慕。时代不一样了，文凭的含金量越来越低了。他们更看重实际的东西，只要有一份稳定的工作，有很好的收入，文凭还重要吗？他们现在担心的是自己毕业后，能否找到一份合适的工作。

那天下午刘晓阳甚至带着汤小兰把大半个校园都逛了。

汤小兰想好好地看看大学的模样。

那天的天气很好，阳光灿烂。校园里绿草如茵。一些男女同学在经济管理系大楼前的那片草地上成双成对，或躺或坐，或是依偎着说些情话，或是读书、听音乐。路两边的法桐粗壮茂盛，偶尔一阵风吹过，叶片悠悠地飘落下来，暗示着季节的转换。汤小兰心里也是真实地羡慕草地上那些同龄男女的生活，她其实也应该是这样的呀。这样的环境，才是她向往的。这样的恋爱，也才是她所羡慕的。她知道她只能把这份遗憾深深地埋藏在心里，因为她相信她再不可能有实现的这一天了。就在他们前一次回去时，真的又有一个同学说，汤小兰好像是被人顶了。汤小兰真的又去了一趟学校，找到了校务处，说了这件事，那个主任眼睛瞪得好大，就像是见到外星人一样。

“怎么可能？天方夜谭。你觉得可能吗？”他一脸的鄙夷神色。

“你听谁说的？有什么根据？”他边说还边敲着桌子。

汤小兰一时居然无言以对。她只是希望了解一下，希望学校能够诚实地告诉她这事的真伪。但显然，学校认为她是侮辱了学校的名声。一个从学校出去了的毕业生，怎么可以这样诬陷母校呢？他差点要说汤小兰是忘恩负义了。

刘晓阳也认为这事的可能性不大，传言是不可信的。有常识和有理性的人，都不可能相信这样荒诞不经的东西。当然，他能理解汤小兰的心情。他知道她太想去读大学了。她坚定地认为考上大学，就可以改变自己的人生，然而现在事实上她已经改变了。她比大多数女孩子都要好，因为她有了一份很不错的工作。当然，她这样幸运肯定得益于她的青春美貌。而他之所以如此爱她，不仅是因为她的美丽，还因为她的本性一直保持着原来的样子。

对于爱情，刘晓阳是浪漫的。但是谁会不喜欢爱情的浪漫呢？刘晓阳记得在高一的时候，他就见过班上的女生打架。那时候他正在教室里上晚自习，然后就看到班上有两个女生先是在争吵，好像是为了饭盒的事。争吵声越来越大，最后居然打了起来。他看到汤小兰一直坐在课桌那里，有些紧张，很快就低下头去看书了。

他们那时是约好了一起考上大学的。她对考大学的必胜信心，比他还要大。他还清楚地记得他们有一次单独的约会，或者准确地说那不能算是约会，但的确是他俩一起出去了，在郊外逛了很久。事先他们完全没有约定，因为是学校突然停电了，而学校的备用发电机也不知道是什么原因居然也发不了电。学生们全从漆黑的教室里走了出来，三三两两的，或是操场上，或是走廊里。走出来还能在夜色里借助微弱的星光，看到一些影影绰绰的晃动。这是一种难得的放松，理由充分，心理没有任何的不安。他当时也是漫无目的地在闲晃，盼着电力恢复。他转到校门口传达室那边时，仿佛看到了一个熟悉的身影。走近了，果然是她。他们两人谁也没有说话，黑暗中的眼神其实也难以交汇，可是他们却彼此心有灵犀一起悄悄地出了校门，融入到了县城郊外的茫茫夜色里……

原本愉快的时间，仿佛突然变慢了。而且，越来越漫长。

汤小兰不明白郎总到底是什么意思。他偶尔来一次，看到她，也很亲热地问她的生活工作情况，却绝口不提她何时再回去。她甚至想，是不是就不能回去了。郎总为什么要这样处置她呢？会不会是林岚不喜欢她使的坏？她真的想不明白。

公司也已经搬过两次家了，她下派前是搬到了南山路上的一个小写字楼里，却一共只过了不到一年，之后就又搬到了富国大道上。新办公大厦，感觉比原来的更气派。她回去过一次，发现那里并没有自己的位置。

她心里有点发虚。

她不想再在这底下的子公司里消磨时光，因为她发现它并不算是一个真正从事房地产开发的公司而更像一个三四手的承包商。

她等着机会回去。

2

城市里总是会发生各种奇迹。

刘晓阳觉得自己在这个城市里最重要的奇迹，就是和汤小兰又联系上了。本来他都以为再也联系不上她了。他给她写过好多信，他希望她能重新鼓起信心再考一次。他知道有一些复读的同学，是能如愿考上大学的。他相信她只是一时的失利。而她学习的实力是强大的。他不想就这样轻易地放弃她。但那些信仿佛是泥牛入海。慢慢地，他的想法也就淡了下去。

事实上刘晓阳在大学里有过一两次非常短暂的恋爱。从他内心来说，或许那根本不能算是恋爱。最明确的应该算是那个长了一对小虎牙的女生，笑起来挺可爱的。

刘晓阳不知道这个外系的女生为什么会喜欢上他，他们只是一次在图书馆偶然遇上的。她有事要打电话，而手机正好没电了，就向他借用了。一个很简单的偶然事件，却成了交往的契机。

他不知道那是不是她有意的一个借口。

那个姑娘对他很好，到了周末就来找他，要帮他洗衣服什么的。她的热情让他有点难堪，也成了室友的笑柄。他们笑着，劝他就范。她是外省的，家里的条件比较好。在仅有的几次见面里，她隐约向他暗示过，说她的父母都是做生意的，在南方沿海的一个小镇上。不过后来她的家却是安置在厦门。他当然知道厦门是一个非常美丽的城市。

“我父母希望我将来能回去，工厂需要帮手的，”这个胖乎乎的姑娘又担心自己说得太直白了，“我弟弟还小。”

他懂她的意思，可是他对她却一点感觉也没有。他总不可能为了这个和她好。当然，这样也是一种选择。如果不是他想着汤小兰，这个选择甚至可以说是相当不错。像他这样的大学生，还能有什么更好的追求？

刘晓阳怎么也没有想到汤小兰居然来到了城里，而且找到了一份相当不错的工作，这太让他意外了。当然，他认为她完全配得上这样的一份工作。她是聪明的，也是能干的。

他爱的是一个好姑娘，他想。

他相信自己的判断力。

她的出现，使他相信爱情是真的，发自内心的。命运再一次把爱情推到了他的面前，他怎么能拒绝呢。就算这是一团火，他也要扑过去。

他没有别的选择，这是缘分。

直到再次相约了见面，汤小兰才愿意去回忆高中里的一些事情，尤其是回忆起那个对她来说非常重要的一个夜晚。有没有那个夜晚的回忆，对汤小兰来说是不一样的。她发现刘晓阳没变，居然还对她一往情深。要让一个男生这么久不变心，是多么的不易啊，她想。所以，她很高兴能接受他的爱。她过去所有的拒绝不过是自己在惩罚自己，是拒绝让自己难堪，是不能一再体会失败的痛苦，而不是真的拒绝他的爱。她的心里有一堵墙，不断地建，却不断地在垮塌。她建墙是为了阻挡过去。心墙一垮，他们就面对面了。

回忆又变得美好起来。

他们喜欢说起过去，说过去的经历，说学校，说老师，说同学，说所有的一切。

……学校的四周其实就是农村了，一条砂子铺成的大路一端伸进不远处的县城，一端通向北方的一个乡镇。沿着这条路一直向北，到串场河那里再拐到一条乡道上，再有几十里地就是汤小兰的家。道路不宽，长着两排看上去相当整齐的白杨，特别地挺拔。郊外安静极了，学校里的喧嚣声也听不到了。他们只能听到田野里秋虫的鸣叫。道路的一边是条小河，小河的另一边是非常广阔的田野，里面长着豆类作物或是还没来得及完全收割的秋玉米。偶尔一阵风吹过，远处田野里的作物和路边白杨的树叶才会发出一阵“沙啦啦”的声响。

月亮从厚厚的云层里挣脱了出来，郊外一下变得那样的明亮。他们看到身边的一切都亮了起来，也看到了对方的脸庞，看到了对方在黑暗里闪亮的眼睛。天空突然间变得非常地晴朗，原来许多肥厚的云块都不见了，广阔无边的天空只剩下少许几朵白云，在月光的照耀下就像是一只只安静温顺的绵羊。他们走得很慢，一前一后。慢慢地，他们的身影接近了，终于在月光的投射下在沙子路上只显出一个时粗时长的影子，就像变幻中的皮影。

“你想好了吗？”他开了口。

“想什么？”她犹豫了一会儿。

他一下就迟疑了起来，“我们加油，一起考。”

“不变心？”

“永远不变！”

“万一有谁考不上呢？”

“不会的。”

“万一呢？”

“那也不变！”

远处射过来明亮的车灯，晃得他们眼前一片漆黑。是一辆农用拖拉机，“突突突”地一路吵嚷着驶向黑夜的深处。从他们的身边经过，扬起了一阵滚滚灰尘。他把她顺手一拉，就更紧地贴到了一起。她确定她的身体晃了一下，然后他的嘴唇就落在了她的眼睑上。只是那轻轻的一碰，她却觉得重重地撞在了她的心里。那就是吻，她想。她的身体里感觉到了有一股甜蜜的暖流，在全身就像欢快的小河水一样地流动。是的，它是那样地畅快，那样地舒适。它是甜的，香的。不需要嗅觉就可以闻到，不需要味蕾就能尝到。甚至，它是可以伸手触摸的，因为它就像空气包裹她全身一样充溢着她的内心……

远远地又从相反的方向来了一辆大卡车，明亮的车灯照亮了他们站立在路边不动的身影。是的，他们挨在一起，等着车灯从他们身边掠过。而当卡车从他们身边驶过时，车上是一片粗野的叫喊和欢笑声。

“你还记得吗？我们那个晚上出去。”他问她。

“出去过吗？”她装作思索了好一会儿，“没有吧？那个时候学习那样紧张，怎么可能出去呢？学校晚自习是有纪律的，根本不可能出去啊。不记得了，怎么会？”

多少年了，刘晓阳都记着那些人发出的粗野的笑声：“去 × 吧，快去 × 吧，别傻搂着啊。亲嘴，摸奶子，哈哈哈……”

他记得汤小兰后来一句话都不说，脸色煞白，眼眶里还有泪水。他自己也气愤得不行，但他还只是一个高中生，不可能和那些人对骂。他们的爱情是纯洁的，那些人怎么可以那样粗野下流呢？他想不通。

他现在明白了。因为，他们是两类不同的人。

汤小兰回到了大公司里。

公司里表面上还是和过去一样，但她听小李悄悄说，前些日子郎总被法院请了去谈话，居然谈了一个多星期。因为涉及了什么债务，具体的他也搞不清。

如果自己的工作不稳定，好多事情就无从谈起，她想。她不能影响刘晓阳啊。他是应该有更好、更合适的选择的。他在大学里一定少不了合适的女同学。她看过他的一些女同学，一个个都挺好的。

“她们一个也比不上你。”刘晓阳说。

她当然知道自己的美丽，但美丽并不是生活的一切。

他们一起逛街的时候，他总想拉着她的手。他说他喜欢别人用妒忌的眼神看着他，那时候他的内心里会充满一种极大的满足。那种满足感在内心里膨胀，都气化到了他的脸上，气化到了他的嘴角，气化到了他的眉梢……汤小兰喜欢和他看电影，在黑暗里，她可以依偎在他身上，感觉很享受。他会一直拉着她的手，攥得手心里全是汗。偶尔他会偷偷地亲她，在她鬓发间呵气，弄得她好痒。这个时间她就会有一点点不愉快。她不介意他偷偷地亲她，但她却不喜欢他把她弄得好痒。

汤小兰爱他，真的非常爱他。可是，她又不想他们的关系发展得太快。她知道要保持着分寸。她和城里的姑娘们不一样，和别的大学生不一样。她在心里不断地提醒着自己。一方面她真的想无条件地爱他，满足他的一切愿望，但另一方面她却又不得不努力地对抗着他的一些小要求。

“答应我，不要那样好吗？”有次她小声地要求他。

“好。”他说。

他们拥抱过，亲吻过。她甚至允许他很小心地把手放在她的胸部。他说他爱她，疯狂地爱她。他的手在用力。她心跳得厉害，脸红得不行。她对他的每一个动作都感到心慌。他亲她，她接受。亲她的脸，亲她的眼睑，亲她的耳垂，亲她的唇……她躲闪着，可最后还是接受了他的双唇，甚至是主动地寻找着他的双唇。

她为这样的亲吻而陶醉。

幸福得让她颤抖。

她愿意慢慢地开启双唇，允许他的舌头慢慢地探入她的口腔。她的舌头是那样柔软和胆怯，一次次被他的舌头粗暴有力地触碰。那种触碰的感觉是那样地奇妙，奇妙得她都不敢睁开自己的眼睛。仅仅是这样的触碰，就让她的内心获得一种极大的满足。她是一个被爱包围着的姑娘，那爱浓浓地，把她完全笼罩了。她喜欢他亲吻她，用舌头探索着她的口腔。她的口腔就是她全部的意愿，满足他的表达。

爱的温度却越升越高。

汤小兰害怕他的手去触碰她的敏感部位，他搂她，吻她，想把手伸进她的衣服里并进一步想探进胸罩里去抚摩她的乳房，抚摩她的屁股。她觉得有点羞耻。她常常惊慌失措。搂在一起时她也不敢贴他太紧，怕触碰到他敏感而坚硬的秘密。

“求你，不要，好吗？”她多么喜欢他的爱啊，可是，她只能请求他不要强迫她，因为她害怕自己的内心。她知道自己的内心是多么地喜欢，多么地需要。她知道自己的抵抗意志薄得只是一张纸。

“好的，我爱你。”

刘晓阳爱她，答应她。他知道她是一个有爱情理想的人。她是个把爱情想象得特别纯洁的人。或者说，她愿意把爱情想象成是纯洁的。爱情纯洁，婚姻神圣。她想把自己最美好的那一刻留到最后，留到正式结婚的那一个晚上。

他理解她。

程蕊蕊喜欢刘晓阳。

“不错，一看就是好小伙子。”她说。

当程蕊蕊听说汤小兰恋爱后，一定要看一看刘晓阳。他们一起吃了一顿饭。“挺好的，”程蕊蕊又对刘晓阳说，“小兰这样的姑娘你上哪找去？又漂亮，又本分。你看现在的那些姑娘，能像小兰这样的，真是不多。就算在你们大学里，也有些小姑娘不安分的吧？”

这话挺有说服力的。程蕊蕊是知道自己说话如何使力。她是真想帮助汤小兰。她觉得刘晓阳在这样的恋爱关系里是有优势的。刘晓阳的聪明、热情、活络、爱说爱笑，都是他的优势。

“你俩过去是同学，有感情，互相了解。多好啊，小兰的工作也还算是稳定，收入也好。现在和过去不一样，什么户口啊，文凭啊，限制一大堆。将来你们可以买房子，稍偏的地方买小一点好了，有了房子，就算是扎下根了。”程蕊蕊是真的希望汤小兰能在这个城市里有一个好结局，她们还可以有很好的来往。

她觉得和她交往很愉快。

汤小兰和刘晓阳的恋爱就是这样一直在悄悄地进行，公司里的人完全不知道。别人问起她，她也是坚决否认的。刘晓阳去过她的公司一次，还正巧被郎宇光看到了。待他走了后，郎宇光装作很随便的样子问是谁，她说是同乡。

“同乡？”他好像要进一步求证的样子。

她有点慌，“同乡，现在送快递，打工。”

他没再说话，显然他不太相信她的说法。事后她心里好悔，为什么一慌张就把他说成了送快递的呢？他也太不像了，一张脸挺书生气的，鼻梁上还架了一副近视眼睛。再说，他的衣着也挺清爽的，完全不像一个快递公司的农民工。她后来把这事说给刘晓阳听，他还笑了。

“以后我就叫你是送快递的。”她说。

“你需要什么样的快递？”他嬉皮笑脸地问。

汤小兰想了想，感觉他话里有点坏，就又羞红了脸：“打死你，坏蛋。”

3

爱情是一种力量。

有了爱情的汤小兰是充实的。看上去她在公司里过得挺顺的，她像别的公司里的那些白领一样在大厦里进进出出。她周末会逛街，买衣服，买各种小东西。她偶尔还会和程蕊蕊或是林岚去做美容，洗牙洁齿，按摩……她做的项目少，因为她对这些保健并不热衷。但她真的有了在这个城市里扎根的意识，她在租用的宿舍里添置了不少东西，简易的鞋柜、洗衣机、微波炉……她已经完全地适应了现在的生活，每天早晨在上班途中路过快餐店，喝一碗豆浆，吃两根油条，或者是稀饭、咸菜。中午在单位里吃工作餐。晚上如果是正常下班回家，她会自己学着炒一两样蔬菜。而每过一段日子，她会为刘晓阳做上几样好吃的。她知道他吃不到什么可口的，她会烧家乡菜。他很喜欢，说她烧的味道好。那个时候她真心觉得这样的生活很美好啊，妙不可言。

“等我一毕业，我们就结婚吧。”他说得挺认真的。

她笑了，很喜欢。

她喜欢听他这样说，但是又怕他这样说。她盼着这一天早点到来，又真的担心这一天不能如愿。

他们恋爱的空间真的是太小了，她很少让他去自己的住处。当他出现在她的宿舍里时，她得格外地小心。她不希望被别人说闲话。她租住的房子是在一个居民小区里，好多是老的住户。据说在她承租前这房子也是一个年轻姑娘租的，结果只住了几个月就被对门的住户骂跑了。被骂的原因，自然是不言自明的。

汤小兰很注意。这恋爱，有时真的就像是做小偷一样。“怕什么，我们是光明正大地恋爱。”有时刘晓阳不太理解她的小心。她太胆怯了。她也知道自己是过于谨慎了，但她觉得她这样做是对的。她当然是爱刘晓阳的，非常爱。她很看重他能在考上大学后还依然执着地找寻自己的这份情感。他这样地爱她，她为什么不加倍地爱他呢？但这情感应该就是像老家做的那种米酒，要慢慢地发酵，很好地贮藏起来，酒香才会越来越浓。而就在她沉浸在这种甜蜜的美妙爱情中的时候，意外的打击就发生了。

这打击是如此地猝不及防。其实坏消息一直是有的，比如说在北方那个城市的项目已经完全失败了，而最大的问题是现在的另一个项目久拖不决，而且资金方面出现了问题。有一阵子郎总几乎天天和银行打交道，不断地打电话解释、请求，主动上门去请吃、行贿……用他自己的话讲，就差跪下来叫“亲爹”了。他整天就是在外面跑，偶尔来公司一趟迅速处理点什么事情又会迅速离开。他的整个脸都是黑的，也不说话。有时，他会突然爆发出一阵无名火来，劈头盖脸地骂一顿。全公司大概只有少数三四个人没被骂过，就连小李都被他骂过。小李那次正好从外面带了一个朋友来玩，那个朋友一看就是在社会上混的，光头，手臂上有刺青，一条张牙舞爪的恶龙，眼睛怒视，长着獠牙的大嘴在向外喷火。

汤小兰见过这个刺青男不止一次了。她听小李说过一次，这个刺青男在棉花巷那一带非常有名，有一次被人砍了十几刀，居然命大没死。当然，他打起别人肯定也更是心狠。汤小兰不知道小李说的这个刺青男的各种英雄传奇里有多少吹嘘的成分，但她相信基本事实肯定差不多。她不明白小李为什么要带这样的人来公司里转悠，而且这个刺青男还是一个类似于小黑社会里的成员。

“你上班就要有上班的样子，少把不三不四的人带进公司里来。”那天郎总突然就翻脸了，“有事你们出去说，不要在楼里晃荡，这成了什么样子？他妈的，这里是场子吗？嗯？”那个刺青男居然没敢耍横，和小李低声交谈了几句什么赶紧就离开了。事后林岚问他为什么要发那么大的脾气，有点担心他会惹上麻烦，他梗了一下脖子：“我会怕这种混混？笑话！”也许他真的就不怕麻烦，因为他面临的麻烦实在是太多太多了。招惹泼皮流氓的这种麻烦在他眼里也许是小得不能再小的麻烦了，“这些年还有什么是没经历过的？死人堆里都混过的，我还怕几个小流氓？”也许正是他身上的这种气质，让林岚对他很是迷恋。汤小兰没见过他别的，倒是见过他和人拼酒。他并不爱喝酒，但他却不怕和人拼酒，有一次他拼酒，那种玻璃杯子他一口气和人拼了七大杯。喝完就躺倒了，当然，对手也倒了。倒就倒了，第二天他绝对不诉苦。还有一次到工地上去，结果一根钢筋生生地扎进了他的脚板上，把皮鞋整个都刺穿了，血流了一地，他居然也只是皱了皱眉头，说：“不小心，不小心。”他的脚板被打上了绷带，医生让他休息至少半个月，可他在家躺了两天就又瘸着右脚回来上班了。

汤小兰觉得郎总这样的性格，没有什么困难是他克服不了的。直到有一天早晨她来上班的时候，看到郎宇光很颓废地躺在外面的长沙发上。他已经消失了一个多月了。他的突然出现让她多少还有些意外。她想他可能是出差刚回来，累。就在她准备去泡水，顺便清理一下办公卫生时，他说："别忙了，小汤。"他的声音沙哑，而且衰老，听上去像是一个八九十岁的老人发出的声音。出了什么事？她真的吃了一惊。

"最近没事，你先回去吧，"他说，"公司里的人都回了。"

4

公司倒闭了，至少是濒临倒闭。

这是汤小兰怎么也没想到的，事先完全没有半点的预兆。

但它却真实地发生了。

郎宇光那天站在楼上好久。

天气很好，蓝天白云，阳光灿烂。整个城市就在他的脚下，看上去有点灰。他感觉自己真的挺不过这一关了，他被人捅了一刀。那一刀太狠了，直接把他送上了绝路。

他也在检讨，自己是不是把摊子铺得有点大，但他不愿意承认。他是经历过不止一次挫折的人，每次他都以为要挺不过去了，但每次都又坚强地挺了过来，而且会比前一次做得更顺。他天生就是这样开拓型的性格？是的，他就是一个爱折腾，不服输，而且有野心的男人。他记得很多年前，他和他的另一个伙伴一起在新加坡炒期货，在那个下午终于亏得一分都不剩了，真的想从那个大厦上跳下去。他们躺在地板上，已经两天三夜不吃不喝了。是那个伙伴一句话，让他收住了脚。

“死定了，”他说，“这下我们全完了。死定了。”

“既然已经死定了，肯定会死，我们不如就再坚持两天看看。老天注定我们今天死，但我们非要再耗两天。”那个伙伴说。

这话居然打动了他。是啊，既然死是必然的，为什么着急去死？如果他们硬撑着不死，接下去会如何？他心里没有答案。但是，他想要知道这个答案。跳楼、撞车、上吊……这不叫答案，而是他自己心里的计划。如果人的一生是有“命运”的，他倒想看看这个“命运”最后非要拿他怎么样。他就不死，“命运”这个东西会化身成妖怪，直接拿刀子架到他的脖子上吗？就在他们决定放弃那个念头的时候，欧洲的期货大涨……

郎宇光后来总会想到那个伙伴。他们挺过了最艰难的日子，但五年前，他死于癌症。那么一个豁达的人，却死于癌症。他人走了，但他一直保留着他的那个位置。或者说，他一直保留着他的那份权益。公司九分之一的股份，是给他的遗属的。他能做到这一点，也真是费了好大的劲。公司其实是有好几个大股东的，或明或暗的。他们是从来不管他的经营的，只管回报。这是规矩。他做得累，但他也没怨言。他要是做得很大，做得很好，他可以不让那些人参股。而事实上，他是需要人家在里面有股份的，因为他还缺钱。现金流紧张，几乎一直伴随着他的公司的发展，与大的同行相比，他的经营毛利率是很低的，往往只有人家的一半还不到。原因很简单，因为他们运营的成本高。成本高的原因也简单，是因为公司的规模小。为了减少运营的成本，有时他就不得不与别的公司开展合作。在合作中，也屡屡受损，但却无奈。北方的那个项目一下就损失了好几百万，这对他是个很大的打击。这事拖了太长的时间，本来他还有所希望，结果有一天法院通知他，那个公司消失了。法人不见了，或许是外逃了，遭受损失的不止他一个人。

这个不是最糟糕的。最糟糕的是前面已经撤走了一个股东，公司的资金一下就出现了很大的问题。这事他一直也没说，只有会计和他俩人知道。这事坚持了将近一年，而三个月前又一个大股东也撤了，一下就把他逼到了绝路上。而有一个项目已经进行了一半，却不得不停止了下来。一群农民工拥到了公司，让他拿钱。激动的民工把他的办公室砸得一塌糊涂……

到了散场的时候了。其实还没等他开口，已经有人离去了，这让他心里感到彻骨的寒冷。他想，如果过去的那个伙伴在，他肯定会好一些。可是，现在没人支撑他了。在他非常痛苦地度过那个不眠之夜后，当发现汤小兰一早就到了公司，他就直接地说了那句话。

他不想多说，他太累了。

他并不希望汤小兰离开，他雄心勃勃的计划还没实现呢。这让他很遗憾。他喜欢她。她的美既是外在的，也是那种内敛的，含蓄的。他越看越觉得她是美的，甚至是理想中的那种美。她美，美得毫不轻佻，足以在一秒内就击中你。

她和林岚是两个类型的人。

林岚是他在一次房产论坛上认识的，当时觉得她很能干。她当时对这个行业懂得的知识比他要多，分析起事情来很有逻辑。他当时真的比较佩服她，而且看得出来她很会察言观色，仿佛能看透人的心思。当时他就萌生了要请她到自己公司里来的想法，但却说不出口。他知道她所在的公司要比自己的好得太多，收入也高。不过自从认识以后他们倒是经常约见，一起吃饭或是喝茶，扯些闲话。他觉得她和妻子是全然不同的一种人。她性感，苗条，解得风情。这样说当然并不意味着他的妻子就没有情况，他是知道的，在他最早漂泊的那几年里，她其实是有问题的。他后来隐约听闻是她学校里的教导主任。他见过那个男人，看上去文弱又猥琐。他在心里都要笑了，这样的男人在床上能行吗？

事情是一步步地发展的。他没有想到要和林岚有什么特别的事情发生。对于他这样的男人来说，更喜欢直接的关系。这年头是有钱人的世界，只要有钱，什么事情都可以干。城市的夜晚，华灯初上时，好戏的前奏序曲才算是刚刚拉响。大提琴，琴声悠扬。街上车来车往的，鸣响的车笛，算是小号吹奏。饭店酒楼里到处是高朋满座，握手寒暄，落座和起身，彼此响应，最后归于一致。酒酣耳热的时候，夜总会的大幕还是纹丝不动的。它们要晚一个节拍，必须是酒楼饭店要歇业了，它们才会开始。当然，后台的忙碌早已经进行了。娇艳的年轻姑娘们才从午后昏睡的慵懒中提起一点点神来，夜色就像大麻一样刺激她们，她们仿佛已经听到了金钱的由远及近的清脆声响。捞金的时间，很快就要正式开始了。她们非常认真地妆扮着自己，脸妆尤其要细致，睫毛要描得煽情，口红要涂得诱人。低胸的领口是必须的，要让客人看得到大半个雪白的乳房。胸罩的作用就明显了，要能挤得乳房高耸饱满。裙子要短，所谓的那种“齐 ×”小短裙，不仅要能露出整条勾魂的雪白长腿，更要能让客人看到双腿交叉处的若隐若现。腋下的毛要刮干净，耻骨处的至少也要剃整齐。香水也是必备的，要熏得男人意乱情迷、魂不守舍……

“你们有钱男人，现在就是皇帝。”有一个小姐曾经这样对他说。

每个城市里都有数不清的大小夜总会、桑拿房、私人会所，本地自然也不例外。年轻的小姐们千姿百态、风情万种。就连那些夜总会的名字都起得很是香艳、妖娆。尤其是夜幕深深的时候，城市里灯火阑珊，夜总会的生意才刚刚预热。步进大厅，能看到年轻的小姐们只穿着三点排成整齐的两队向客人微笑点头。一个个都是身材苗条，青春貌美。在她们的小短裤上别着号牌，就成了一个个走动着的数字。她们都是可以用钱买的，买多久买几个都不是问题。只要你愿意付钱，她们就是你的。她们会非常愉快地在小包间里蹬掉高跟鞋，解下胸罩，脱掉丰满的屁股上的丁字裤，跳到床上。舌头灵活，小嘴有力，手法娴熟……她们让你飘飘欲仙，不知道身在何处。你此时能意识到的就是你如帝王般的受用，享受着她们无与伦比的服务。她们是如此地顺从，如此地温柔，百般地巴结讨好你……当你已经彻底地难以自持时，她们才会顺从地躺下，朱唇轻启，明眸若醉，乌云一般的青丝缠绕……潮湿的蚌肉为你张开，让你欲望的权杖去插在用金钱买来的属地上。

郎宇光记不得自己经历过多少次了，他在这里被别人招待过，更多的却是招待别人。生意上的客户、银行行长、主任、处长……简单，直接，当黑夜退去，阳光重新照耀在这个城市上空的时候，所有的人都会像得了健忘症一样，把昨天黑夜的事抛在脑后。前一个晚上发生的事情仿佛根本就没发生一样，完全不见了踪迹。每个人又过上了看起来非常正常的生活，就像隔夜尿，在马桶里冲没了。

对于林岚来说，郎宇光当时算得上是一个还比较正经的男人。在他们最初相处的那段日子里，郎宇光并没有试图去勾引她。她当然不相信他会不喜欢她。她和很多男人打过交道，有些老板才刚见她几分钟，就恨不得马上把她泡上床。她自然也不是说自己有多么的美，只是说男人就是这样的猴急，尤其是有钱男人。而他越是沉稳，越勾起她征服的欲望。

郎宇光觉得他是被动被“俘获”的。所以，看到汤小兰，他就像是在雨后的树林里发现了刚冒尖的鲜笋。

他像所有的收藏家一样，看到好东西，就想收入囊中。而且，他相信她这样的姑娘对自己是必然会有作用的。但他没能坚持到最后，他想。

楼下空荡荡的。

每到傍晚的时候，大厦前面的小广场上会聚集好多中年妇女，她们跳广场舞或是唱红歌，是他少年时耳熟能详的。说实在的，那些歌曲还是蛮好听的，她们的舞蹈也好看。他甚至还看到有一次所有的人全穿上了那个年代非常流行的草绿色的军装，有模有样地跳着“忠字舞”，喇叭里放着红色革命歌曲。

大海航行靠舵手，
万物生长靠太阳。
雨露滋润禾苗壮，
干革命靠的是毛泽东思想。
鱼儿离不开水呀，
瓜儿离不开秧。
革命群众离不开……

这一幕幕倒像电影一样的，在脑海里。过去看了，他只是在内心里一笑。这样的现实世界，却有这样的歌舞，真是讽刺。以后这一切都将听不到了，也看不到了，他想。对着透明的玻璃，他在心里长长地叹了一口气。

死是容易的，他想。

但他又真的感觉死是艰难的，他彷徨得很。

5

这样的打击对汤小兰来说，也是相当地沉重。

那天她哭了，真是哭得伤心极了。她感觉自己比上一次离开程蕊蕊那里还要伤心。虽然她知道自己在感情上对程蕊蕊比对郎宇光要亲近太多，可是这一次她伤心是伤到了骨子里的。她没有在郎宇光面前哭出来。她是离开了那个大厦才哭出来的。她一路走一路哭，引得路上不少人好奇又惊讶地看着她。她不在乎，她只是一路伤心地哭着。她觉得自己这一下再次陷入了绝境，这和天塌了有什么分别呢？不，她宁愿天塌了。

“没关系，再找。”刘晓阳安慰她说。

汤小兰一个人在宿舍里躺了两天，好几顿滴水不沾。她真的有万念俱灰的感觉。这个打击对她而言是太大了，她在镜子里看到自己蓬头散发的，简直像个精神病人，眼神恍惚。她想了想，还是决定把这个消息告诉刘晓阳。刘晓阳下午课都没上就赶过来了。

那天汤小兰喝了酒。她是过去在公司的应酬活动中都不喝酒的，但她却要了一瓶啤酒。而且是在他们吃了晚饭，电影的夜场都散了后，她买了酒。夜色非常深了，他们来到了人行天桥上，坐了下来。这个白天人来人往的天桥，现在空荡荡的，连乞丐也都不见了。夜色里的城市还是灯火闪烁，远远近近的灯火五彩缤纷。天桥底下的道路上，依然是车来车往，只是比白天少了许多。它会越来越稀的。街道两边的高大梧桐树下也还有行人，大多是和他们岁数相仿的年轻人，电影散场不久或是从 KTV 里才出来，三三两两，成双成对，亲热甜蜜。他们也依偎在一起。这时候的天气真的很舒服，不冷也不热，空气里还有一股糖炒栗子或是桂花的香甜味。

“真香。”她说。

她的心情明显要好多了，因为刘晓阳一直在宽慰她。刘晓阳是真心的，他虽然觉得非常可惜，但他相信她还能找到合适的工作，哪怕先休息一段也没大问题。他想随着他将来毕业，一切都会好起来的。既然她已经踏入了社会，而且他是她的男友，他觉得他就应该更坚强。城市这么大，要生存总是有机会的。他知道她现在其实做得不错，公司里正常的文案处理什么的都相当不错。她是一个骨子里要强的聪明姑娘。

“你正好可以好好地休息一段时间，”他说，“急什么呢？等我将来工作了，你不工作，我也能养活你。”

他的话听上去真的暖暖的，很舒服。她相信他的话。是的，只要没有太高的追求，在这个城市里总能生活下去。她靠在他的肩膀上，甚至有点陶醉。她喜欢这个城市。她不会离开这里的，她想。她要永远地生活在这里。正因为有了这个意外的打击，她才会这么晚地坐在这条白天里非常繁忙的街道的天桥上。这时候的城市比白天好看多了，也迷人多了。她和他一人一口轮流喝着那瓶啤酒，慢慢地不仅不再伤心了，还有点愉快了起来。她可以暂时忘掉一切不快。

一辆洒水车从街上缓慢地开过，喇叭里依然在播放着音乐。她听出来了，那是她喜欢的一首歌。

每一次都在徘徊孤单中坚强

每一次就算很受伤也不闪泪光

我知道我一直有双隐形的翅膀

带我飞

飞过绝望

不去想他们拥有美丽的太阳

我看见每天的夕阳也会有变化

我知道我一直有双隐形的翅膀

带我飞给我希望

我终于看到所有梦想都开花
追逐的年轻歌声多嘹亮
我终于翱翔用心凝望不害怕
哪里会有风就飞多远吧
…………

这歌词简直就像是一贴膏药，焐到了她心里的伤口处。那个晚上，他们就一直那样坐着。他想回去她却不让，一直搂着他的脖子。其实她也很困，但她却不想让他离开，因为她害怕回去后在出租屋里的那种孤独。直到天色都有点放亮了，他们看到林立的高楼的东方天空泛起了一片红色，大块黑色的云朵正在慢慢地消散。原来空无一人的道路上，又开始跑起了各种车辆，开始是出租车，后来是公交车，再后来又有了早行的公车……他们一身的倦意，头上和肩膀上都被露水打湿了。

“不要急，”分手的时候他再三嘱咐说，“回去好好地休息。”

“嗯。”

“要不晚上我过去陪你？”

“不！”

“你想复杂了，我不会有非分要求的。”他辩解说。

她勉强地笑了一下，随即又冷下脸来，说：“不行。”

6

这是第二次了，她想。为什么自己会这样的不幸呢？她在心里问自己。

没有答案。

如果自己考上了大学，就不会面临这样的问题。她没有第一时间告诉刘晓阳，她害怕。她不知道他听了以后会是什么样的一种反应。是的，她配不上他。也许他们分开是最好的选择。她不能拖累他。她真的感到非常地羞愧，那份羞愧是如此地强烈，就像是一只野兽在啃噬她的内心。

到了下决心的时候了，她想。

汤小兰在房间里关了一个星期，整个人像傻了一样。当然，她清醒得很。刘晓阳打过几次电话给她，她也不接。她不知道接了如何开口。她彷徨得不行。她住的地方靠近一条铁路道口，一个黄昏，她决定去铁路那边的一座小桥边坐一坐。她感觉自己在房间里待了一个星期，却像有一年那样长……

桥底下是一条很浅却很宽阔的河流。河道里布满了石块，水流过时激起一阵阵白色的浪花。河滩边长满了各种荒草，非常茂盛。铁轨笔直地伸向远方，消失在浓浓的暮色里。这里是郊外了，比较安静。偶尔有一列火车经过，她早早地就能感觉到屁股底下的那种震颤。她是个触觉比较敏感的人。所以，她不喜欢别人触碰她的身体，只有刘晓阳例外。她能看到驶过的列车里人影憧憧。她很羡慕那些人，自由地行进在旅途中。她不知道他们从哪儿来，也不知道他们到哪儿去。在这样的铁轨上，有幸福的南来北往的人，但也有一心向西的人。她知道有人在这边的铁轨上轻生过，是一个年轻女子。

有一天她在铁路边遇到一个五六岁的男孩子，长得可爱极了，有一双非常明亮的大眼睛。不知道他为什么会一个人到这铁路边上来玩，或许他的家离这里不远。

“你怎么一个人啊？小朋友。”

小男孩有点警惕地看了看她，“你也是一个人呢。我妈不让我和陌生人说话。”

“嗯，对的，会有坏人。”

他低着头，好像在铁轨下面的石子里寻找什么。

“你为什么是一个人啊？”显然他也是好奇的。

“我喜欢一个人啊。”她说。

“你家在哪里的呀？”

“我家很远啊。”

“很远为什么到这里来啊？”

“我要工作啊。”她说。

“你是做什么工作的呀？”

“我还没想好呢。”她说，“不过我肯定要去工作的。”

“你是不是应该上学了？”她问。

“明年……明年……我就会去上学。”男孩子显得有点犹豫，说话不那么气壮了。

“那你没上幼儿园吗？”

“没上！”男孩子高叫了一声，显然像是被她的话刺激到了，有点不愉快。他叫了那一声后就决定再也不理睬她了。他迅速地离开了铁轨，然后翻过了边上的一个小土坡，消失在另一侧长满了小树的小径上……

她站起身，看到夕阳把城市西边的天空都点亮了，而暮色正在越来越重地如潮水一样浸过来。

“看，一只狗。”小男孩叫起来。

她看到一只黑黄色的狗，正从路边树林后的草丛里钻出来，横穿铁道。那只狗明显是受伤了，好像是断了一条腿，但它却很努力地前行。从它趔趄的样子就可以看得出，它伤得很重。她想把它叫过来，或许可以带回去帮它治疗伤口，可是却不知道怎么呼唤它。

“阿黄……阿黄……”

那条狗却并不理会她的呼唤，头也没回，越过了铁轨，消失在一个土坡的后面……她从心底叹了一口气。它不知道她在叫它，它应该有另外的名字。它是坚强的，也是勇敢的。她忽然从对它的怜悯变成了一种敬佩。它不知道埋怨，甚至它都没来得及怜惜一下自己的伤口。它想到的是活着。或者它有它的亲人，它要急着去团聚。她为什么要如此地哀伤呢？既然事情已经发生了，而且是完全无法改变的，她必须要勇敢地面对。她有退缩的余地吗？没有。她想自己在这个城市里，没有什么可依赖的，她必须要靠自己。她想她还是应该努力地去寻找工作的机会。

她想她应该重新开始。

想明白了，事情就变得容易了。她好像并没有太大的困难，就找了一份在超市里的工作。她事先就有心理准备，不管干什么样的工作都能接受。她不讲究。生存下去是第一位的。

但是她在一个超市当了半个多月的导购员，满脑子想的还是过去公司里的那些事。好好的一个公司，怎么说没就没了呢？她很想回去看看，可是她没勇气。她试着打林岚的电话，想探听点消息，可是她的手机一直打不通。打了几次后，她就泄气了，感觉自己这样很无趣。她给程蕊蕊打过一次，程蕊蕊在电话里忙个不停。新公司里事多，她说她经常忙得丢三落四的。她和区政府的事情还没处理完，处于扯皮状态。那条商业街早已经重建好了，焕然一新，非常地漂亮。大多数原来的商户都没有再租，因为改造后拥来了好多外来商户，租金一下涨得太高了。而当初提到的补偿，区政府却一直没有兑现当时的承诺，只愿意按照过去的标准来执行。

“烦死了，烦死了，”程蕊蕊说，“真是够了。”

程蕊蕊已经失去了再去争论的斗志了，但是因为牵涉到一大批人，她要不参加仿佛就太不讲团结了。她不仅要忙工作，还要不时去医院，她父亲下楼时不小心摔断了腿。知道这个消息，汤小兰也赶紧买了点水果和一个花篮去探视了一下。老伯的精神还好，躺在病床上还大笑。他的胃口也好，只是不能下地自如地行走。就在她准备离开时，程蕊蕊却赶来了。她们说了一会儿话，然后说过一会儿还有别人要来探视。汤小兰就没提自己的事，笑笑就离开了。她不能给蕊蕊添烦。

她要踏踏实实地工作。

第二章

1

“郎总对你太好了。”林岚说。

汤小兰能听得出她话里的意思。她是有理由妒忌的，她想。她真的没想到又重新回到了公司。本来她已经不抱什么希望了，当时想，就算是公司重新开张，也未必就会被再聘回去。就在数月前，她终于鼓足勇气路过那个大厦的时候，决定去看看，心里忐忑得不行。但大厅里的一个保安朝她微笑了一下，使她不得不迅速地把自己关进了电梯里。电梯缓缓地上行，让她感觉到自己的心慌。她几乎能听到自己心跳的声音。5、6、7、8……18、19、20，她的眼睛一直盯着跳动的数字。当她来到公司原来办公的楼层时，看到楼上空荡荡的，真的就是大门紧闭。她内心里还是那样失落。哪怕她不在这公司工作了，心里还是希望公司存在的。

接到林岚电话的时候，她惊讶得不行。那时候她已经在一家私人房屋中介干了半年多了，每天的工作就是向客人推荐房源，联系卖家和买主。她每天都这样忙来忙去的，有时一天就楼上楼下爬好几十层，带着客户去看房，不厌其烦。她必须努力地工作，因为她的底薪很低，必须靠业务收入获取非常微薄的提成。现在的收入和过去是完全不能相比的。她知道这不是一份理想的工作，但要找到一份理想的工作实在是太难了。她是尝试过的，但最终人家一听她的学历就摇头了。是的，虽然现在大学毕业生的工作也不好找，学历看上去不像过去那样值钱了。可是，有学历和没学历是完全不同的。想到这一点，她就有点泄气。

当她终于打电话告诉刘晓阳最近发生的一切时，他在电话那边沉默了一会儿，然后还是很尽力地安慰她。甚至他在电话里还笑了，笑她傻。

“我怎么会计较你这件事呢？”他说，“我爱你，爱的是你这个人。”

“不管你做什么工作，我都能接受的。”他说得很肯定。

“以后再找别的工作好了，”他说，“你有工作经验，总是有机会的。”

“超市的工作也挺好的。”他说。

汤小兰知道他是在安慰她。他这样说，让她很感动，原来想吞吞吐吐把分手的打算说出来的，结果却重新咽回了肚里。她当然不想分。她怎么能舍弃他呢？她相信如果是他提出分手，她一定会心碎的。

她不甘心。所以她没有多想就辞掉了超市的工作，而是去了一家房产中介。在那个中介公司里，她接到了林岚的电话。

林岚在电话里告诉她，郎总要她回去上班。公司发生了很大的变化，可以说是根本的变化。她没有说太多，汤小兰想不出公司到底经历了怎样的变化，只是惊讶于它居然又运作了。当她回到公司第一眼看到郎宇光时，感觉他真的像变了一个人，他比过去胖了，但脸色非常不好看。后来林岚悄悄告诉他，郎宇光那是浮胖。他大病了一场，算是死里逃生。他的大病当然是因为公司的事情引起的。公司究竟发生了什么，也许只有少数几个人知道，但他们全都缄口不言。公司原来的几个副总都走了，下属的子公司都解散了。解散只是一种说法，其实是被别的公司收走了。他的家庭也彻底地破裂了，儿子选择了跟随他的妻子。两人分得倒是平静的，他把房子什么的全给了她。

公司搬家了，和原来在开发区的那个搞软件开发的公司合并到了一起。公司里新进了一些人，汤小兰不太熟悉。她在新公司的工作基本和过去一样，公司办公室里的一些杂务。郎总还交代了她一个特别的任务，就是编摘一些地产信息。除了同行的一些信息，还有国家到省市出台的各项政策。

汤小兰开始把每一天公司里发生的事情，都记录了下来。是的，她比过去更珍视这份工作了。她希望自己可以做得更多一些。

10月8日　晴　搬进了新办公室，富国大道天鸿大厦A座，804。

10月9日　晴　打扫卫生。累。打电话。领材料。去南陵。

10月13日　晴　聚会。

10月18日　多云　公司新来了三位副总，陈总，王总，辛总。

10月19日　晴　和郎总、辛总、林助理、小李去南郊。晚宴，KTV。

10月24日　雨　去新开发的楼盘，参加庆典。见杨处长。

11月1日　晴　和新阳公司签订协议，原来的公司名下的广告公司合并，占百分之三的股份。

…………

郎宇光见到汤小兰，只是点了一下头。汤小兰微笑了一下，因为她实在不知道如何以一种适当的方式来向他表达感谢。除了“谢谢”，她还能说什么？她应该在他病倒的那段日子里去探望他，可是她却并不知道他生病。那段日子，她也曾经想过给他打电话的，但她心里又有顾虑。她当时只意识到自己是被辞退了。她也不恨他，不怨他。甚至她想到，自己不要再给他增加麻烦。是的，其实这些都是借口，她真正的原因就是因为自己被内心的失落淹没了。她就像一个溺水者，根本顾不上去考虑别人。也许真的是男女有别，她想自己和郎总一比，反差的确太大了。

成熟的男人或许就是这样的沉着，她想。他和当年那个谢队长还不一样。当年他们家是多么崇拜谢队长啊，可是现在她真切地感到他们越来越不相似了，她好久没见过郎总笑了，而且就算笑一下，眼角处也是冷峻的，更别说别的地方有什么雷同了。她有点为过去的第一印象感到不可思议。他们完全就是两个根本不同的男人，她为什么第一眼看到他会想起那个谢队长呢？

“你……有没有见过谢队长啊？”她想起那次回去的时候，陪着妈妈曹淑英在菜园里摘豆角，这样被问起。她想妈妈这话肯定在心里已经憋了好久了。那个时候她还小，现在想起来妈妈是不是和谢队长有什么特殊的情感关系呢？直觉告诉她是有的。但她不能说。这么多年了，妈妈居然还惦记着。她想妈妈虽然也知道城市的繁华，却并不知道城市究竟有多大和多复杂。谢队长在这个城市里，其实就是一个小得不得了的小人物，如果他还没退休，或许这时已经下岗失业了。有一次她路过一个地方，看到有一个小院子里有一幢低矮的三层小楼房，外面的围墙上有块破旧的铜牌，上面刻着的好像就是什么勘探局。她当时就想，是不是谢队长就在这里面上班呢？而再去看那幢小楼，发现楼顶上正悬着一个很长的布幅，写着对外出租什么的字样。

郎总奇迹一样地又起死回生了。

那天他真的有种很强烈的冲动，想跳下去。那样的冲动在如潮水一样的沮丧里，一浪接一浪，冲击拍打着他的内心。内心里无数次地挣扎着……公司里的人都知道了，那天只有汤小兰蒙在鼓里居然还赶过来上班。后来他想起来，她在那之前去税务局参加过一期学习班，对许多情况没有了解。在那段日子里，公司像翻了天……她进门的时候，他已经好几十个小时没有合眼了，像一只丧家犬绝望地躺在那张长沙发上。如果不是林岚的电话，他可能真的就爬上楼顶了。

林岚说葛镇长找他。

“不见，”他说，半个多月前他们还见过面，一起喝了酒，还能有什么事呢？无非就是再喝。可是，他实在没了心情，“不见了。”

“他说找你找疯了，打了我十几个电话，说有事找你。他说一定要找你。”林岚说。

其实就是一念之间。如果他那天拒绝了，也就没有了后来的一切。但在林岚的坚持下，他同意了。而也就是这一见，他获得了一个绝好的机会。他翻身了！帮助他脱困的，居然就是葛镇长。真的是不能小看一个镇长啊！

“给别人机会，就是给自己机会。”后来郎宇光常说这句话，他的体会是太深了。他也知道，林岚在这中间付出了，但他却深藏在心里，装成一无所知的样子。

他想他的心肠可以更狠一点。

郎宇光做到了。

2

葛镇长所以要找郎宇光，是因为他需要他帮助处理一桩棘手的事情。

他需要帮助。

那个时候，他真的急了。

那天早晨才五点多钟，葛镇长还在睡梦里，就被电话吵醒了。电话是办公室的高秘书打来的，说刘王庄出事了，几家拆迁户的房子被工程车撞了，里面还有人。

“死了没？”

“不知道，已经送医院了，三个，有一个年轻比较大，伤势比较重。”

他的心里“咯噔”了一下。

他听到了外面的雨声，“哗啦啦”的，很大。他的脑袋昏昏的。前一个晚上区里来人检查工作，陪着喝酒。之后他又赶到市里，和几个开发商喝。那几个开发商个个都显出财大气粗的样子，可是见了他这个小小的镇长，还是格外地客气、巴结。葛镇长最是看不起城里的那些人，以为自己多了不起。的确，他去过市政府机关里办事，小科长都看不起他。他们屁都不懂，他想。真让他到机关里当个科长，他是绝对不干的。

现在和过去不一样了。他也不再是一个镇长那样简单。

他们镇原来是有点偏的，可是自从有了新开通的绕城大道以后，一下子就拉近了和主城区的距离。这里背山靠水，风景极好，也算是一个风水宝地。之前班子专门开过会，已经指示了宣传委员以后要多宣传本镇，扩大影响，吸引更多的投资。

最赚钱的现在就是房地产了。房地产公司这些年越来越热了，越来越多的人跻身到这个行业里。前些年房地产还不景气呢，甚至有公司破产的。但说火就火了，市里的地块越来越紧张，郊外的地也俏了起来。而他们的屁股底下有的是地。可以说，他们是坐在了钱山上。因为坐在钱山上，所以想来挖钱的人就得巴结他们。各种各样的应酬……

在乡镇工作就是这样累，大部分时间都是在忙，有时也不知道忙些啥，反正是各种事。回家只是睡个觉，有时连半宿都没有。老婆也埋怨，但她又能怎样？男人得养家啊，全家都靠他的。她必须要接受这样的事实。她也早已经习惯了。在别人眼里，她还幸福得不行了呢。毕竟在一个乡镇，镇长的权力是不用说的，说话响当当的。她是镇长的太太，自然就有别人所拥有不了的各种好处。

“谁这么早打电话？”老婆在一边发出不满的嘟哝声。

葛镇长不说话。他不想说。屋里昏暗得很。这是一件烦心事。要命的是书记不在，到党校学习去了。他妈的，他选在这个节骨眼上去学习，真是好。书记一直很努力地想调到区里去，谋一个副处级。这些年镇上发展得不错，原来他们镇算得上是全区最落后的，因为工业基础比较差。但这些年他们在农业上用了功夫，主要是农业这一块调整了种植方向，种一些花草苗木，效益相当可观。随着城市改造和这些年房产业的兴起，绿化苗木需求巨大。水涨船高，农民们的收入也越来越好。农民的收入好了，镇上也有钱。而来钱最快的，当然还是土地。卖地比卖啥都值钱。不要说那些开发商了，就连很大的央企都会来拿地。有一个企业买下一块地本来是准备建厂的，结果荒废了好几年，里面的草都长了有半人高了，可连一根桩都没打。而这时的土地价格已经翻了好几倍了，一转手就能卖个好价钱。

地卖得多，镇里的财政也就富裕得多。镇里富裕了，干部们就也富裕了，但矛盾也就多了。农民们有的漫天要价。镇上为了处理这种事，成年都处理不完，各种麻烦。按理说如果书记真的能调走，对葛镇长来说也是一个极好的机会，说不定他就能坐到镇里的第一把交椅上去。问题是他这时不在，把麻烦留给了他，问题就很大。他处理得好，功劳不是自己的。他处理得不好，罪过全是他的。刘王庄的事情也拖了不止一年了，算起来差不多有一年多了。开发商看中了那里的一块地，准备盖房子，可有那么十几户人家一直就对补偿问题不妥协。镇上是做了很多的工作，反复地劝说，但收效甚微。最大的问题是村支书在这事上不是很积极，只想着农民如何如何，完全不考虑镇上的利益。

这个村支书是有点倔劲的，他在部队当过兵，又经过商，见过世面。有文化，能吃苦，在村里干了这些年，取得了村民的信任。开发商也曾试图收买他，让他积极帮助他们做工作，可是他的态度比较含糊。明摆着，他想帮那十几户村民争取更大的利益。但开发商却不想再这样扯皮下去，他们在银行里欠着钱呢，工程迟开工一天，就要多付银行一天的利息。两下里已经爆发过好几次冲突了，有一次工程队刚进去，被村里人包围了。两下都动了棍棒，互有损伤。镇上的派出所都出动了，好不容易才压下来，但矛盾却越发地大了。

开发商是镇上的领导都熟悉的，在一起喝过好多次酒了。但葛镇长无论如何也想不到这次会玩得这样大，强行把民房推倒。开发商们的把戏多，有时看拆迁户们迟迟不迁，急了，半夜里放火的，泼粪的，挖路的，都有，各种招数。最可笑的一件事，据说曾经有开发商派人半夜里装成鬼怪吓人。他们根本不知道，有些村民是根本不在乎性命的，他们敢拼。村民们同样不知道，这种事除了地方政府为难，开发商是不怕事情弄大的。特别是像老许这样的开发商，有点背景。他们会编出各种各样的借口，最后无非就是赔钱。只要是钱的事，就容易办。而且，真的出了人命了，村民们大多会在悲伤中接受赔偿的现实。

现在当务之急还是要找到刘王庄的村支书，必须让他做好村民的安抚工作。安抚不好，就会容易出大乱子。这样的教训，他也是经历过的。

葛镇长到卫生间里尿了一泡很长的尿，仿佛尿了一两分钟，他看到尿液激起了一层泡沫。他想到前列腺可能有了一点问题，也许过些时候要去医院看看。尿完了，他想了想又蹲了下去，点着了一支烟。窗外还能听到“哗哗”的雨声，一点不见小的样子。这雨，应该是后半夜才下的。天色还很阴沉。他坐在那里，在手机通讯录里找着了刘王庄村支书的电话，拨打了过去，可是他听到的只是等待的忙音。

“他妈的！”他恨恨地骂了一句，在听了第十一声忙音后，他无奈地掐断了。他觉得这事无论如何都要把书记拉进来一起处理。当然，要看事情的发展情况。如果死了人，再闹大了，一定要让他来挑这担子。而现在在事情还没闹大之前他就要把经过向书记简单地汇报一下。不是他怕挑这担子，而是必须要让他知道，这是官场上的规矩，甚至可以说是一种组织纪律。这也是对书记权力的一种尊重，他必须要这样做。

他拨通了书记的电话，响了好几声后，听到了书记的声音。这一大早的就打给他，书记显然已经有了预感——肯定是很重要的事情。

“什么事？”书记的声音有点沉重。

葛镇长就把事情大概地描述了一下。他的语气还比较轻松，他不想做出很严重的样子来。一来是他的确还不知道事情的严重程度，二来也是要有个事先为领导分担责任的姿态。他知会了他，又不能让书记觉得这事情已经严重到他必须马上就中断学习赶回来处理。他不能失去他对他的信任。

“我已经和刘王庄的支书联系过了，首先马上把人送到县医院抢救。刘王庄那边必须有人去做工作，不能让群众起来闹事。”他说。

“对对对，”电话那边的书记连声赞同，“不能让事态扩大化，要尽量减小影响。上次的事情激化了，我们要吸取教训的。无论如何，要先稳定好村民的情绪。”

“书记你放心，我会做好的。”他说。

“我一会儿打电话给天祥公司，要让他们有姿态。万一出事了，要先赔点钱出来。至于后面怎么处理，再说。”书记说，“你马上就赶到村里去，不让群众闹起来。你让王镇长、周镇长、黄助理他们全负责起来。周镇长和县医院熟悉，在那里就要控制住。”

雨下得真大，“哗哗”地不停。风也大，路边的树枝在风里就像鞭子一样，把树叶都抽落了。路上没有什么车，雨打在前方的路上形成了一道白色的水雾，就像一道白纱带似的飘在半空……

葛镇长骑出不远身上就淋湿了，雨衣根本挡不住。风雨大作，就像有一只无形的手在撕扯着他，不停地要把他的雨衣扒掉。他的身后跟着王副镇长、民政助理老肖和团委书记小翟。他特意没让开车子，每人都骑一辆电瓶车。从镇上到刘王庄不远，也就是三公里不到的样子，骑过去也就是一刻钟。

天色亮了一点了，雨大风也大，雨是借着风势，劈头盖脸地打过来，眼睛都睁不开。四处是白茫茫的。老肖一马当先，骑在前面。葛镇长陪着小翟，并排骑在一起。小翟是个年轻姑娘，刚从学校出来不久。书记对她很关照，葛镇长是看在眼里的。所以，出现这种事无论如何都要把她拉上，有好处。刚到村口，他们就看到路边的广告牌下聚集了好多村民。派出所的警车也停在那里，车顶的警灯在旋转闪烁。这时雨也小了一点。他们刚停下，愤怒的村民就把他们围住了，七嘴八舌地表达着他们的满腔不满。

“支书呢？”葛镇长皱着眉头一脸的严峻。

村里的会计说支书很早就到县医院去了，负责救人。葛镇长不言语，深思了一下，问村里去了多少人，会计说支书就带了另外四个帮忙抬人的，还有天祥公司的几个人。派出所所长带了几个警察在现场拉起了警戒线。现场是一片狼藉，那一排房子已经倒塌了大半，只剩下了一些残垣断壁。到处都是破砖碎瓦，还有支离破碎的门窗、房梁……那辆闯祸的工程车现在完全没了动静，瘫在一边，车窗玻璃已经被村民砸烂了。派出所所长说，已经把司机带走了，进行了临时拘留。

葛镇长看到另一个还没拆迁的老屋，里面蹲着两个显得有些惊恐的孩子。一男一女。男孩子大一些，有七八岁了。女孩子还小，五六岁的样子。她有一双漆黑的大眼睛，头发蓬乱，脸上也有点脏。她坐在一只红色的塑料凳子上，手里拿着一袋饼干。在这屋的隔壁一户，墙已经倒了一半了，但那里面却依然坐着一个破衣烂衫的老人，头发花白，脸色枯黑，眼神空洞。他在心里有点吃惊。

“这怎么还在里面？”

“拉不出来，”派出所所长说，“可能是受了惊吓刺激了，怎么都拉不出来，谁来他都是又踢又咬的。”

“不行，你们必须得想办法弄出来。”葛镇长说，“硬拉也要拉出来。”

电话在口袋里响了起来，他看到号码是周副镇长打来的，心里突然就有了不好的预感。“出事了，镇长。”对方在电话里说。

“你说，”他说，压低了声音，“你说。”

“死了一个。”

葛镇长心就往下一沉。

对面的村民们骚动了起来，在对着他高声地嚷嚷着。他知道要冷静，在这样的时刻是不能激怒他们的。村民中大多是沾亲带故的，一旦激化了冲突，很容易引起群体事件。毕竟是出事了，要求村民理性很难。

他想，他必须要表态，表态要支持村民。但是，这有个分寸的把握。既要让村民们听了熨帖，又不能让他们对天祥公司产生太强烈的敌意。他爬到了一个废墟的高处，面对着几十张紧张和张皇的面孔。他知道，他们世世代代在这里生活，所能拥有的就是土地。或者说，其实只是那几间破房子底下的宅基。有一些村民的经济状况还好，有一些就很差，尤其是家里有老弱病残的，年收入才两三千块，还不及城里人吃一顿饭的。可不管有钱没钱的，他们都希望把利益最大化。开发商认为他们是在送钱，改善了他们的居住条件，他们还赖着不搬，就是在讹诈。但村民们真的不这样想，尤其是对贫困家庭来说，他们十分不愿意搬迁，因为就算天祥公司给他们很优惠的安置房，他们如何去装修？搬进新房后意味着他们以后的开支更大。他们宁愿住在旧房子里受穷。与前些年相比，现在的补偿又发生了很大的变化。因为各种成本上升太快，拆迁的补偿力度比原来小了很多。看上去补偿的数额不小，但实际上含金量是大大缩水的。但开发商也要赚钱，这是必须要面对的现实。从镇上讲，他们需要有人来开发。这是相互矛盾的，政府就要在当中做好协调。

雨已经越来越小了，变成了毛毛细雨。飘在脸上，有点痒痒的。天色却还是阴沉的，黑压压的乌云积压得很重，而低一层的云块有点泛白，在快速地飞驰，就像是一群刚出栏奔向草地的羊群。

他是牧羊人吗？

葛镇长以为天祥公司会软下来，毕竟是他们惹下的祸。可是，当他和天祥公司的老总联系上后，对方居然完全拒绝了他的建议。显然，他们已经是铁定心来硬的了。

逼急了，他想。

那个公司的老总其实过去和他的关系还是不错的，可是这回却决定一点面子也不给他了。葛镇长的头皮有点发麻。他忽然想到郎宇光，记得他好像是和天祥的老总有私交的，能不能让他从中斡旋呢？书记交代他处理了，他不能不妥当处理。

“如果你帮着处理妥当了，兄弟心里一定是有数的。”他对郎宇光说，再三地拜托。

“我试试吧。”郎宇光在电话里回说。

3

郎宇光记得小时候玩的一种“大吃小”的游戏。

那是自己动手做的小纸片，上面可以分别写上“老虎、蜜蜂、秃子、猎枪、公鸡、小孩”。然后几个小伙伴一起，各自随意抽取手里的纸片，然后就会出现一个互为相生相克的循环——公鸡啄蜜蜂，蜜蜂叮秃子，秃子扛猎枪，猎枪打老虎，老虎吃小孩，小孩偷公鸡。没有谁是真正的赢家。或者说，每个人都有赢的可能，每个人也有输的结局。强与弱，是会瞬间被改变的。

没人知道这个小游戏是谁发明的，只记得小时候玩得真是快活。尤其是小学时光，一下课了就三五成群地聚在一起，开始玩这游戏。所以对这个游戏的玩法，记忆深刻。一段时间以来他频繁地接触葛镇长，是希望能从他那里寻找到商机。但他也知道这个可能性并不大，因为那里的土地已经很热了。有些地块的拍卖是公开的，他没有那份实力。而且，有一些非常规的交易是他所不能介入的。在这样的一个城市里，居然有大大小小好几百家做地产，而能正常开展项目的也有好几十家，其中大多都是实力雄厚有背景的公司。郎宇光原来觉得还行，多少总能找点项目做，但后来觉得越来越难。一方面当然是由于他的规模比原来大了，但更重要的是竞争压力大。他就像是一条旗鱼，在大海里和鲨鱼争食，结果当然可想而知了。他要时时注意避险，但往往防不胜防。

他终于还是败了，败在一个生意伙伴的手里。而葛镇长这时居然来找他，事成后必然会有点回报。事实上他和那个开发商并没有多深的交情，可是，他知道那个老板却和陆记者有着非常特别的关系。其实所托的事情也不大，无非就是暂时停止拆迁，然后象征性地赔点损失，后面的工作再慢慢疏通。

“没事，这事包在我身上。”姓陆的记者一口就答应了。

记者是无冕之王啊，他想。

郎宇光过去也和各种各样的记者打过交道。不少人是喜欢吹嘘的，其实并没有太大的本领。但他知道陆记者是有点能耐的，神通广大。

陆记者真的就做到了。

汤小兰是后来听小李说，他的一个远房亲戚出了事，涉事的那家公司赔了五十万。因为是个瘫在床上好多年的七十多岁的老妇人，所以这样的价格还算是比较合理，至少死者的亲属认可了，觉得心里得到了安慰。而郎总在这件事情的调解中，发挥了很大的作用。所以，后来他就从葛镇长的手里拿了一块原来荒置的地，并且顺利地通过了相关国土部门的审批，然后又转手卖给了另外一家公司。这个公司的老板和葛镇长的关系也很好。

这像是在变魔术一样。

郎宇光一度还想不明白，那个老总怎么会愿意从他手里接了单，而不是直接从葛镇长手上拿。他也问过葛镇长，葛镇长只是一笑，说：“你就别管那么多了，你赚你的钱。”

“你以为刘总傻吗？”葛镇长反问他。

“你也不要多想，他赚的钱比你更多。”葛镇长说，“这个牛人，不服不行的，他有他特别的一套的。”

对于这个刘总的大名，郎宇光是早有耳闻。不，他的大名是如雷贯耳。他过去所听到的，更多的像是传奇，一直没真正见过面。和别的地产大亨不同，他的发家史粗暴又简单。江湖上关于他的传说简直是数不胜数，可以写成厚厚的一本大书。

郎宇光从开始学着经商时，就已经知道他了，并且一度把他当成偶像。

葛镇长安排了一次饭局，满足了郎宇光见识刘总的机会。

刘总岁数不小了，总有七十多岁的样子，但看起来极为精神。满面红光，十分健谈。一看就知道他是一个绝顶聪明的人，嗅觉敏锐，行事机智。胆大，敢想敢做。

最早的发家是很简单的。改革开放后一段时间，许多国企都不行了。他当时所在的工厂是个本地很大的国营企业，光职工就有好几千人。地方政府要脱困，就推行承包法。改革嘛，大大小小的企业都需要有人来承包，否则国家的负担太重了。可一个那么大的企业，只要他们厂领导出三百万就行了，简直就是白送啊。

“那时候三百万不是小钱。”刘总说，“大家一个月的工资也只有几百块钱，明明知道这是送给他们的大好机会，连半买半送都算不上，简直就是烂白菜的价。可是，就是没人敢接手，心里没底。”

大家点头称是。

“但是你们想一想，就算是拆砖卖瓦，把机器和厂房当废品卖掉，也不止三百万啊。”刘总很得意自己当时的聪明。他说没有人愿意干，结果他一人承担了下来。他发动了他所有的亲属，然后又在银行里找了熟人，用工厂作为抵押，贷了三百万。他在那个工厂干了三年多，厂子越来越红火。可是，原来厂里提早退休或辞退的那帮人却不干了，到市政府去上访，甚至是到他的工厂里来闹事。他索性迅速地把厂子资产掏空了，然后又让政府以八百万的价格吃了回去。这一来一去，他一下就挣了两千多万。在这样的过程中，他发现这种简单的方式更加挣钱，于是他不断地兼并重组一些小企业，然后用这些企业做抵押，从银行里套来资金后做其他项目的投资。很多人不得不佩服他胆子大，想象力好。

现在上了年纪了，他的想象力依然非常丰富。他经常会有一些奇思妙想。在商场里，他被人看成是一个异类。

“要敢想，要敢干。”他眨着眼睛对郎宇光说，“首先要敢想。”

他的敢想是出了名的，甚至一度被人认为是个牛皮大王。他说话极具煽动性。他说他当年所以能挖到第一桶金，就在于他成功地说服了他的一些亲友。他善于画饼，把饼画得很大，很美，很香，让人垂涎欲滴。他常常会异想天开，蹦出一个别人想都不敢想的主意来。“用一根别针，去换来一幢别墅，”他说，“没人会相信的。但是，我真的能做到。”

“你用一根别针，去换另一个人手里的橡皮。你得说服他。这是有可能实现的。这事不难吧？一根别针换一只旧橡皮是可以实现的。你有了这只橡皮，你或许就可以换另外一个人脖子里的纱巾。因为她急需要一只橡皮来处理文件上的一个错误，而纱巾那会儿对她是多余的。”他有点得意他的主张和发现，“当你换到一辆汽车时，你就可以换更值钱的东西，最终你一定能换到你所希望得到的，你甚至可以换来一艘游艇。”

这是一个奇才，郎宇光想。他知道有人是真正实现过的，曾经有一个大亨用一车皮的大蒜，从俄罗斯换回了一架客机。

那个晚上，郎宇光真是有点激动。刘总答应给他一笔投资，占他百分之十的股份。“你去做，大胆做。”他说。郎宇光感觉像受了神人指点一样，反思自己过去的一些做法，似乎的确是有缺陷的。他的胆子还是小了一些。并不是所有的项目都要辛苦去经营的，他应该有选择地去做。虽然他过去也曾经这样做过，但整个思路是不清晰的，没有一以贯之地去干。

他觉得自己应该变一变了。

4

天气转凉。

公司正常运转，一切都挺好的。

汤小兰也挺好的，自从她回到公司以后，她感觉郎总对她更好了。她不明白他为什么要对自己这样好，有一次他公开对客人说，她是他的干女儿。有个和他很熟的客人就笑着问，这个“干”怎么读，是读成阴平，还是去声。汤小兰红了脸，觉得这个客人玩笑有点过。郎宇光当时居然没反应过来，数秒后才意识到，干咳了两声，像是重新纠正说：“不要乱说，这是我的妻侄女”。

后来仿佛就像真的似的，都知道了汤小兰是郎总的干女儿或是侄女。总之，这是比别人的关系更近一步的意思。汤小兰更愿意他把她当成所谓的“妻侄女”来对待，因为她知道现在社会上流传的那种“干女儿”的意思。从演艺界到富豪阶层，“干女儿”就是“二奶”的代名词。做别人的“二奶”，到底是要隐蔽些，场面上的人并不清楚。而所谓的“干女儿”却是等于把内裤亮给别人看。

汤小兰不信郎总是有那样的一个意思，因为后来他也再三强调她是他的“侄女”，连“妻侄女”这事都不提了（因为他的婚姻已经破裂了），更别说“干女儿”那样的称呼了。全公司的人都看出来了，他对汤小兰是格外地关照的。各人的心里，自然也都揣着不同的想法。汤小兰见过郎总的妻子，据说她过去是从不到公司来的。但有一次她突然到公司来，取一件什么东西。匆匆来，又匆匆去。她的年龄看上去比实际年龄要大，穿着一身青灰色的衣服，脸色苍白，严肃古板，那表情就像是刀削出来的。她的嘴唇好薄，紧抿着，就像是一条线。汤小兰的心里有点怕。

郎宇光喜欢带着汤小兰出去，他感觉她真的开始成熟了。她也慢慢懂得如何和重要的生意上的伙伴或是客人进行周旋，如果说原来她只是被动地接受对方的好意，现在却是主动地争取客人对她积极表现。她比原来大方了。她懂得了接受别人的讨好，并且学会如何把握住距离。她是个聪明姑娘。她还应该更聪明，他想。

她是他手里的最最诱人的鱼饵啊，新鲜异常，美味诱人，他希望能钓到真正的大鱼。

她不知道。她怎么可能知道他的用心呢！

郎宇光对她有信心。他要放长线，钓大鱼。他要让她成为自己手里的一张牌，是真正的王炸，关键时才能用。他不急着出手。他必须瞅准机会，找到真正有用的人，才能让她上场。他要有意识地引导她，在她的头脑里灌输一些东西。他让她体会到了金钱的好处，见识过了一些奢靡豪华的场所。他看得出来，她是喜欢的。

"真是漂亮啊！太豪华了，天啊！"面对各种的纸醉金迷的场景，她有过这样的感叹。

他微笑着，喜欢她这样发自内心的赞叹。

有时候聚会时他会安排一两个身份可疑的年轻女人，她们一个个出手大方，开着豪车，住着漂亮的房子。不用工作，整天就是吃喝玩乐，时不时地还会到韩国或是澳门去小赌一把，到香港购物则更是家常便饭。他能看得出来，她开始时是反感她们的。"二奶"是个难听的名字。可是多次接触以后，她发现她们并不像她想象的那样坏。最多只是她们喜欢虚荣、贪图享受罢了。

"怎么能做这种事呢？"她表现出困惑。

"这有什么？"他说，"人不是就这样一辈子吗？你是愿意受穷一辈子，还是像她们这样好吃好喝地享乐一辈子？”

“我才不要学她们。”她红了脸。她想她是绝不可能做这种事的。别人给再多的钱，她也不愿意做，太丢人了。

郎宇光也笑了：“不是要你学她们。但你真的可以嫁个有钱人。”

“上哪里才能嫁到有钱的？”她笑了。

“有钱人多呢。”

她想，但是那些有钱人不是刘晓阳啊。她知道有些有钱男人对她是有些非分之想的，有一次遇到一个台湾老板居然就想试探她，要送她各种礼物。她都拒绝了。有钱男人总是认为没有什么东西是钱不能解决的。只要有钱，啥都能买。那个台湾老板见她这样拒绝，大惑不解。

汤小兰知道一些漂亮姑娘是愿意把自己卖钱的，但她不会，永远也不会，她想。她现在最大的愿望就是刘晓阳能把工作定下来，他稳定了，她也就稳定了。

她知道他很努力地寻找着。看得出来，他不想委屈和马虎。他也犹豫要不要考研，甚至读到博士。但他经过反复权衡后，还是决定先找一份合适的工作。他在不同的公司里干过，却一直没有最终落实下来。在他的内心里一直有一种不能明说的想法，那就是这个工作必须要比汤小兰的好。这是必须的，没有理由要比她的工作差啊。他想要谋一份更好的工作不仅是为了自己，也是为了她。

他希望有个更好的工作，对她也是一种回报。他知道她对他的好。每个月工资下来，她都会拉着他上街，去帮他买皮鞋或者是衬衫。她甚至还买来了最贵的绒线，非常非常细，她帮他织了一件毛衣，简直就和商店里买来的一样。这件毛衣足足花了她差不多一年的时间，她都是挤出时间一点点织出来的，有时她能熬夜织到很晚。他有次见到了，还表现出很奇怪的样子："你织给谁啊？现在谁还织毛衣啊。"她笑了一下，没有回答他。她不想告诉他，是因为她想要给他一个惊喜。同时她觉得他有时候还表现得真像一个书呆子，不解风情的样子。她还能织给谁呢？她现在的心里只有他。她想对他表达自己心里所有的爱，除了不能上床。当然，她想也不是一定要结婚的时候才给他，那有什么必要呢？太僵化和教条了。她只是觉得还没到时候。只要到了火候，她愿意随时把自己交给他。交给他，或许心里就踏实了。

她渴望把自己交给他，因为她爱他，在心里喜欢他。除了他，再没有别人。

5

嫂子周美爱的出现，让汤小兰吓了一跳。

汤小兰前一阵刚回去过，父母一切也都挺好的。哥嫂依然不在家。她听父母说，哥哥还在工地上干活，扎钢筋，活重，但钱挣得还可以。嫂子周美爱挣多少钱，他们不太清楚，只知道她花钱倒是大手大脚，不停地买衣服和新鞋子。“不是一个会过日子的女人。”她听妈妈这样叹息着说。“随他们吧，反正是他们自己过日子。”汤立德说，语气有点沮丧。他对儿子真的有点埋怨，却又不能当面说。儿子长大了，可以和他较劲了。而且，自己必然是输家。他要非和儿子顶真，结果会输得很惨。在这个问题上谁年轻谁就掌握了主动，他清楚得很。他最后的依靠，就是儿子。能否老有所养，能不能得到善终，就看儿子和媳妇的态度。而儿子媳妇将来的态度，就取决于他现在对他们的态度。

周美爱很早就想来看看汤小兰的生活了，她对她真的是充满了好奇。但是她们过去很少见面，有次过节在老家一共就相处了三四天时间。汤小兰的工作那么好，却并不主动提到要帮他们谋一份更好的工作。她心里猜想，她其实也不过就是一个普通打工的。她不相信她能成为什么人物，因为那几乎不可能。这种事她见过不少，长得漂亮的姑娘被工厂里的主任或者主管看中了，睡过几次，无非就是调整为一个稍微轻松点的工作，还能怎样？但她还是来了，她想来看看。她事先没有打电话给她，因为怕她这个小姑子会找出理由来推托。她从她哥那里探听来了电话，好不容易才摸到这边来了。她感觉她小姑子工作的这个地方非常不好找，因为这个城市实在是太大了。而且好像是远离了城市中心。当然，她并不知道城市的中心在哪儿，她完全不知道东南西北了。她甚至非常讨厌这个地方了。并且她显然在大厦里转了向，居然坐着电梯，坐到地下的停车场去了，在里面兜了半圈了。正巧，她遇上了停车上楼的小李。

公司的气派豪华，远远超过了她的想象。整个环境和她过去打工的那个工厂，完全不同。这种不同，深深地刺激了她。

“小兰。”她叫了一声。

汤小兰这才认出是自己的嫂子。太鲜明了，一看就是进城打工的女人。她穿了一身花里胡哨的衣服，头发是烫过的，而且染了色，像是宠物狮子犬的毛发，脚上蹬了一双跟高得有点夸张的那种鞋子，臂弯里挎着一只冒牌的 LV 包。

“哎呀，你怎么来了？”汤小兰又惊又喜。

小李笑笑，说：“嫂子？好，你们聊。”

周美爱显然这是投奔她来了。一年多前她就想来了，但一直就没计划好。前些年里她一直在外面打工，各种各样的活，挣钱少，工作又累。虽然已经是成家的人了，可为了生计，她和男人却是分开打工的。既然是打工，就没法合在一起。她怀孕过两次，但都打掉了。她忽然害怕再怀上第三次。她想如果第三次再怀上，她就会生下来。她知道不能再打掉，再打掉也许这辈子就不能再生了。她打工所在地的那个镇卫生院的医生就是这样说的，她深信不疑。就在半个月前，她感觉到了异样，而事实上她却已经很久没有和汤小兰的哥哥在一起了，这让她心里感觉到了一种恐惧。为了摆脱这样的恐惧，她来找汤小兰。她当然不是要把这个消息告诉汤小兰，这事是无论如何都不能说的。她要再观察一阵子体内的动静，到时再做处置。她想在她这里消磨一段时间，说不定将来还能找个什么轻松点的工作干。

“哇，你的公司真是不错啊。”周美爱赞叹不已。她怎么可能想到自己的小姑子，能有这样好的工作啊。她心里太羡慕了。她知道汤小兰是找了一份不错的工作，但她绝对没有想到会如此的高大上。她甚至在心里都有点要怪她了，自己做了这么好的工作，坐在办公桌后面，却不帮她的哥哥谋一份更好的工作，哪怕当个保安也好啊。

“你知道邻村的那个人不？”当晚到了汤小兰的出租屋后，周美爱打开了话匣子。

汤小兰知道她说的是那个当了大官的人。那个人的官当得太大了，大到全国的人都知道他。她后来在电视上不止一次地看过他，凡是他出现的时候，总是“做出了重要指示”。有时她要是参加应酬，有人在酒席上问起汤小兰的籍贯，只要她一说，别人立马就会脱口而出：“噢，是他的老乡吧？他对你们家乡有关照不？听说他这人很严肃的，多少年很少回家乡的。原来据说只是在边远地区当了一个小技术员，能做到这么大，真是不简单。”

“他的三个侄子现在都做生意，有一个在县里做生意做得很大呀，说一年能挣好几百万，就是他的路子。有他在上面打声招呼，下面的人谁不巴结他？平时想巴结都巴结不上呢。”周美爱说话的语速快。她是一个简单的女人，想到什么说什么，没有什么心计和忌讳。当然，她也有她的小算计。谁没有一点小聪明呢？她也有。再笨的乡村女人也有小算盘，何况她真的不笨。

“你知道村里的郑老爹吧？”

汤小兰当然是知道的。让她有点意外的是，嫂子虽然嫁过来才不过两年多的时间，而且还成年在外打工，但对村子里发生的情况倒比自己还要熟悉。

“郑老爹多刚强的人啊，对吧？说是年轻时是村里最壮的劳力。生了八个儿女，但到老了，没人管他和老奶。郑老爹和郑老奶没有收入，说一辈子最后的私房钱不过就是三千块钱，在郑老奶的手里，结果还被她的一个侄孙女婿骗走了。老奶后悔得病倒了，吃喝拉撒，全在床上，都是老爹一把屎一把尿地服侍。”周美爱说。

这个事情汤小兰是知道的。

“去年春天，老奶病得不行了，要到医院抢救，家里却拿不出钱来。儿女们有心无力，经济负担也重，而且互相推诿。老爹就从村卫生所要了几十颗安眠药，把老奶药死了。”

汤小兰听了，眼圈就红了，掉下泪来。

她想到了自己的奶奶。

“农村人，就那样。”周美爱说，“孝顺的少。穷咧，一穷心就狠。”

汤小兰对这个嫂子并不熟。她是在哥哥结婚的第二年秋天，才看到她。父母对周美爱是很不满意的，尤其是对他们这样突然袭击的婚姻方式。她倒是反复地劝慰父母，“这是哥哥的事，只要他愿意，两人情投意合，你们可不要多管。”

她的话，父母是听的。因为她现在是家里最有文化也最有见识的人。

“现在都啥时代了？村里村外的，哥哥这样的也不在少数，要看得开。日子是他们在过，合不合意的，是他们自己的事。不是老话说嘛，‘鞋子合不合脚，只有脚知道’，你们再不满意，你们能帮他找一个他合意的？”

周美爱在内心里却并不认为她这个小姑子算是有文化的人，不就是高中毕业生吗？过去成绩再好，没有考上大学，那就是白搭。她也是一个读过初中的人。她高中毕业就一定比自己这个初中毕业的更有文化？她不相信。她宁愿相信汤小兰只是因为长得比较漂亮，被她的老板看中了才谋来的这份好工作。她越是这样想，就越发地深信不疑。不是有个说法嘛，“没有无缘无故的恨，也没有无缘无故的爱”。能做老板的，自然是个聪明人，至少不会是个傻子。傻瓜当不了老板。他能对她这样好，必定是有了特殊的关系。既然有了特殊关系，那她就应该得到更多的好处。

她觉得要是汤小兰在吃肉，自己说不定可以跟着喝点汤。为什么不呢？

她是嫂子。

第三章

1

汤小兰有些苦恼，担忧，害怕。她担心郎总会一直骚扰她。她甚至想过辞职。她和林岚隐约含糊地暗示过一次，林岚立即就用非常奇怪的眼神盯着她。

“什么意思？为什么？”她显得大惑不解。

汤小兰说不出来，她也不能说。

“没什么，没什么。”

林岚盯了她好久，直到她的脸红得不行了。

她不说。有一些话只能埋在自己的心里，不能对任何人说。

她慢慢地感觉到郎总对自己是有点暧昧的，是有一些想法的。她能理解。他是一个男人，况且是一个已经单身了的男人。

当然最主要的是他觉得自己有权利主宰她，他是老板。

那天郎宇光喊她进房间时，其实她也感觉到了一点异样。那次也是一个聚会，宴请一些客人吃饭。林助理不在，客人们喝酒就少了热情。郎宇光只好自己上阵，主动敬酒。座里有银行行长，也有一些处长主任什么的，他们起哄要汤小兰喝酒。汤小兰一直是不喝酒的，但那天真的抵挡不住，喝了三小杯红酒，立即就感到脸上发烫。

“你再喝一小杯白酒，我给一万块红包，怎么样？”在众人的起哄声中，有一个客户老板说。在席间，他一直盯着她看。汤小兰觉得自己在公司里感受最深的，就是在酒桌上经常听到有钱人的各种传闻，尤其是有钱人和女明星之间的传闻。有一次郎总就说某某大佬花了五百万，包一个年轻的女明星一个晚上。偏偏那个年轻女明星是汤小兰喜欢的，内心里喜欢得不得了。那么一个清纯的小姑娘，怎么会做出这种事呢？那个晚上，汤小兰心里真是难受极了，她怎么也不能相信这是真的。那晚上她失眠了，翻来覆去不能入睡。是的，她完全不能接受这样的现实。她那么一个清纯的人，为什么做出这样丑陋的事来？这事一直梗在她的心里，可是当她告诉刘晓阳时，他却是毫不足怪的样子。

汤小兰当然不会喝那一小杯白酒。如果他不说钱的事，她或许碍不过情面真能喝掉。可是既然那个老板说到钱了，她是坚决不能喝的。不要说是一万，五万她也不会喝，虽然那数字很有诱惑力。除非她喝完这一小杯酒，拿了钱就辞职走人。

“她不愿喝就别劝了，”郎宇光拦住了，笑着说，“要不我来喝，给一千就行了。”

“心疼了，心疼了，郎总你是‘狼’吗？”

汤小兰是在回去的路上接到郎总的电话，他说让她回去把一份材料带回公司。她回去的时候发现他真的在房间里翻出了一大堆材料，让她第二天交到公司财务主管的手上。财务主管并不常来公司，但他也是公司里的重要人物，郎总好多事情总和他商量。财务上的事情好像变得越来越多，越来越复杂了。郎总第二天要飞到海南去，有事。她当然不知道他是去办什么事，领导的事她知道得越少越好，这是她后来很深刻的体会。过去的两位副总之间一直就有点矛盾，开始表面上并不明显，直到有一天突然爆发了，两人在办公室吵得不可开交。见到郎总有点喝多了的样子，汤小兰就想着为他烧一壶水，为他泡茶。她想他是为了她才喝多的。她没有用房间里的袋装茶，而是下楼跑到一个超市买来了一小铁盒碧螺春。她重新进门的时候，他好像是吓了一大跳，因为他显然并不知道她出去。他在她烧水的时候，居然就睡着了。他的心态好，脑袋只要一碰到枕头就能睡着。她是见识过他的睡功的，有时外出，林助理开着车呢，他在后排说："我睡十分钟啊。"话才说完，就真能睡着，还能打呼。或是十分，或是一刻钟，到时总能醒过来。醒过来了，精神仿佛也就特别好。她蛮佩服他的。"你怎么出去的呢？"他有点好奇，因为他感觉房间的灯并没熄灭。所以她应该没有取走门钥匙。"我临时用银行卡换了一下门钥匙啊，"她说，"不断电。这里的茶叶不好，我去买了一点茶，跑了好远。附近的那些店居然没有卖茶叶的。"

郎宇光半靠在枕头上，看着她清洗茶具。当她正在过滤第一遍开水时，发现他站到了自己的身后，双手环抱住了她。她被吓住了。她有点不知所措。

房间里安静极了，几乎没有一点声音。她盯着杯子里的茶叶，它们是那样的碧绿娇嫩，在开水的热度里翻滚着，然后以非常轻盈的姿态缓慢地向杯底沉去……有点热，她感觉到了空气里的那种燥热。她听到了他的呼吸声，也听到了自己的心跳声。她感觉到了他在亲她的鬓发，在亲她的脖颈。她猛地就打了一个战栗。就在她回身的时候，他抱住了她。"你真美啊，多么地年轻，真漂亮。"

这是不应该发生的，她想。他是有情人的男人。他这样做，对林岚是不公平的。她也不能这样接受，因为那对刘晓阳是非常不好的。她是刘晓阳的恋人，将来的妻子。“别这样，郎总。”她想掰开他的大手。可是他的呼吸却越来越重了，就像是一列火车驶近了身边的感觉。“你真是美，美极了！”他说。他的大手捂在了她的乳房上，还用上了力气。她的脸好烫，烫得自己感觉就像一块巧克力要融化掉了。他的身体硬硬的，用力地抵住她。她说不清是酒精的作用还是别的什么，她感觉自己有点要窒息的样子，仿佛随时要晕过去。她分明能感受到他的那种男性的宽厚与有力，同时又觉得有些屈辱。她很清楚他下一步想要干什么，而且她几乎无法去阻止它发生。

他的大手就像是坦克那样坚决地朝前推进，摧枯拉朽。它滑过了她的胯骨，平坦的小腹，钻进了她的胸罩，迸飞了后面的褡扣，非常蛮霸地五指紧紧地扣在她光滑而饱满的乳房上。当他的大手一时抽开时，她以为这场噩梦已经结束，可是他的大手却又落在了她的另一只乳房上。它想把它们全部都占有。他轻易地就把她抱了起来，因为她是那样地轻盈，把她扔到了床上。当她挣扎着坐起来的时候，他再次把她轻易地压倒。然后他看到了她的泪水。

“别这样，郎总。”她的声音像是要哭了，是的，她真的想哭。

事实上后来郎宇光也没有再为难她，虽然看她的眼神有时还难免有些热辣。郎宇光后来觉得自己还是有点冲动，那是酒精上脑的结果。这事不能急，他又一次对自己说。他怎么可以亲手毁掉自己的长远计划呢？真是昏了头了。酒是一方面，另一方面真是她的青春美丽，让他难以自持。

汤小兰离开后，他在酒店里招来了一个年轻的妓女。那孩子说她十八岁了，可是他感觉也许只有十五六岁的样子。她的脸上还浮现出一种幼稚的神情，可是她脱衣服却像演员在后台换装那样迅速。她几乎只用了几秒钟的时间就把自己剥光了，就像脱去了外壳的笋尖。她瘦得很，两只乳房小小的，双腿细长，就像是一条梭子鱼。他甚至在她的身上闻到了一股淡淡的鱼腥味。

郎宇光那个晚上做了梦，梦见自己生了病，身上的一块地方正在腐烂。他能闻到那股浓烈的腐臭味。他吓醒了。醒来后，他依然能闻到那股臭味。他分不清那臭味来自何处。他甚至打开了灯，四处里寻找，连卫生间的地漏和浴缸里的排水孔都用毛巾堵上了，可是房间里的臭味却依然不见消散……

多么地无耻，他躺在黑暗里想。是的，自己是个无耻的人。但只有无耻，他才可以很好地生存下去。他不否认自己的无耻。他希望通过无耻来赚到大钱，有了钱的人，还无耻吗？有钱的人在这个社会上才会得到尊重，越有钱，别人越仰慕。

他要在暗里把无耻发挥到极致！他想。

对于汤小兰，还是不要急，他又一次告诫自己。这有一个过程。

他相信他最后会如愿的。他要好好地利用她，而不是简单地满足于肉体的欲望。肉体的欲望是很好解决的，这个世界里到处都是那种女人。

“那天我的酒多了，”有一天中午公司里没人时，郎总突然对她这样说了一句，声音不大，“别放在心上。”

这是他的道歉？当然，他能这样已经不错了。可是，她不相信这样的事情以后就不会再发生。如果再发生，她要如何应付？照她的理解他对她真的很好，可是她要以这样的方式去回报吗？或许她最好的方式就是辞职，到别处再去寻找新的工作。但她心里矛盾得不行。好多个夜晚她睡不着，反复想着这个恼人的问题。这样的问题她也不敢写进日记里，怕万一被刘晓阳看到了肯定是非常不好的。本来没有什么大事，或许他会想得很严重。她这样的心烦无处可以诉说，烦极了，她只能打开台灯悄悄地看书。

程蕊蕊帮她找了人，在自己的母校名下的民办学院报了成人教育考试。她学的是经济管理。她已经通过五门课程考试了，不出意外，她应该能比较顺利地拿到学历证书。

“不要辞，好好的，辞什么。”林岚说。

林岚不相信她在外面能寻找到更好的工作。汤小兰有次和程蕊蕊开玩笑，说到她的公司去。程蕊蕊也是像林岚一样，疑惑地看了她一眼，说：“得了，你到我这里来忙死。我还想去你那个公司呢。”

“你怎么想的？”她问，“怎么了？我看你们公司老板还挺好的。你要到我这里三天都干不了，忙死，忙得晕头转向。有时团队没人带，我恨不得变成孙悟空，会分身术，把自己变出七十二个来。刘晓阳来我倒是欢迎的。”在她忙得不可开交的时候，她真的请刘晓阳帮她带过一个团队去云南。刘晓阳说其实是比较简单的，他把人带过去交给对方的地陪就行了。完成了交接手续，他就成了一个闲人，无所事事。他也蛮喜欢程蕊蕊的，觉得她漂亮又善良，而且人又机灵聪明，做事麻利。程蕊蕊和她的合伙人甚至想聘用他，说他能吃苦，而且他不仅英语不错，还能懂得一些简单的日语。他们需要这样的“人才”。可是刘晓阳当然不会乐意的，他希望能进一家大公司或者是某个机关。

“你的老板不错噢。”周美爱在听说她小姑子的公司老板居然是个离了婚的老男人时，好像还挺羡慕的样子。她后来专门又跑到她的公司里转了一大圈，把每个人都认识了一遍，自然也见过了郎总。汤小兰在心里叫苦不迭，可是她又无法阻挡。

周美爱来了以后一住就是好多天，完全是乐不思蜀的样子，让汤小兰心里有点暗暗叫苦。汤小兰白天上班，周美爱就在她的出租屋里睡觉。偶尔她也会自己一人上街，晚上再等汤小兰回来。

到了周末，她则一定要拉着汤小兰上街，逛商场或是地下的大卖场。她对各种小商品都充满了好奇和惊喜，并且不时地会挑上几件小东西，然后等待汤小兰付钱。在她看来，汤小兰付钱是应该的，因为她挣的钱多。她像是她随身的小钱包。在她的出租屋里，她就像一个窥视者，想洞悉她所有的个人秘密，还任意地使用她的东西，口红、润唇膏、面霜，有时还会混穿汤小兰的睡衣、丝袜和拖鞋，甚至是文胸。她的胸型和她不一样，奶子也比汤小兰的大一些，可是她非试穿她的。看得出来，她也懂牌子。汤小兰有两件最贵的，居然都被她试穿过，还直说好穿。汤小兰看她穿上的那样子，明明觉得并不很合适，但还是笑着说："你要是不嫌弃已经穿过的，就给你好了。"周美爱听了，立即美滋滋的，满心喜欢："你哥总说我买的那些胸罩不好，你这么好的胸罩我还是第一次用呢。"

这事也能扯到她哥的身上，太能扯了。周美爱太爱贪小便宜了，汤小兰想。所有贪图小便宜的女人，最后都会吃亏的。当然，或许周美爱这样的人并不觉得那是"吃亏"。当她听说在酒桌上有地产公司老总让汤小兰每喝一小杯白酒，就给一万元红包时，直呼她这个小姑子太傻了。

"天呀，一万块钱啊，你傻死了，为什么不喝？一千我就喝。"她那个表情真是又急又羡，恨不得让自己上阵才好，"哎呀，要是让我喝我会一口气喝个十杯八杯的。”

“你的酒量大？”汤小兰有点发笑。

“没有酒量也要喝，只要醉不死。”她说，“一年在外辛苦打工，累死累活，那才能挣多少钱啊？”

“喝一瓶都行，哪怕大醉一场。”她说，“那就赚大了。”

她满脑子想到的都是钱，汤小兰想。当然，这是可以理解的。对农村人来说，钱能极大地改善生活。人人都喜欢钱，谁不喜欢呢？但他们获得财富的途径太有限了。晚上，周美爱和汤小兰睡在一张床上，她会讲很多她打工时听来的或是亲历的故事，听得汤小兰不知道说什么好。

周美爱说的那些人里，不是做了别人的二奶的，就是在路边的洗头店里充当暗娼的。当然，这些人的先天条件得好，要长得漂亮。她说她娘家村里的一个姑娘，过去和她是一起长大的，很早就出去打工了。所谓的打工，其实就是在外地做那种事情。那姑娘跑得远，而且不断地变换着场所。她也挣了好多钱，帮家里盖起了两层的小楼，当时把村里人羡慕得不行。村里人一直不知道她的真实情况，以为她在南方打工就是那样来钱呢，直到有一次村里的支书去南方一个小城办事，晚上无意间发现她做的是那种事。

“有人说村支书就睡了她。”她说。

“她这样还能嫁人吗？”汤小兰问。

“怎么不能呢？我去年还看到了她，说是嫁在外地的一个镇子上，条件还蛮好的。”周美爱说。

周美爱显然认为自己长得并不差。接触的人真是杂乱啊，汤小兰暗想，可她说不出口。哥哥和她认识不久，两人就睡到一起了，可见她也不是一个十分持重的姑娘。但是，她也真的并不反对，只是她是真心爱哥哥，而哥哥也真心地爱她。在和哥哥结婚之前，她说她谈过好几个男朋友。她并不隐讳过去的恋爱史。她甚至说起其中的一位男朋友，现在是如何的发达。其实也就是自己开了一个小网吧，一开始只是帮人家看场子，后来不知道是什么原因居然就完全接管了，成了网吧的主人。自然，那要比在工地上卖苦力好一些，或许当个建材小商店的老板娘，算是她的理想？

她不会安分的。

汤小兰真的有点担心她这样会不会和哥哥有好结果。这是一个易变的女人，她想。只要有了更好的选择，或许她是什么都不顾的。

“为什么要找刘晓阳呢？”周美爱在见过刘晓阳后，居然在背后这样说。显然她认为嫁个有钱的城里人才是最好的选择，为什么要嫁一个普通大学生呢。她知道刘晓阳的父母也只是老家小镇上的普通居民，无权无势的，更别说财富了。她觉得她的小姑子有现在这样好的条件，完全可以找一个条件更好的男人。

周美爱骨子里很庸俗呢。

汤小兰发现她的这个嫂子对当下流行的都市情感剧非常熟悉，而且喜欢把剧中的每个人和现实里的熟人进行比对。她会对剧中每一个人的小错误痛恨不已，为每一点小幸福陶醉兴奋。她对男女的浪漫爱情充满了向往，但是具体到现实生活里，她又会毫不犹豫地选择马上就能兑现的享受。她的内心选择是被割裂的。她居然瞧不起刘晓阳，凭啥？当然，汤小兰不好意思反驳她。

她不会和她计较的，汤小兰想。一来她是她的嫂子，对她好，就相当于是对哥哥好。二来她是一个没有见识的年轻女人，她对生活的理解是比较浅薄的。她当然不会听她的闲言碎语，会全心全意地爱着刘晓阳。在她的眼里，刘晓阳是她所能选择的最好的小伙子，不是吗？她很看重他们的恋爱。这种源于高中时期的爱情，在现代的城市社会里简直就像是童话一样的美好。

来了那么久的周美爱，只给汤小兰的哥哥打过一次电话。而事实上她在来到这里后的第二天就接到另外一个人的电话，她避着汤小兰跑到阳台上去接。汤小兰隐约听到是个男人的声音。汤小兰不去猜测给她打电话的是什么样的男人，或许是有关系的，或许是没关系的。她去猜测只会增加烦恼。

这个女人的心有点野，汤小兰想。有次她看到她从淋浴间出来，浴巾很随便地裹着，屁股那里露出了一个文身。她在那里居然文了一朵鲜艳的红玫瑰。再细看，那朵鲜艳的玫瑰是从女性修长的两条张开的大腿中开放的……

她怎么可以文这样的东西呢。汤小兰那个晚上心里真的很不舒服，她不知道要不要把这件事在以后的日子里和父母说一下。

不，她在心里说。

2

杜区长来视察的时候，汤小兰一下就觉得她在哪里见过。事实上那行人是视察整个新区的，新区里的不少企业都受到了走访。在他们的身后是一群记者，手里拿着话筒或是扛着摄像机。杜区长很亲切，一直是面带微笑。在公司里他还详细地询问了企业的业务和经营情况，他一边听介绍，一边点着头，脸上不时露出满意的笑容。当他的目光看到汤小兰时，眼睛仿佛亮了一下，然后叫了一声："小汤吧，你在这里？"

汤小兰这下才想起来了，她是在程蕊蕊的婚礼上见过这个人的。而这个人居然是区里的重要领导。她感觉众人一下把目光都集中到了她的身上，既羞愧又兴奋。她惊讶于这位领导非同寻常的记忆力。

让她高兴的是程蕊蕊在几个月前终于和那个她大学时做过她辅导员的周国运结婚了。周国运在乡下已经挂职干了五年多的副县长，却比原来更瘦了，更黑了。程蕊蕊说，她的同学们都以为他是喜欢当官，以为他赖在底下县里是腐败了，得了多少的好处，可事实上他却是有不少的经济损失的。她说他用自己的工资，在一个乡里帮扶过十几个失学的孩子。而且，他计划要供他们读到高中直到他们各自考上大学为止。

“我还不能批评他，”程蕊蕊笑着说，“他是在花他的钱。”

“好人哪。”

“也就看上他这点了，否则图他啥？”程蕊蕊说。

程蕊蕊告诉她，事实上在大学时代周国运就试图追求自己，可是那个时候她觉得两人并不合适。师生恋，总是让人感觉怪怪的。他后来的夫人也是一位老师，但婚后不久就去了德国。两人聚少离多，有时一两年才见上一回。他的夫人原来是希望他也能出去读一个学位，但周国运却很顽固不愿远涉重洋。他倒是希望妻子回来，她也曾经考虑过回来，却又终究没回。而且他夫人居然一直也没怀上孩子，所以他们婚姻的破裂早已经在大家的预料之中。

“人好哪，有学问，有本事。”汤小兰有次悄悄地对程蕊蕊说，“就是……有点黑。”

程蕊蕊笑得花枝乱颤。

“身上更黑。”

“真的？”汤小兰有点不相信。

“他是个黑蛋。”

“黑蛋？”

程蕊蕊就越发地笑得不行，笑得汤小兰的脸都红了，仿佛倒是自己做了什么难为情的事。

那次汤小兰从老家回来，长途公交车开到一个叫溱湖的地方，路旁上来两三个扛着大包小包的人，领头的正是周国运。如果不是她认识他，他和进城的农民没有什么两样。他是领着几个村里的干部去省农业厅，看他们弄出来的什么新品种。他说得很简略，她也没太大的兴趣听，只觉得他这样和他的身份差别有点大。他只要回城，就会去看程蕊蕊，请她吃饭。汤小兰当时觉得他那样子更适合在县里找个女干部。但奇怪的是程蕊蕊并不反感他，有时好像聊得还挺投机的。

“他是个实在人，”她说，“和他过日子，倒是能省心的。”

“他倒是捡了个宝。”汤小兰真是看不透程蕊蕊了，她明明可以选择到更好的男人啊，既然他只是下去挂职的，又不是一个真正的县长。再说了，听她的口气他在仕途上根本没有任何前途可言。

“床上功夫不错呢。”程蕊蕊突然大笑起来。

汤小兰忽然觉得她好坏，“你们早就有了？”

“没，”程蕊蕊说，“他不是一直追我嘛，我一直没松口，直到他正式离婚了。逗你玩的，我可没和他上床。难道你和那个小刘上了？”

“哎呀，你真能胡说，怎么可能！”汤小兰听程蕊蕊那样说，倒真的相信她和周国运已经上过床了。这倒也没什么，谁让他们现在是自由身呢？即使他们早就是情人，她也不会觉得奇怪。

他们的婚礼是在市里的希尔顿饭店举办的。汤小兰特地包了一个很大的红包。她想她一定要对最好的人表达足够的心意。可是程蕊蕊却坚决不收：“你是我的妹子，我才请你来参加的。你要敢把这红包放下，我以后就再也不理你了。”程蕊蕊认真起来了，“不要说不收你的，我们谁也没收。来的都是过去的同学和同事，还有一些家里亲戚，没有外人的，一分钱都不收。”

汤小兰和程蕊蕊的父母们坐在一起，看着她和周国运的那些同学同事们在喧闹。程蕊蕊那天真是漂亮极了，穿了一身洁白的婚纱。看上去她比平时还要年轻，和别的新娘没有什么明显的区别。那天是个好日子，饭店的大厅里至少有三对新人，热闹得很。

新郎周国运也是隆重打扮过的，穿了一身笔挺的西装。他任由来宾戏谑，一直傻乐着，绝不申辩。他们要求他喝酒，他只会努力地求饶，不住地作揖。他是真开心，从进场就一直是笑呵呵的。虽然他还是那样黑，但看上去挺精神的，笑起来露出一排洁白的牙齿，挺健康的。他的精神、帅气，也可能是和那身看上去特别合身的西装有关。

杜怀民是在别人的簇拥下来到程蕊蕊父母这边敬酒的，因为据说他当年和周国运上下铺，算是极好的兄弟。和周国运相反，他是又白又富态，一看就是领导的模样。“我很羡慕你啊，”他半真半假地对周国运说，“找了这么一个漂亮的新娘，又能干，又能挣钱，你是招惹众怒啊，羡慕，忌妒，但不恨！”当酒杯转到汤小兰这边时，程蕊蕊主动介绍说：“这是我妹妹。”杜怀民怔了一下：“妹妹？亲的？”程蕊蕊笑着说：“亲的，怎么样？漂亮吧？”杜怀民大笑，说：“漂亮漂亮，比你还要漂亮。”

“那是，我妹才是真正的一朵花。”程蕊蕊说。

郎总对汤小兰居然认识新区的区长真是大感意外。

他知道杜怀民和一般干部不一样，他是有背景的。和秘书出身的官员又不一样，很多人是离开秘书岗位后就会直接升到某个职位。而杜怀民还真是自己一步步地干上来的，他离开许老后，是从一个乡党委书记干上来的。当时是一个很大的新闻，有说是许老这人不讲情面，正常情况这个位置的秘书离开后怎么也是一个副厅级的实职。也有人说杜怀民（当年说是小杜）有问题，不讨许老的喜欢，所以下乡等于说是被贬了。有一段时间他几乎被人忘了，但他不声不响又从一个郊区城北的乡党委书记，干到了县委书记，又从县委书记，做到了区长。作为区长，杜怀民算得上是年轻力壮。毫无疑问，他还会有更好的位置。

郎宇光一直想请区里的领导来视察，尤其是杜怀民。企业在这块地盘上，领导重视不重视是不一样的。他需要区里领导的重视。区里领导的权力不可小觑。他托了人做了工作，才有了这一天。而汤小兰居然认识他，不是天赐良机吗？

其实杜怀民几乎熟悉区里的所有企业。郎宇光的公司是后搬来的，所以他就没来过。他喜欢跑，习惯了。他从当乡镇长时起，就喜欢往各个村跑。“不熟悉农村，不熟悉基层，那就是不熟悉中国。”这是许老经常说的一句话。对许老的这句话，他深以为然。农村的情况很复杂，基层的情况也复杂。随着经济的不断发展，农村正在大面积地消退，代之而起的是新城镇，情况一样复杂。没有不复杂的现实。复杂，是现实的本质。也正因为有了最早的对基层的了解，所以他处理起工作是粗中有细，颇有魅力。他所以敢大刀阔斧、粗线条地进行改革，正是因为他对细部有了解。

很多同僚是敬佩他的，佩服他的胆识和勇气。对于他的一路升迁，是心悦诚服。他们不懂得其中的奥妙，他想。最早人们佩服他的其实不是他粗放的管理，而是细。相当长的时间里，大家都传言杜怀民是个谨小慎微的人，在重大问题上不轻易表态。可能和他在领导身边工作过有关，杜怀民喜欢倾听，喜欢调查。总是听取了方方面面的意见，自己再归纳和总结。他的文章写得好，发言也好。他在开会时很少用秘书写的稿子，跟随他的几任秘书都有点害怕他，费尽心机绞尽脑汁写出来的稿子，到他手上能删得不剩下几句话。因为很多时候他就是自己随便在笔记本上写上几点，然后娓娓道来。

执政的风格是分阶段的，他想。需要细致的时候就必须要细致，应该粗放的时候就要粗放。当然，这两者其实又是一致的，协调的，并不矛盾。他在这方面有许多的心得。

也有人说其实杜怀民下去前心里就是有数的，是许老有意要培养他。杜怀民的名气越来越大。底下基层的那些乡镇长们，如何能与他相比呢？无论是说话还是做事，他都要比那些人高出一截。而且在基层的那几年里，他只要有空，就骑着自行车下乡，连星期天也不休息。那个乡镇很快就成了全县闻名的示范乡。后来在相继担任县长、县委书记期间，他是吃住都在县委的招待所里。他的特殊身份让他在招商引资方面卓有成效，整个县城都发生了很大的变化。他和各种各样的企业老板打交道，却从不接受吃请。他对外公开宣称滴酒不沾，连红酒都不碰。

但别人眼里很清廉正派的杜区长，对郎宇光来说却不是一件好事，因为他有两个项目都被有关部门卡住了，其中有一个项目因为手续不完备，城管局居然要罚款二百万。罚款倒还不是主要的，要命的是项目的拖延导致后面一系列的问题。他知道这些部门都归杜怀民管，如果他表态，一切问题都会迎刃而解。但据说杜怀民现在不愿意表态，尤其是最近有一个项目据说比较复杂，牵扯到一家央企和某个开发商的关系。央企自是不必说的，有背景；而那个开发商听上去名不见经传，可事实上却是静水深流，关系复杂，背景很深。半年前郎宇光就曾经在一次饭局中见过那个开发公司的一位副总，年轻轻的，面皮白嫩，说话带一口京腔。举手投足间，就能发现他的那种优越感，那种目空一切的傲慢，就像身上穿着的那件外套一样。谈论起地方官员或是遥远京城里的某个部长，就像是说自己部门的一个下属一样。有人说他所以如此狂傲，是因为他是某个了不得的大人物的公子的“白手套”，郎宇光不得不信。否则，谁能这样嚣张呢。

关于杜怀民很可能会升任副市长的消息，已经传了很久了，只是等着啥时换届。郎宇光相信杜怀民对此也一定有所期待，谁不想在仕途上更进一步呢。也因为他瞄着那个方向，所以杜怀民在工作上越发地谨慎。杜怀民当然谙熟官场里的规则，他知道如何在一个矛盾关系中进行平衡。他不会让这两方势力中任何一方吃亏。他手里有的是资源。他只是在思忖在一个什么样适合的机会去解决这一类事情。事情当然要朝着对自己有利的方向发展。他有年龄上的优势，他肯定希望自己每一步都走好，不仅要有政绩，还要建立好人脉。有一些人脉是在官场之外的，就像商海里的人脉在官场上一样。

吃亏的永远只是小企业，郎宇光想。神仙打架，小鬼遭殃。郎宇光想的，只是如何保证自己不受损害，因为他的一个项目和央企的项目有关。他知道央企会随时牺牲掉他这一小块蛋糕的。那些人不在乎分一小块蛋糕给他，但也同样不在乎把他到手的蛋糕打翻在地。他和这些人接触多了，了解他们。而天下居然有这样巧的事，杜怀民居然认识汤小兰。

郎宇光突然觉得他过去的所有努力，正在面临一个最好的机会。

汤小兰不止一次地梦到自己掉进水里，每次都是感觉湿漉漉地从梦中吓醒，几近窒息，感觉整个人还在水里。她不知道为什么会做这样的梦。程蕊蕊爱上了游泳，那么忙，她说她还长胖了。周国运又下乡了，她仿佛又回到了过去的状态。但是她显然已经不希望重复过去的生活，所以她晚上会去游泳馆健身。游泳的好处，汤小兰是知道的，但她却羞于入池，因为她根本就不会城里人的这种游法。

“我教你，很简单的。”程蕊蕊说。

汤小兰其实是会游的，是乡下人的那种狗刨式的。可在泳池里是不行的，太丢人了。程蕊蕊帮她买了一套很好的泳衣，她自己看了也觉得真的挺美的，身材匀称，大腿修长。她发现有不少男人的眼光在盯着她们看。程蕊蕊不太理会那些眼光，把标准的游泳动作一步步地分解给她看。

“你原来就会游怕什么？有底子，一教就会的。”程蕊蕊不能理解她的胆怯。

可是汤小兰真的就是不敢放开手脚去游。她真的就梦见自己溺水了，拼命地挣扎啊，叫啊，划啊，可是没有一个人救她。时而她能感觉泳池里全是人，黑压压的一大片啊，男男女女；时而她又觉得泳池里空无一人。她满眼里看到的都是水，透明，无色。她想喊刘晓阳，可是却发不出声音。一张嘴就感觉呛着了水，嗓子里火辣辣的有些蜇人。她的长发在水里乱舞，就像一团散乱的丝线在浮沉。

周美爱终于离开了汤小兰那里，但是去哪儿了，汤小兰并不清楚。想到这点，她的心里就不太舒服，堵得慌。有两次晚上她回到出租屋后，都没发现她。有一次很晚才回来，身上还有很重的烟酒味。“去哪儿了？”她问。周美爱却笑嘻嘻的，说是跟着小李他们去酒吧喝酒了，然后又去大排档吃夜宵。显然，她很开心。

汤小兰没有多说什么，毕竟小李是自己单位里的人。她有点不明白，她这个嫂子怎么就有这样的能耐，能和小李联系上。这太出乎她的意料了。小李看到她，倒也不提这事，就像没发生过一样。直到有一天周美爱突然把衣服什么的全收拾好装进了包里，然后告诉她，她要走了。

“去哪儿？”她觉得她也应该离开了，或是回家，或是出去打工。

“朱三帮我找了份工作。”周美爱说，“在一个文化公司里，挺好的。”

汤小兰心里真是吃了一惊。她是知道朱三的，就是公司里小李带来的那个身上有刺青的人。这样的一个人，却帮着周美爱找了一个文化公司的工作？说她到什么样的公司里干活都行，却偏偏是个文化公司，真的能行吗？汤小兰心里怎么也不相信。

“你去做什么呢？”她问。

“随便啊，”周美爱笑嘻嘻地说，“那个公司的老总和朱三是哥们，关系好。我去了随便找个什么活干，也许就是挂个名，没事干。”

“挂名也能给你开工资？”汤小兰觉得她说得越来越不靠谱了。

“没工资我才不去呢。”周美爱夸张地叫起来，“我又不傻。朱三和他关系特铁，他说我进去绝对没问题，工资不低。不就是多一个人嘛，那么大的公司根本不在乎嘛。”

汤小兰不知道该说些什么了：“你……这事和我哥说了吗？”

周美爱一副满不在乎的样子：“说了。”

“我哥什么意见呢？”

“他能有啥意见？”周美爱非常强硬地反驳说，“他能帮我找一份好工作？”

汤小兰不敢对父母说这事，倒是哥哥打来了电话问她情况，她含糊着说自己知道得也不是很清楚。但她把自己的担忧也隐约地向他说了，不知道哥哥能听懂多少。哥哥在电话里“唔唔唔”的，好像是全懂了，又好像是没懂。她到底是不放心的，后来打过几次电话给周美爱，有两次是当时就接通的，有两次是事后好长时间甚至还有第二天才给她回复的，说她没看到来电。她说她一切都挺好的。听她的声音，好像过得还不错的样子。有一次她和刘晓阳两人去新街口的永乐影院，看到前面有一个女人的背影特别像周美爱，和两三个男青年勾肩搭背的。她没有叫。她感觉她打扮得就像一个妓。

让她感到稍许安慰的是，郎宇光后来没有做过太出格的事。有一次公司里聚会，晚餐之后又去 KTV 唱歌。新来的那位陈总唱歌唱得很好，林岚那个晚上也唱了好多，一首又一首，大多都是哀怨的情歌。她的声音是不错的，可就是音准不够好。就像是下雨天时，积水路面上有一些砖块。她想踩着那些不太有规律的砖块跨过那片积水的路面，却常常不小心失足踩进了水里。汤小兰在他们的怂恿下也唱了两首，心里有点小激动。她觉得唱出来的声音都不太像自己嗓子里发出的。她觉得蛮好听的，又显得有点慌张。如果她不慌张，或许会更好一些。过去有好多次 KTV 唱歌的机会，他们让她唱过，她都拒绝了。其实她也挺想唱的，但她觉得有陆总在，别人的歌唱都是多余的。

就在半个月前，汤小兰听到一个不好的消息，说是陆总得了乳腺癌，她的心里有点感伤。她打电话说想去看看她，可是陆总拒绝了。陆总拒绝她的探望是可以理解的，可是她拒绝了公司里所有的人，包括林岚。事后很久，汤小兰才明白一个道理：不是陆总有心与她们隔阂，而是她自己无法面对自己的内心。郎总说她发现时已经是晚期了，所以情况就相当不好了。

郎总请她跳舞，她接受了。自从那次以后，她就在努力地躲避他。她不敢去想那个晚上发生的事。她只记得他的那双大手在捏她，鼻孔在她的脸上喷着粗气。酒劲好像开始在她的体内发作了，她身体有些绵软。她的理智告诉她，她是不会遵从的。可是，她为什么会这样软弱呢！

他说他多么地喜欢她，想她。她不要听，也不相信。就算是相信，她也不接受。他想征服她，而她也在激烈地反征服。她一边挣扎一边想：或许她明天就会辞职，如果那种事真的会发生的话。是的，她不能含糊。她不承认这样的事情发生，还能做到安然无恙。辞职是她的态度。她要是不辞职，那她成了什么人？那个最后的堡垒不是属于他的。它只属于一个人，那个人不是姓郎的。她蹬踢他，甚至想咬他……他那一刻变得特别地霸道、野蛮。他亲她，双手插进她的双腿间，想激发她的情欲。他试图去解开她长裤的纽扣，却发现它是那样的牢固。他转而想让自己裸露，可是，却被自己的包装束缚了。他松开了自己的皮带，却拉不下裤子的拉链。他的拉链在那关键的一刻，居然被卡住了。他低头使劲地想拉开那拉链，可是拉链就是死死地卡在那里。她逃出去，走出饭店大厅的旋转玻璃门时想到他那副狼狈的样子，突然失声笑了出来。

出租车的司机是个中年男人，他在收听着车载收音机里的交广夜话。夜话的女主持人语速极快，言辞犀利。“厉害啊，厉害。”

司机感叹说，“她主持的节目真好，我每天都听。”广播里正是一位年轻的姑娘向女主持人倾诉她的苦恼，说她爱上了自己的男上司。而男上司却是有老婆有孩子的人，虽然他保证一定会离婚，却迟迟不能兑现。她内心里很是矛盾和纠结。

“你傻吗？你觉得你这样做道德吗？你难道看不出你只是他的玩物而已吗？是什么让你当时答应了他的追求而和他发生了那种关系呢？什么成熟有魅力。成熟有魅力的男人一定是为你准备的吗？成熟有魅力就是你介入的一种理由？这样的一种关系你不觉得当时就已经伤害了他的妻子和孩子？你相信他说的当时的婚姻并不是由于爱情而现在遇上你才是他的真爱？当时是什么样的原因促使他并不是由于爱情的原因而结婚的？他对你所有的这些听上去很美丽的语言不过是他想把你骗上床的谎言而已，因为一旦他有一天厌倦你了一样会对别的年轻姑娘说上同样的一番说辞。你默默地充当了他多年的玩物，现在却仍然在执迷不悟。你心存侥幸认为他真的有一天会离婚来娶你。你明明可以正常去和年轻小伙子恋爱但你却沉迷于一个已经结了婚的男人，你确信自己只是沉迷于他的成熟有魅力而不是因为他是你的上司？你相信你爱他只是单纯的爱情而不是出于对某种利益的考量？”

女主持人的话语就像机关枪的子弹一样射出来，打得车里到处冒起火花。汤小兰感觉那些子弹射在车厢里，又重新反弹后撞到了自己的心坎上。

“你痛苦你犹豫你纠结……你应该毫不犹豫地切断和他这样的关系。他如果真的爱你他就应该毫不犹豫地和妻子离婚而和你走到一起，他一再延宕只是他并不那么爱你，或者他就是像张爱玲说的，一枝红玫瑰一枝白玫瑰。在他眼里你这枝玫瑰也并不比原来的那枝玫瑰美多少。你只是满足了他作为一个男人的占有欲而已。你学过生物学吗？在你的这个上司身上表现得也同样明显，他不过是想最大程度地占有异性而已。你只是他的‘另一个女人’，而不是‘唯一的一个’。或许他根本就不想你是他的‘唯一’。他和动物园里猴山上的猴王没有本质的区别，总是想占有尽可能多的异性。你觉得他很爱你只是你后来在心里的一种想象。他远没他语言上表达的那样爱你。你心里可能也很清楚他只是在想和你上床时才会表现出他爱你，你只是在心理上不愿意接受。你在被他欺骗了以后自甘沉沦然后再自己欺骗自己。你为什么不可以去找一个年龄相当的小伙子正常恋爱光明正大地结婚？当他和你结婚以后随着年龄的增长他也会成熟而有魅力……”

汤小兰不敢再听下去，她觉得或许林岚应该听一听才好。是的，如果是她听了她会做出怎样的感想呢？当然郎总已经离婚了，他们现在完全可以结合到一起了。现在是什么阻碍他们走到一起呢？当然，她不认为郎宇光是在玩弄林岚。她觉得他们还是有感情的，只是表面上他们不太表露出来。谁会把这样的事情流露在表面上呢？

出租车在大街上奔驰，沿途的路灯灯光在车厢里忽明忽暗。汤小兰的心情也时阴时晴。她有些忐忑，不知道接下来还会发生什么。她的电话响起来，她看了一下，是郎宇光打来的。她不接。不接也是态度。“男朋友的吗？”司机问。

司机是个不甘寂寞的人啊，而且有着自来熟的本领。他喜欢听别人说话，也喜欢自己说话。这是战胜寂寞的好方法。

“不是。”她说。她不想和一个司机说这事。司机就不再说了。

郎宇光当然感觉到了。

男人对美丽的渴望是异常强烈的。女人是想呈现美丽，男人是想征服美丽。郎宇光后来发现汤小兰有意地躲避他。他在心里肯定是有些恼怒了，因为有一次他突然就发了无名怒火，把她送给他的一堆材料全扔到了地上。汤小兰的眼泪当场就下来了。看她流了泪，显然他又有点慌张。后面他居然一声不吭了，而且临下班前还特意走到她办公室看了一眼，主动说了句“下班啦，今天早点走吧”。

“你太漂亮了，美女。”那个晚上跳舞时，他再次在她耳边说。她不吭声。她的身体在他的半拥下有点僵直。她能感觉到他的大手在她腰上的力量。“你的腰好软。”他说。她还是不说话。她听着舞曲的旋律。

他的手，他的手，他的手……耳朵里响着舞曲的旋律，可是她的大脑里一直强烈地提示着这三个字。他的大手在她的腰肢上使着力。他的手是大的，是热的，它就在她的腰上。它是固定的，也可以是移动的。她记得它曾经伸进她的胸衣里，紧紧地扣在她的乳房上。它也可能会滑下去，触碰她的屁股。她不希望这样，不喜欢这样。她想他正在用他的位置，来改造她。他想把她变成他的情人？这是绝对不可以的。就算是没有林岚，她也不能接受这样的现实。

“我一点机会也没有？”他轻声地说，就像是在耳语。

“没有！”她很坚定地说。

3

事情就是如此地神奇，只是一句简单的问候，汤小兰忽然觉得自己就有了和过去完全不同的分量。公司里甚至有人传言说她和杜区长有亲戚关系。别人问起来，她也不想解释太多，因为这的确不是一两句话所能解释得清的。

郎宇光也忍不住好奇，她说是在表姐的婚礼上认识了杜区长，而且她当时并不知道这个区长是个多大的官，只是看到周国运和他的那些同学们都在说他当官如何如何。她知道在周国运的那些同学中，有不少人是出国的，在欧洲的，美国的。也有在北京或是全国别的各地机关里当官的，杜怀民只是他们众多当官同学中在本地的仕途里比较光彩的一个。周国运和他一比，就明显有了差距，好在周国运自己好像并不在乎。

“什么领导啊，就是一个苦差事。”杜怀民经常对同学这样解释他的工作，没有节假日，经常要应酬，顾不上家。当官的好处是看得见的，看不见别人也能想象，体面，风光。别人看不见的是各种忙碌，各种小心翼翼，各种明争暗斗中如何疲惫地让自己立于一个安全又有利的位置是非常不易的。下级好对付，难对付的是他的同僚，全都不是等闲之辈。

杜怀民深知他现在所以能够如此，和自己过去从事的秘书工作有很大的关系。遇事不慌，不急于表态。“‘诸葛一生唯谨慎，吕端大事不糊涂’，谨慎是很重要的。在大事上，不要急，和人多商量。多看，多听，冷静，保持一定的距离才能看得清。大事是躲不过去的，既然早晚你都要面对，何必那样急着去表态呢。在小事上，更不能急，因为小事情你过早地插手处理只会越来越乱。

就像一杯浑水，你要试图去让它清澈起来那是不可能的。但你不去管它，它最后总会沉淀下来。”许老在他已经当了县委书记后，这样关照过他。他这样说，也是说给他现任的秘书听的。现任秘书是他离任后安排的，做的事情比较单一。

“这个不算是为官之道，我不喜欢当官说出一套经来。这是工作经验。这工作经验是为了帮我们更好地工作，而不是为了更好地当官。”老头说。

“现在有些人，把这两者关系弄反了。”老头居然还说得生气了起来。

杜怀民都听在了心里。

不少人认为他是许老有意栽培的，只有他自己心里最清楚，老头并没有特意关照他。他跟随了老头好几年，别人的秘书都是出任了相当级别的职位，只有他当时试图到一个厅局里却遭到了老头的反对。他当时几乎是负气的，提出干脆到一个乡镇当办事员好了。他内心里其实恨得不行，觉得这老头完全是在故意整他。谁当秘书，会落得如此下场？机关里的人看到他，眼神都怪怪的。他回到家里时，妻子都和他吵，吵得他真的都想分开了。

没人能想到杜怀民能挺过这一关。在外面，他相当地坦然和镇定。组织部门当时还以为他是故意在闹情绪，事实上他也的确是在闹情绪，但他就是要表现出很镇定的样子，这是他当了老头多年秘书的好处，练出来了。组织部门当时还试图劝他回到机关秘书处，至少可以仍旧做一个普通的副处级秘书。但他的态度真的很坚决，要求下乡。他要用行动告诉所有的人，他没犯错误，他不应该得到这样的惩罚。他原本就是农村出来的，考上了大学，从来也没想到过有一天会被那老头选中，担当他的秘书。他一直记得他当时只是分配在了省农委的一个处室里，然后有一天突然被组织上找去谈话，说他最近写的材料不错，被上面看中了。当然他真的很高兴，很有成就感。一个月后，被调到了省委的秘书处。半年后，又成了老头的秘书。

老头喜欢他写的材料。

那个时候虽然整天和材料打交道，但杜怀民觉得日子是美好的，有奔头的。他有一种荣耀感。他很努力地工作，也得到了老头充分的肯定。工作被肯定了，最后当然就会有回报。他一直干到老头离开一号首长的位置。他以为老头会把他最后的去向安排好，结果老头却让他回机关。所以他一气之下就说，他要回到乡下去。他原来不过就是一个青年学生，从农村来的，不在乎重新回到农村去。

妻子一家当时是把他当成金子来对待的。姑娘时的妻子还是蛮漂亮的，一看就是城里姑娘。她的父母一个在省级机关里工作，一个在市里的一所小学当老师。他们把女儿当成了掌上明珠。他们所以看中他，并把女儿嫁给他，一定程度上就是因为他的材料写得好，是领导人的秘书。他们在心里怎么能接受这样的现实呢？他们当然不认为是老头的问题，或者说只认为老头有一部分问题，最大的问题还在于他杜怀民本身。因为老头的前几任秘书里也有得到重用的，一位是政策研究室的主任，另一位到了一个市当了副书记。

杜怀民发现老头对他的选择居然没有感到惊讶。他不知道老头是不是在装糊涂。杜怀民也决定装糊涂。逢年过节，他都会抽时间去看一下老头。有一次在康宁路8号老头的家里，他还遇到了同样也是前去看望的省委书记。省委书记知道他的身份了，表扬着说："好，好，好！基层就需要你这样的年轻干部，有文化，有思想，有能力，有干劲。到底是老领导的身边人，处处起着表率作用，非常好，脚踏实地。在哪里工作都一样，这才是革命的螺丝钉精神。"

"将来进步会很大。"省委书记还热情地跟杜怀民握了手，"现在很多同志缺乏基层工作经验。我们那时候很多人都是从大队干部、公社干部一步步地走上来的。现在很多干部出生在城市，工作在城市，一直喜欢待在城里。"

这算不算是韬光养晦？杜怀民有时在心里问自己。总之，这些年一路走来，他的政声很好。他的确在努力做事。他做的事，得到了大家的承认。尤其是上面的人，对他的看法比下面的人更好。他当然知道自己的缺点和不足，但他也知道他比别人工作更尽心，能力也更强。他的自负在工作实践中一点点地被培养了起来。是的，他是自己培养了自己。但是，他绝对不把这种自负流露到外表上。甚至，随着他一步步地提升，他反倒变得越来越谦和。

别人不会理解他内心的隐痛。

家庭的危机看来早已经解除了，但杜怀民知道这就像是饭碗裂了一道细缝。远远地看上去没什么，但只要一撒手，很容易就摔碎了。

他端着这一只碗不放手。到死他都不会放的，他想。谁会想到他内心里是多么羡慕别人手里的碗呢。他甚至羡慕周国运。从某种意义上看，周国运现在比他幸福。虽然周国运其实从政真的不行。他书生气太重了。当初两人同学时，他觉得周国运是个很灵光的人。周国运本来有机会分配到更好的单位，留在大学里当辅导员结果反倒是成了最好的选择了。他不知道周国运是不是因为不甘于在校园里，总之他后来出来到了很远的一个地方去挂职了。

“我不是想当官，”周国运说，“我只是不喜欢死待在一个地方。”

他相信周国运的说法。

周国运下乡也帮老百姓做了不少事，但却没有什么政声。还是迂，他想。他后来也听说了一些，周国运挂职在那个县里，始终和基层的那些领导们有些隔膜。从一开始他就和自己不一样，在那些基层干部的眼里，他周国运始终是个文化人。杜怀民在这方面体会很深，在县里，那些乡镇长一个个都油滑得很，能应付你一天是一天。而县里的书记和县长并不会把他周国运当成真正的同事。周国运虽然也没想在仕途上有什么作为，只是想做点事，但是，他做的那些事和县里的班子很难合拍。于是，他就难免会尴尬。

做官是一门学问。

周国运不懂，他没有琢磨过。至少，杜怀民觉得他琢磨得没他多。他觉得以后有机会可以和他好好地聊聊，适当地点拨他一下。因为他在周国运的身上，仿佛是看到了自己的反面。别的不说，光是认人，就是一个很重要的为官素质。杜怀民从当秘书时起，就练就了一项本领：任何人只要他见过一次，再遇到他一定能认出来，甚至叫出名字。这个本领其实并不是天生的，而是他后天努力训练出来的结果。那个时候他要接触很多人，尤其是一些老干部，见过一面后就必须要牢记在心里。而到基层后，你要是能在第二次叫出那个曾经上访或者是他看望过的农民的名字，他们的心里立即就会温暖许多。他们会服你，会到处传颂你的亲切的名声。当然，这是一个小得不能再小的经验，是做一个领导必须具备的千万条本领中可能最不重要的一条。但很多人却做不到，就如周国运，他说他眼拙。

所以，他能一下子认出汤小兰来并不算什么特别。何况，汤小兰的确是一个美女。汤小兰有点像他过去认识的一个人，只是比那个人要更美。她们的嘴角笑起来很像，都是稍稍上翘的，很甜。

甜美的姑娘总是招人喜欢的。

4

城市里到处可以看到工地。

房地产成了最有实力的行业，它带动许多相关行业的发展。

“你认为房地产现在有泡沫吗？”

郎宇光有天去医院看望许老，他这样问他。许老的精神还好，但头发全白了。他是在半个月前发生了轻微脑梗，不算严重。医护人员全天守候。大人物，到底是不一样的，郎宇光想。老头住在这个省部级的高干病房里，连探视一下都要经过严格的登记。

病房相当高级，居然还有客厅、会客室、棋牌室，一个小花园和一个高干病区共用的游泳池。他去看他的时候在外面足足等了有一个多小时，因为护士说领导正在午休。

对于他这样的问题，郎宇光回答不出来。也许有，也许没有。他不是经济学家，他只是一个商人。现在地价疯涨，政府在控制土地的供应量。有时要拿一块地真的非常艰难，拍卖的价格一路走高。只有大的集团和央企财大气粗，屡屡在竞拍中拿下看中的地块。郎宇光的公司当然没有这样的实力。他依然是只能拿一点边角料，然后转手出去。如果不能转手，他才会自己开发。现在的几个副总经理都是从别处来的，很有实战经验。他对他们的工作能力是比较放心的。他愿意放手让他们去干，正好可以考察一下他们的性格特征。他自己的工作重心就是交际和应酬以及最后的决断。

有时，郎宇光喜欢跑一些工地。有时一些工地上会挖掘出古物来。有些不太懂的农民工会悄悄地私藏一些然后三文不值两文地卖给他。那些东西也算不上多珍稀，因为真正挖掘到了大型的古墓，往往就会被文物部门迅速地封存。他这样的，纯粹是属于“捡漏”，考验的是一种心态。

对于郎宇光的反应，老头显得多少有点失望。他原来是想多听点别人的看法的。然后针对别人的看法，他或者是赞同，或者是另有看法。他接触像郎宇光这样的人，其实就是想多听点这种来自相关行业的人的最直接的想法。

“上次的那个小姑娘呢？”许老问。

郎宇光知道问的是汤小兰。显然他是又想起了一些自己过去在她家乡开展工作的逸事，想说说。人老了，回忆过去的一些事，会感觉相当美好。因着那些美好的回忆，而体验到了生命的可贵。或者只是因为病房里的壁挂电视里正在播放汤小兰的那个高官同乡的讲话，因电视上的人，而想到了汤小兰。当然，要说的却应该是电视上的。

“出差去了，到外地。”他说，“去和客户签一个合同。”

郎宇光现在也不后悔他的选择，觉得自己还是做了一件很正确的事，就是留下了汤小兰。她的青春和美丽，还是给办公室很好的气氛。汤小兰现在不仅能做文宣，还做一些账目，很认真。他会把她培养起来的。他喜欢她，在她和林岚间比较，她比林岚更打动他的内心。他差一点就越过那道线了，结果意外地终止了。好在林岚完全不知道，这事只有他和汤小兰两人清楚，小秘密。他很克制。他为自己能这样克制，有点懊恼，但也有了一种坦然。他知道，如果他走出那一步了，那么汤小兰就不欠他的了。但是，现在汤小兰是依然欠着他的人情的。欠着的情，拖得越久，往往就会还得越重。

他喜欢这样的感觉。

更让郎宇光想不到的是汤小兰居然认识杜怀民。杜怀民这样的人，以后的前途不可限量。关于杜怀民，他是听过不少说法的，自然都是说他如何的能干，能说会道，口才极好，又能自己写得一手的好文章。说他思路清晰，作风踏实。对于他，没有什么负面的消息。但谁会没有弱点呢？那一定是有的，只是有人会隐藏罢了。但一个人，不可能一辈子都藏得很深的。当然他不是要有意去发掘他的弱点，而是在想汤小兰是否以后有更多的机会去接触他。汤小兰接触了他，也就是为自己多了一条途径。有了这样的途径，他就可以更好地做生意。遇到事情了，汤小兰必然可以从中牵线呢。

一切都是可能的，他想。

第四章

1

他们的爱情火苗越烧越旺。

刘晓阳有一个浪漫的想法，说要来一趟北京之行。原来他们只是想利用一个假期，好好地到外地玩一次。可是，他们想了好多个风景旅游点，要么就太远，要么就是时间上不足够，或者是有些地方不是他们理想中要去游玩的地方。最后说来说去，居然就想到了北京。

汤小兰当然很喜欢他的这个提议。

刘晓阳是突然产生这样的想法的，因为他觉得两人恋爱了那么久了，都没有和她很好地一起游玩过。他自己积攒了一点钱，足够他们来一趟浪漫的双人行了。他俩的关系已经基本公开化，汤小兰已经和父母说过了，他们非常地喜欢。他们也不能算是见过刘晓阳，因为过去的那个印象已经非常非常淡了，几乎已经忘记他长什么样了。但是，他们觉得这样的恋爱关系是可靠的。而且人家刘晓阳是大学生呢，心肠也好。刘晓阳也把汤小兰的照片寄回去过，仿佛他的父母看了也很高兴。他们听刘晓阳说汤小兰也还在读书，说还有几门课结束就可以拿到文凭了。

他们所以有这样的想法，还因为逢到了一个小长假。他们不想就待在这个城市里。那阵子刘晓阳的情绪并不好，因为他应聘的那几家单位迟迟没有得到落实。他还参加了一次公务员和事业单位招录考试，但他并不抱太大的希望。他只想尽快地得到一份比较稳定的工作。他想和汤小兰早点结婚。他不想这场多年的长跑，最后没个结果。在大学三年级的时候，他曾经报名参加过环湖马拉松长跑，深深地体会到那需要怎样的一种毅力。他只跑了半程。而就是这“半马”，也已经是非常不容易了。他熟悉的同学中，只有三个人跑了半程，而他是其中之一。

马拉松长跑消耗的只是体力而已，路线是固定的。可是爱情和婚姻的方向，却可能是多变的。他知道汤小兰接触的好多是有钱人，有各种大小公司的经理、银行的行长或是主任、机关的处长……他对她的工作其实了解得不多，但他相信她面对的诱惑要比自己的多得多。他相信她是爱他的，可是，世上的事情有时说不清。她认识的人，比自己的复杂多了。年轻漂亮的姑娘在复杂的社会关系里，容易迷失。他有时候甚至都有一些妒忌了，是的，猜疑和妒忌……

汤小兰当然不会有别的想法，她只爱刘晓阳。她看中这份初恋。真的有不少人问起过她的婚姻，郎宇光都问过一次，“你有对象没？”她笑了笑，没承认。她不肯承认自己正在经历的恋爱没有别的意思，只是不想说。她希望到了最后一步时，再公开。

公司聚会，有人说要给她介绍对象，但她都笑着谢绝了。有一次林岚甚至都把人约到了茶社，她都没去，惹得林岚非常地不高兴。她知道，介绍的那些人里有外地的，也有本市的，听上去条件真的相当不错，至少听上去配她是绰绰有余的。她知道介绍人对她的不满。因为在他们眼里，她除了长得比较漂亮外，还能有什么？如果她不在这个公司工作，或许她更是一无所有。

她怎么可能没有自知之明呢？所以汤小兰才真的没有答应那些人的介绍。她觉得和刘晓阳至少是有基础的。而且，她在努力地追赶他。她希望在最短的时间里拿到学历。有时候周末她还会去学校里听课。和她一起听课的，也有不少是专升本的学生。

汤小兰很羡慕那些年轻的学生，但是她只有羡慕的份儿了。

一切都是不可改变的，她想。她慢慢地变得习惯于眼下的生活，她无法预知未来的生活，可是她觉得将来一定会更好。因为她觉得她和刘晓阳必定会走到一起，两人的日子肯定会红火。所以，刘晓阳提出去北京，让她的心里充满了欢喜。

事实上那个假期里老师安排有课。汤小兰向那个老师请假时，老师明显有点不乐意。老师姓俞，挺年轻的，个头不高，不修边幅。据说他老家是西北的，毕业于北京一所著名的大学。他已经是个大龄教师了，但好像还没有解决个人问题。在这个偌大的省会城市里，他这样的一个出身农村、经济条件一般的高校教师，并没有特别大的优势。

时代在变。

而且，仿佛一夜之间就变化了很多。谢队长那样的，或许算是一代？那个时候，城乡的界限特别明显。工人阶级领导一切，只要你在城里，哪怕是在县城里，只要有一份工作，那就明显要优于乡村里的农民。农民们永远是农民，除了早年考进大学的，或者是当兵提干的。然后就是改革开放，农村实现了土地承包，一个乡里要是有一个万元户，那就是了不得的事情。高考全面恢复了，大学生特别地走俏。哪怕你考进的只是中等专业技术学校，也是国家干部的身份。农民们吃饱肚皮了，相反的是国营企业不行了，好多都是半死不活的。城市就也开始学习农村，对工厂进行承包……不少最早下海的，发了财。

刘晓阳告诉汤小兰，现在大学生的就业已经不如前些年了，要有好的工作，必须得读研，甚至是读博。他是犹豫的。他希望自己能早点结婚。或许等结婚后，他可以再去读研，甚至读博。汤小兰没什么主张，只要他坚持自己的想法，哪一种她都会支持的。他提出的这次旅游，其实更像是婚前的某种预演。他们恋爱了这么久，还从来没有一起出过远门呢。汤小兰心里真的很是期待。

两人出发前准备了半天，一人背了一只包。刘晓阳背了一只大的，汤小兰提了一只小的。大的是汤小兰的，里面装满了衣服和生活洗漱用品。刘晓阳的简单，只有几件内衣。然后乘坐了晚上的火车，快车，睡一个晚上，第二天早晨就到了北京。

北京真大，天气真好。

那几天里，他们真是累坏了，跑了好多个景点。北京太大了，大得超过了他们的想象。和北京一比，他们所在的省会城市就明显要小。

“到底是皇城。”刘晓阳说。

历史上不少城市是做过皇城的，可是，只有这里一直就是皇城的大气象、大气派。别的城市，无一可及。他们那几天里跑了八达岭长城、故宫、颐和园、天坛、后海、南锣鼓巷……很累，但却很尽兴。他们就像一对小鱼，快乐地在大海里游着。周围也都是游玩的人们，谁也不认识谁，一切都可以无所顾忌。他们算是穷玩，处处节省着钱，可是同样玩得很开心，吃着各种小吃，大多数时间都是乘坐地铁和公交，偶尔才打一回车。他们喜欢听北京人讲话，感觉那说话的味道很好。尤其是出租车司机很热情，一眼就能看出他们是外地的，然后就开讲啊，从国外一直讲到国内。说起中南海的事，仿佛就像在说他自己家院子里的事一样。

“第一次来北京吧？”司机连这也能看得出，“北京就是大啊，太大了。那话怎么说来着？‘不到深圳不知道自己钱少，不到海南不知道自己身体不好，不到上海不知道自己心眼少，不到东北不知道自己胆小，不到重庆不知道自己结婚早。’你们知道不到北京不知道自己什么吗？”

“官小。”刘晓阳知道。

出租车司机点着头，用手拍着方向盘，感慨说：“对喽。‘不到北京不知道自己官小’。这地方，厅级干部得动扫帚扫。外地牛B哄哄的厅官到北京，那就是一小喽啰。听你们的口音，你们那地方也出大官啊。”

汤小兰说了一个名字。

“嚯，”师傅说，“牛×，大官，一人之下啊。”

汤小兰听了心里蛮高兴的，那是她的自豪。

他们住的是比较简单的快捷酒店，位置比较偏，价格不算贵。刘晓阳本来想两人开一间的，但汤小兰坚决不同意。她也想节省一些的，既然是一个房间有两张小床。可是想想还是觉得不妥当，她怕人家会查房。她害怕，不想说不清白。虽然他们是恋人关系，可是既然还没有结婚住在一起总是不那么正当。

每天他们总是回来得很晚。吃了饭后，汤小兰会把白天的衣服都洗了，晾了。北方干燥，衣服很容易就干了。刘晓阳觉得，她比他讲究多了。虽然都是农村出来的，但她好像有洁癖一样，每样都追求完美。她做事很细，认真。她出来带得最多的就是各种清洁用品，有洗外衣的也有专门洗内衣的。还有洗发精、护发水、润肤露……连牙膏和牙刷都是自己备着，不用酒店里的。

“自己的好。酒店里的香皂根本洗不干净衣服。”她说。

她忙碌的时候，他就靠在床上看电视。她是一个贤慧的姑娘，他想。心里装着满满的幸福。但他那个时候最希望她表现的却不是勤劳，而是希望她能和他在一起。他的同学们都以为他和她已经发生过那种关系了。没有一个人相信他还没有和她走到那一步。后来他不申辩了，因为要是否认了反倒好像不光彩。

她守得很死。

她说她喜欢被他搂着，也愿意他去亲吻她。他喜欢看她的眼睛，瞳子是那样的黑，像深潭的一汪水。他喜欢她的头发那样的柔顺，散发着一股淡淡的香味。喜欢她的笑，笑起来露出雪白整齐的牙齿。她的颈后有一粒红色的痣，鲜红鲜红的，就像是被针扎了冒出的一滴血。

刘晓阳所能满足的，就是能够亲吻到她的唇还能亲吻到她的乳房。那好像是她容许的最大的尺度。他被它迷死了，它是那样的饱满、白皙。它是那样的细腻、光滑，真的就像是用羊脂玉雕刻出来的，而又那样的柔软、有弹性。在那一圈乳晕上是娇嫩的小小的乳头，像是很胆怯。当他用嘴巴寻找到它们，并且用力吮吸时，她会全身颤抖，呼吸紧张急促，双臂会不由地紧紧抱住他的脑袋，仿佛要把他搂进自己的身体内……

“我爱你，小兰。”他说。他想他要永远地爱她，一辈子也爱不够。他被她迷醉，为她身体的曲线展现出来的奇妙。妙不可言。美丽的女性真是大自然最神奇的造化。他觉得现在他是最幸福的人。他要永远和她在一起。在这样的时刻，天底下只有他们两个。他们俩是整个宇宙，除他们外，外面的世界是不存在的。

“我也爱你，”她说，“爱一辈子。”

“嗯，我也爱你一辈子，永远的。”他说。

“不许对别人好。”她说。

“当然的，”他说，“你是最美的。”

这样的情话像是永远也说不够。对于汤小兰来说，她多么想用行动来证明她是多么的爱他啊。是的，她已经用行动来证明了。她把雪白的乳房交给他，接受他的抚摩，接受他的亲吻。他是她今生今世唯一的男人。她在心里发誓，这辈子只爱他一个人。她觉得自己找对了人，感觉他是她一辈子的依靠。她是幸福的，也是满足的。她心里满满的全是甜蜜。

从南锣鼓巷回来的那个晚上，他们差点就住到了一起。那个晚上他们挤在一张小床上，说话，亲吻。他说了很多他在学校里的事，说了他后来应聘的事。她也说了自己公司里的一些事。他们说啊说，好像有说不完的话……

他们拥抱在一起，亲吻着。在刘晓阳的一再缠绵下，她同意让他解开了胸罩，由他抚摩和吮吸。幸福的感觉就像电流一样，通过她的全身。她闭上眼睛，不敢看他。她的脸烫得厉害，像是发烧了。

“给我吧。”夜很深了，他伏在她的身上说。

她不说话。她显然有些犹豫。他一直想要，为了这事甚至说她不爱他。她当然是爱他的。“爱我为什么不给我呢？”他反复强调这样的话。她觉得他的话是有一定道理的。就在她犹豫的时候，他们听到了隔壁房间里的声音。那是让人感到羞耻的声音。开始时还是收敛的，后来就变得越来越大声了。他们听到的是那样的清晰，就像在同一个房间一样。那不是爱情的声音，他们在心里说，那是偷鸡摸狗的声音，是不道德的声音，是和他们自己不一样的声音。虽然只有一墙之隔，可是这让汤小兰的感觉非常不好，仿佛就是她本人在做一件很丢脸的事。

然后他们又听到走廊上传来了一阵急促的脚步声……汤小兰吓住了，吓得大气都不敢喘。刘晓阳也停止了动作，聆听着那急促的脚步声。他们不知道那脚步声为何而来，又为何而去。当一阵乱哄哄的声音过去后，他们也冷静了下来。

爱情是这样的甜蜜，两人间好得容不下有一点的杂质。在他们的意识里，爱情还是神圣的，肉欲是形而下的。它们就像是滚烫的岩浆，还没喷发出来。

那几天里，汤小兰真的感觉很开心，她第一次这样很尽情地黏着他。她内心里小女人的天性，欢天喜地释放开来。她从来也没有这样尽情地撒娇过，但她其实是多么希望自己撒娇啊。每个景点她都让他拉着她，牵着她的手，甚至背着她。她时不时地耍个小性子，为难他。她喜欢看到他在被她刁难后，又很欣然接受的样子。这就是男人呢，她想。她的心里满满的都是蜜啊，浓稠得都化不开。她想到自己出来的这几年，几乎所有的委屈和艰难全一个人埋在心里，现在她要全把它们释放出来，让它们消失得无影无踪。是的，她要敞开自己的心，把所有的幸福和甜蜜都装进去，而且要在以后的生活里去慢慢享用。她也允许他一直搂着她的腰，亲她。甚至在没人注意时，他还悄悄地把手有意无意地搭在她的胸部或是臀部。

“我们早点结婚吧。”他说。

“好。”

“真的？”他似乎有点不能相信，他知道她有时候要是坚持自己的主张还是非常顽固的。他知道她是爱他的，但他却并不能左右她。她骨子里有自己的主张。

“真的。”她挺高兴他能主动这样说。为什么不结婚呢？哪个姑娘不希望早点有一个幸福的归宿呢？她知道家里人对她的最大愿望已经不是有个很好的工作，而是有了满意的对象就结婚成家。她对刘晓阳没有太多的要求，她只要求他能一直对她好就行了。她相信他一定会找到合适的工作。她知道自己对他的要求不能太高。他们俩和城里人是不一样的。她愿意听从程蕊蕊的建议，和他一起来努力，这样建立起来的家庭幸福才可能更可靠。

“我们可以先租房子，等稳定了我们也可以贷款啊，以后不是还有公积金嘛。”

是啊，这是一个好办法，他想。而且她说他们可以买一套小一点的，公司里有开发的楼盘还可以有相当大的优惠。

离开北京的前一天，汤小兰提出要到天安门看升国旗。本来他们已经很辛苦了，但是汤小兰坚持要起早去看。外面的天还很黑，他们就起来了，坐了十几站，换了三趟车才赶到天安门。那个时候，东方的天空开始微微发亮了。广场上有好多看升旗的人啊，黑压压的一大片，还有人裹着大衣呢。他俩抱在一起，等待着……

他们看着仪仗队护卫着国旗，列队行走，敬礼。当一位英俊的战士扬起国旗，随着国旗的缓缓升起，并在风中飒飒飘扬时，汤小兰流泪了。

刘晓阳也被感动了。

“我爱你。”他在她脸上亲了一下。

2

让汤小兰想不到的是，林岚突然离开了。而之前一点先兆也没有。她唯一能感觉到的，就是林岚在半年多前，有次和她在茶社里，两人聊了很多，透露了她过去的许多生活内容。显然她是压抑得太久了，无人诉说，否则她是不会对汤小兰说的。当然，她也是看出来汤小兰其实还是一个没有算计的单纯女孩。

在此之前汤小兰对林岚所知很少，而那一天她几乎把她过去的经历全说了。那是她陪着林岚去做美容，做美容的小姑娘说她感觉林岚的精神状态不是很好，皮肤变差了，然后又说她需要这样那样的排毒。汤小兰知道这些所谓美容师的话并不能当真，但林岚却非常认同。做完之后，林岚非要请她去茶社吃简餐。两人开始只是闲扯，然后她突然就说到了她的私人生活，这让汤小兰内心里很惊讶。

经过数年的相处，大概林岚已经发现了汤小兰对她完全没有影响。慢慢地，她原来对她的戒备也就没有了。原来她一直怀疑郎宇光是对汤小兰有想法的，否则他为什么要把她招进公司呢？非亲非故的。汤小兰认识姓杜的区长，那也是后来的事。公司里从来不养吃闲饭的。公司里的确也挂了一些吃闲饭的，那些人从来也不到公司里上班。可是，他们不仅每月有收入，到了年底还会有红利。她知道那些人都是地方上的一些小头头们的家属，郎宇光用得着他们的关系。汤小兰呢？只是一个打工妹而已。她发现了，汤小兰自己倒是要强的，业余时间还在学习着什么。或者，他打算把她培养成和下属公司里的那些公关小姑娘们一样？

她多次逼问他，到底他葫芦里卖的是什么药。“你不是想上她，你怎么可能对她那么好？你们男人，眼里就只有一个‘色’字。”但郎宇光坚决否认，但他却并不解释个中的原因。她喜欢郎宇光，公司里的人差不多都知道。她也不掩饰，尤其是在郎宇光离婚之后。她一心以为他最后会娶她。她做得很努力，几乎是放弃了所有的尊严。她也说不清自己为什么会被他迷上，反正心里感觉就需要他那样的男人。

他和她的前夫是不一样的男人。

也许正是因为不一样，所以她以为就有不一样的结果。她当然错了，而且错得比前一次更离谱。

说到动情处，林岚哭得伤心欲绝。让汤小兰想不到的是，林岚经历很不简单。她居然是出国留学的，和男友一起。她说他们是在西班牙读书时好上的，男孩的家是在上海。毕业以后他们两人回到上海却一直找不到满意的工作，她说两人很艰难，后来他索性自己下海开了个小公司。这样的结局也不能说不美满，至少他们有了一个可以去奋斗的平台。

“我们结婚时几乎就没花钱，我还从娘家要了十几万，全贴到公司里去了，”林岚说，“所有的心思全在公司里，吃住都在公司，不分日夜。一天三顿，早饭经常不吃，不是为了别的，只是为了省钱。

正餐就是五块钱的盒饭。那段日子真是不敢想。也知道日子苦，但是能忍，心里也从没后悔过，总是觉得日子有奔头。”

汤小兰相信她的说法。因为她觉得林岚诉说的，也许正是自己明天要经历的。对于未来，她还不敢想得太美好。

“现在不敢回想那样的日子，”林岚说，“那不是一般的苦，体力上累点就算了，关键是心累。打拼了三年多，好不容易开始赚钱了，好日子看上去就要到来了，我却发现他和另一个女人好上了。那个女人是市里一个什么公司的白领，长得一点也不好看，又肥又蠢。”

“他是个瞎子，又瞎又蠢。”她的语气是那样地无奈。

一怒之下她就决定离开他，她要证明自己是可以独立的。之后她走了好多的地方，干过好多职业。她觉得自己一直是能干的。她心里最大的愿望是多挣钱。她努力地想方设法挣钱。她对年轻男人有了一种成见。所以，她后来喜欢上了郎宇光。她觉得他是一个非常成熟的男人，有心计，稳重。

“其实是老奸巨猾，老奸巨猾。”她的眼睛都哭红了，“我够了，够了。过去太傻了，想得太好，其实是不能够的。”

林岚没有说得太具体，汤小兰听得云里雾里的，但她原来对林岚的那点小怨恨一下就消失了。甚至，她对她有了太多的同情，觉得她这一路走来付出了太多太多。她过去有时表现出来的那些强势以及假意虚情，她就都能理解了。汤小兰当时并不知道林岚和她倾诉后不久，就辞职离开了。她的离去让她心里感觉还挺失落的。她想到了她的种种好。是的，虽然她有种种的瑕疵，可是她内心里还是一个善良的人。她们过去一起上街办事什么的，总能看到她会给乞丐一些零钱。“这些人是假的吧？”她还劝阻她，因为汤小兰不止一次地在电视和报纸上的新闻里看到说这些人是伪装的。“挺可怜的，”可是林岚却像是执迷不悟，“又不多，就算是骗我几块钱而已啊。”

“他们会觉得你傻的，”汤小兰叫道，“在心里笑你。”

林岚却是满不在乎的样子：“没关系，有什么关系呢？”

让汤小兰感触最深的还是有时在酒桌上，林岚趁着酒意，总会挡住那些客户或者一些有钱老板对她的调笑。“你们别拿人家小姑娘开玩笑，”她说得一脸正色，“吓着她了。”她知道那些有钱男人都会干些什么，因为她经常要去开房什么的，桑拿、KTV，经常一结账会冒出一大堆额外的费用来。她当然知道他们是干什么去了。她听说过甚至亲眼见过太多太多的奢靡淫逸的事情，那些人看起来一个个很体面，但事实上却是什么事情都干得出。她自然也知道郎宇光会有一些小动作，只是因为对她还有所顾忌。他也时常独自出去应酬。

“你小心点啊，别把脏病带给我啊。”她这样对他说。

郎宇光一副正经的样子：“怎么可能！我不来那些乱七八糟的事情的。”

“骗鬼！”林岚说。

“男人没有不好色的。”她说。

“你要多长一个心眼。”她对汤小兰说。这是程蕊蕊之外第二个女人以过来人的身份这样对她说话，不过她这样说，汤小兰多少觉得有点怪怪的。

她不理解林岚为什么要离开，因为现在公司明显比过去看起来要好。规模大了，经营的状况好像比原来也好些，她怎么会选择此时离开呢？她曾经在心底那么不喜欢林岚，而现在真的有点不舍了。但不舍又如何？

“有什么事你还可以打我电话。”林岚对汤小兰说。但汤小兰觉得，其实这就是永别了。不要说她已经决定离开这座城市，就是她仍然留在这个城市里，也不一定就能再见。

林岚走了。

表面上大家都很忙碌。

公司里少了一个人，居然像什么事都没发生过一样，这让汤小兰在心里真是不舒服了好长一阵子。林岚这样的人算是公司的主要骨干，怎么会一点反响都没有呢？甚至连小李都闭口不提。她有些不明白。

郎宇光有几天没有出现在公司里。出现后也完全不提这事。汤小兰想不明白。其他的几位副总或许是可以闭口不提的，可以置身事外，因为他们对她或许不是特别熟悉。郎总应该对大家有个说法。林岚从办公室离开时，汤小兰哭了，仿佛是一个亲人离开了，从此再不能相见。她的眼睛都哭红了。

“别哭，傻丫头。”倒是林岚在安慰她。

“好好工作，将来好好地找个男朋友。”她说。

汤小兰瞬间觉得林岚是那样地可亲。

她会的，汤小兰想，事实上她现在就是沉浸在幸福里的。她倒是希望林岚能有一个更好的归宿，尤其是她的婚姻。她还能再耽误吗？女人的青春总是消逝得很快的。她不明白为什么郎宇光不和她结合到一起，既然他们已经是那样的一种关系了。

男人一旦绝情，心真的很冷，她想。

她把这事告诉了刘晓阳，刘晓阳也只是叹了一口气。

“她或许就是他的工具呢。”他想了一下说，“原来她和你好像不太好，但后来不错呢。”他原来对郎总的印象是不错的，但这件事让他想到他也并不是一个特别温情的人。是啊，一个搞企业的人怎么可能会是温情的呢？他甚至为自己当时的想法感到有些可笑。自己到底还是年轻，阅历浅。他想起了武侠小说里写的那个“江湖”，社会就是江湖啊，复杂而险恶。他们不可以用简单的心思，去猜度复杂的江湖。

“社会就是江湖。”他把这个比喻对她说了。

汤小兰一下没明白他突然说这话的意思。她倒在饭桌上常听他们讲“捣糨糊”，好像是上海那边的方言，大概是指一个人不干正事，却只会糊弄着搅和，随意地对付。她忽然想到，自己是不是这样的人呢？她想到了周美爱。是的，在对待她这个问题上，她扮演的正是这样的角色。

周美爱现在就像是一条小鱼，游进了大海的深处。虽然她和她同处一个城市，但汤小兰却完全不知道她在忙些什么。偶尔她也会打一个电话来，告诉汤小兰她现在很快乐。她说起来的其实不是吃的，就是玩的。听不到她有任何工作上的烦恼。她也有了住处，据她自己讲是和另一个小姑娘住在一起，可是她从没邀请过汤小兰去看一下。哥哥显然也不放心了，说要来看看她，被她直接就拒绝了。

“你来干什么呢？影响我工作，老板要扣钱的。”她说，“你来就是添乱。”

她这话，把她的男人吓住了。

汤小兰有次试探性地问，她俩啥时可以结伴回一下老家，她却很干脆地说：“最近不行啊，忙，忙得不得了，哪有时间啊。”可是话锋一转，她又很快乐地说，“最近我在学开车，哈哈，好玩得很。哪天我开车带你转转。”

父母也开始担心他们的关系了，但是，汤小兰都在努力地安慰他们，说不会有什么事情的。“城里的工作和乡下不一样的，”她说，“或许她真的是走不开。”

可是，她这样说的时候，心里却是空虚得很。

3

郎宇光把汤小兰提成了助理。

他需要一个助理。

汤小兰心里有点忐忑，甚至觉得这是不道德的。因为这个位置原来是林岚的。虽然她知道这事和自己没有关系，可是感觉上却是怪怪的。她心里有很大的压力，因为她觉得自己是担当不了林岚那样的角色的。

她做不到。

“就是一个说法罢了，不要有负担。”郎宇光说。

郎宇光提汤小兰并不是真的觉得她合适这个位置，他只是为了掩饰这个位置的空缺而给自己造成的尴尬。他不想因为这个位置被人注意而去想起林岚。当别人想到林岚时或许就会对他在人品上产生一些联想。

他早就想过林岚会对他不满，但这事来得还是早了些。她和他摊牌，他就沉默着。对他的沉默，她的愤怒就爆发了。

他当然是可以娶她的，但是他却没有计划马上就和她结合。因为她总是想干预他的生活。他知道她是爱他的，但他却不能接受她那种强迫式的爱。他承认她过去对他的帮助很大，帮得太多太多。她对他是重要的。然而要是他们真的结合了，他在公司的工作可能就反受到限制了。他把这道理也说给她听了，可是她不信。

“这事现在不要考虑。”他说。他要考虑的事情太多了，再婚这种私事真的还排不上日程。他甚至可以保证娶她。她不就是考虑有个家吗？这是一件很容易的事。

“等到我五十岁成为老太婆的时候？”

他知道她的情绪有点失控。

她后来还是想挽回和他之间的这种关系，就在她辞职前两天的一个晚上，他们还又做爱了。原来他喜欢她骑在他的上面，感觉很享受，可后来越来越觉得她是在满足自己。她热得有点慢，开始是不动声色的。可很快她就会变成一座爆发的火山，气势磅礴。她体内的能量惊人。她会紧紧地抱住他，咬他。她会在他的后背留下一道道抓痕。她爆发出来的能量，和她娇小的外表完全不同。即使她在他的身上，她也是在使劲，嘴里发出小母兽一样的声音。也正是她这样的声音，过去不止一次地激发他征服的欲望。

他是喜欢过她的，是真喜欢。他喜欢她在事后娇喘的样子。相当长一段时间，她会一点力气都没有，躺在床上，像是昏迷过去了一样。他喜欢把她在床上摆成各种样子。她的身体很柔软，能摆成各种奇怪的样子。他还会在她的裸体上摆放各种稀奇古怪的东西。有一次他甚至在她的肚皮上放了十几只小蝌蚪，那是她一个小时前在度假村外面的小河里捞上来的。他把它们摆成一个“心”的形状，看上去倒是一个大文身。他喜欢在自己穿戴整齐后，不许她穿衣服，让她在房间里裸体，为他端茶倒水……

郎宇光知道自己其实是个很虚伪的人。他的虚伪藏在他不动声色的背后。林岚也说他心思藏得深，说她看不懂他，看不透他。他当然不想让她看懂他。她的说法是可笑的，他想。他为什么要让她看透呢？他倒是看透了她。因为看透她了，所以，他才能占上风。

他何止是虚伪呢？他想。人活在这个世界上光有虚伪是不够的，还得会算计。只知道算计，却不懂虚与委蛇，肯定是做不大的；只知道虚伪地应付各种关系，不会算计，是走不远的。这样的道理是他自己总结出来的，他对林岚也说过。

林岚算是他曾经的知音。

郎宇光也说不清为什么，他明明知道自己是多么地虚伪，但他却越来越难以忍受林岚的虚伪。他也知道，事实上林岚私下里在他面前是没有任何伪装的。她在他面前脱得一丝不挂，她容许他在她的身上做各种的古怪作法。他甚至把他私下里在色情场所里的年轻小姐们身上学到的东西，用在她的身上。他知道她能这样并不是因为在他这里工作，谋得一份薪水。她有她的想法。可是，他并不愿意接受她的想法。他在她面前也就越发地肆无忌惮。

林岚并不知道，她越是这样地迁就他，他就越是不在乎她。她真的是对他好的，是一种爱。她对他没有太多的保留，也没有什么虚伪。或许她还习惯性地保留一些，但他也知道那肯定不是有意的。

他更喜欢找小姐。

和小姐们的关系简单，他也不必有任何的虚伪。那些小姐们很直接，进门就会脱衣服，然后去沐浴。她们一个个都是青春美貌，有着修长的双腿和丰满的乳房。她们一个个长得各具姿色，却个个都有着一流的狐媚手段。他可以随意地占有享用她们，完事后付钱让她们走人。他们的关系只在她进门到离开的那段时间，之后就再不相干。

林岚有次发现他干这事了，两人大吵了一场。但她越和他吵，他就越要这样。他简直就是存心故意的。他在这样的发泄中，得到了一种快慰。

她说了很决绝的话。

他没有挽留她，因为他知道那是没用的。她是个内心里自尊心特别强的小女人。

汤小兰意识不到自己的变化。

但在别人眼里，她和过去真的是不一样了。她在许多的小细节上，是林岚带出来的。大的审美和情趣上，则是受程蕊蕊的影响更多。

郎宇光觉得汤小兰现在的样子和他当初想到的差不多。她不仅年轻美貌，还在林岚的带领下学会了追逐一点时尚。美容化妆，包括洁齿、美甲，等等。这些小细节，其实是很吸引男人的目光的。

她虽然不能算是脱胎换骨，但真的与原来有了很本质的不同。她讲究了。她不是在饭店里端菜，或者洗盘子的打工妹。她是白领。她有文化，衣着鲜亮。她会跳舞，也会凑趣唱一两首流行歌。

她也比过去成熟了，他想。

这是林岚的功劳，他想。

汤小兰参加各种应酬并不张扬，过去大多数时候是看着林岚和各种各样的人物虚与委蛇。她是个聪明人，自然是学会了这种分寸的拿捏的，只是没有施展实用的机会。她要是学会调情就更好了。当然，这事也是不能强求的。慢慢来，一切都是可以改变的，他想。

他要牢牢地把握住她。他觉得自己做对了，多少男人是垂涎汤小兰的，但是他坚决不给他们机会。他要想法儿让她永远是自己的人。事后他想，那次没有强迫她是对的。他怎么可以坏了自己的设想呢？他没想到汤小兰居然会认识杜区长，这是他的机会。是的，机会就在眼前，它来了！

公司里也是有人打汤小兰的主意的，比如陈总和辛总。他们馋得都要流口水了。“她是我的侄女啊。”他说。他们并不知道其中的蹊跷，受了这样的提示，也就不敢放浪了。他们只是想不通，他为什么要这样。

郎宇光不解释。他们怎么能懂呢？他想。他和他们其实是不一样的人。所以，他是老总，他们只能是副总。

第三卷 Chapter 3

第一章

1

村子里真是安静。

早晨的雾很大，多少年没见过这样大的雾了，几步之外就看不见人影。老张记得童年时雾多，雾浓，因为那个时候荒地多，水塘多，沼泽和林地多。那时候城里离这里还远着呢，他是快二十岁了，才进了一次城。可慢慢地一切都变了，城市越来越大，村子和城市的边界逐渐消失了。他记得自己出去当兵的时候，村前的那条小河还很宽，河上常年有一条船，用作摆渡。他出去当了几年兵，没有想到那列火车会开那么远，开了几天几夜。等他到了地方一看，是一片荒漠。他成了工程兵。

几年磨炼下来，他感觉自己比别人更能吃苦。而且吃了苦还能不吭声。原来和他一起长大的伙伴都觉得他变了，变得比较成熟，感觉他到底是当了兵，是不一样的。退伍回来后他也折腾过，干过电焊工，搞过长途贩运。有一次车子出事了，翻进了沟里，差点就把命送掉。开车的也是同村的，比他还小三岁，结果成了瘸子，落下了一辈子的残疾。三年前，才刚刚娶了一个外地来的媳妇。每次看到他，老张的心里就有点内疚。亏得这些年村里发展了，经济不错。

其实巨变也就是最近的十几年，村民们的地越来越少了。村前的那条小河早不见了踪影，上面是宽阔的绕城公路。村子被挤得越来越少了，原来的石牛湖边都盖了房子住，村子后面就是山，再挤就真的没地了。一定是湖那边的村子在烧麦秸，所以雾霾里有一种怪怪的焦煳味。还有工地的尘土，汽车的尾气……村子原来的模样终于完全消失了，连鸡鸣犬吠都消失了。村里原来的老人一个个相继离世，过去的青年人已经变老，前些年出生的娃娃们都已经长大了，而且纷纷进了城，或是工作了，或是还在读书。工作的，都把家安在了城里。他们中有的又生了娃，逢到周末才回来。虽然他们开车不过是半个小时的时间，但他们已经不再把这里看成“家”了。将来的村子会怎么样？老张也说不好。

但老张自己还在这个村子里。他过去是有机会出去的，但他还是留在了村里。他曾经干过几年村里的支书，结果又被改选掉了。几年以后他被人想起，重新启用后又干了两年，累得不行，自己辞了。村里的情况比较复杂，而更主要的还是他和镇上不太协调。村里有人和镇上的领导比较热络。经济发展了，村里的利益也就越来越大。有了利益，自然就有人想去占有。谁有权力，谁就能分得多。

“做这个村干部有什么好处？”他的老婆经常骂他，“人家能挣钱，你受气不说，还倒贴。有你这种傻蛋吗？”

他也发过誓的，再去当这个村干部就是龟孙子。但是，在又一次改选大会上，村民们再一次推举了他。那个大会他没有参加，他在外面和人谈生意。他自己经营了个砂石站，还和别人承包一些土石方工程，忙得很。他是真的不愿意再干村支书的，可是那些天的晚上，家里几乎挤满了说客。有的前脚才送走，后面的又跟着进了门。他们痛斥前任支书是如何地贪婪，如何地乱搞。不公，不义。他完全是个偷奸耍滑的人，利用上面的关系，自己偷偷发财。他们恳请他出面再次挑起这个担子，有些老人说到激动处，眼泪都下来了。

老张依然没有答应。他太熟悉村里的情况了，熟悉每一家，熟悉每一个人。他知道村民们的脾气，不好弄。他也是人，不是神仙。他没法做到对每一个人都绝对公平。但只要有一点点小差别，村民们就会有不满意。他已经干过两次了，太了解他们了，每天处理这种鸡毛蒜皮的小事就累得够呛。他要两边都对付，一方面他要维护本村村民的利益，另一方面他还要完成好镇上领导交办的任务。而这两者，往往会发生冲突，甚至是对立的。在这个时候他往往只能更多地考虑村民们的利益，不仅因为他是本村的人，关键是他也是农民，好多事情他是感同身受。每个人的出发点不一样，所以价码标准也就不同。事情的结果，他常常是两边都得罪人。他铁定心了，不能干。而结果倒又是原来激烈反对他做事的老婆再次软了心，劝他承接这个担子。

妇人之仁，他想。

她和他不一样。他是在外面闯荡的，而她却整天在家忙里忙外，和村里人一天要打十来次照面。她碍不过情面。她恼起来恼得快，可是好起来也好得快。他不理她，她就反复地劝他，说出了许许多多的理由来。女人到底是感性动物。后来他真是被她烦得不行，应承了。这事的最大好处，也许就是后来不管他有多烦，多累，她都不敢再抱怨了。

老张也不明白自己为什么要再接下来，有时就是一念之差。内心里还是有东西在作怪，比如那种成就感。他喜欢受到村民们的拥戴，喜欢自己说的话得到大家的信服……与过去不同的是，他的孩子们都长大了，各自成家，他不再有任何的负担。他这个村主任和别处的村干部不同，要应付着各种各样的人，这些人不是村里的，而是村外的。他们个个都精明得要命，而且还有流氓地痞。他们把村里的土地当成肥肉，都想来咬一口。

前段时间的冲突以对方赔款做了结。老张心里不太舒服。如果尊重他的意见，肯定是不会同意那样处理的。但当事人先妥协了，他还能说什么？他知道这里面有交易，各路说客，各个利益攸关方都在其中搅和。他虽然不清楚里面具体的交易细节，但他知道那一定是有的。别人怎么做交易，那是别人的事，但他不能。他是这个村子里的人，一辈子都要在这里，死也死在这里，他不能让别人事后来骂他，被挖祖坟。

前些天老张看到邻村的支书老姚，老姚告诉他说，葛镇长对他是相当有看法。老张听了，只是一笑。不满意又如何？他可正不想干了呢。也许正因为他时时都不想干了，他才能对他们这样的硬气。镇上的干部们不是农民，他们和村民们的身份是不一样的，他想。他们想到的，只是村民们如何服从，而不是像农民一样去思考问题。他们当然要比农民有文化，但农民们的有一些想法也未必就不对。

他要到镇上去开会，关于选人大代表的事。他希望雾能散开一些，好骑摩托车去。可是雾仿佛倒是越来越浓了，他有些犹豫了。他必须要去了，但究竟是自己乘车，还是自己骑车，这是一个问题。

“发什么呆呢？有事吗？”见他站在门口发怔，路过的张二问。

老张不太喜欢张二，感觉和他不是一路人。他俩虽然都姓张，但却并不是本家，至少往上数三代，是没有什么宗谱上的联系的。张二也算是村子里数一数二的聪明人，能干人。他也当过兵，后来做过生意，贩过煤炭。后来好像还因为犯了什么男女作风问题，坐了半年的牢。开始时回到村里还觉得灰头土脸的，可很快他就又神气了起来，因为这种事情已经不算是一件很严重的问题了。城里不是到处都是歌舞厅和按摩推拿什么的吗？更别说城郊路边的那种洗头店了，谁都清楚里面是怎么一回事。甚至有人和他开玩笑，说他有点冤。他就很开心，很得意的样子。

张二越来越像城里人，经常西装革履的。头梳得油光水亮的，皮鞋擦得一尘不染。他虽然生活在这个村子里，但事实上却和村里的事务完全不相干。他显得有点超然物外的样子。“管他人咬死狗，还是狗咬死人呢。”这是他经常说的一句话。他甚至为这句话，感到自得。他毫不掩饰他多么地瞧不起村里人，当然，主要是指村里发生的这些鸡毛蒜皮。他处处表现出自己在城里路子很广的样子，关系活络。他也的确帮人办成过一些事，比如谁家的孩子考进某个学校，或者是弄进什么厂子。他是个能糊弄住人的人。张二对他，还算是比较客气。他们算是知根知底的，如果要说张二在村里怕谁，恐怕还真的只有自己能镇住他一点儿。

“进城我就捎上你。”张二说。

张二显然混得不差，算是村里买车比较早的那少数人之一。而且仿佛他还经常换，现在开着的一辆车是他的第三辆车了。

“不进。”他说，“你又上班去？”

“是啊，整天穷忙，”张二说，“不像你啊，忙的是大事。”

“你是张总经理，我是乡下的农民。”他说。

老张听说这个张二在城里开了一家文化公司。他能做什么文化？老张知道有些所谓的文化公司其实就是做点婚庆礼仪，或者干脆就是广告公司，或者是做些打印、制图什么的。他不相信他可以做什么文化。

“哪天我请你喝酒，我们哥俩好好地唠唠。”他说。

“好咧。”老张应承说。他知道，就是这么一说罢了。他的胃不好，曾经动过手术，不能喝酒。

2

从某个方面来说，城市的秋天可能是一年里最好的季节。

汤小兰喜欢秋天，一点也不亚于对这个城市春天的喜爱。秋天里，这个城市到处弥漫着桂花的香味，尤其是远离城市中心的位置、道路或是公园里有许多的桂花树。城里也有不少的桂花，但城里有各种废气，掩盖了香味。在这个季节里，水果店里摆满了各种各样的水果，这是和农村完全不一样的。

刘晓阳新租了一处宿舍，离她的住处不算太远。他几经折腾，终于很幸运地考进了一个事业单位，是环保局下面的一个事业单位。朝九晚五的，正常上班。看上去很刻板，但其实有时还是很忙的，经常下乡，有时还要出远差。但他们在正常下班后，相互的走动要比原来频繁。她喜欢去他的宿舍，帮着他去收拾。他的工作稳定了，她的心里就踏实了。用他的话说，“只要他稳定了，她失业了，他都可以养着她”。她当然不希望自己成为他的负担，不希望她被他养着。但是，他说的这话让她真的好高兴，哪个女生不希望自己的后半生有个依靠呢？

男生的宿舍真是太不讲究了，到处是乱糟糟的。她不仅要去帮他做饭，还要帮他到处收拾擦洗。从臭袜子到脏内裤。他的内裤上不时有些脏，让她感到脸红。他却嬉皮笑脸的，一副不要脸的样子。她想到《红楼梦》里说的男人是“浊物”，真是有几分赞同。可是，她却真心喜欢这个“浊物”。他有他的可贵处呢。她愿意帮他打扫宿舍里的“浊物”，就像已经是一个年轻的家庭主妇了。这一天迟早都会到来的，她要提前预习。

他喜欢她去他那里干活，尤其是喜欢看到周围邻居疑惑的目光。他知道那目光的意思，所以他的心里甜甜的，像是涂了蜜。他也带她去过自己的单位，等于向大家公开了自己是有“媳妇”的人了。单位里的人都惊讶他能找着这个好看的女友，而听到他说他俩是高中时的同学时，一个个更加地羡慕。在这样一个人心多变、灯红酒绿的现代城市里，这种多少显得有些“古典”的传统爱情，怎么能不让人妒忌。

汤小兰的父母也都知道刘晓阳找到了机关工作，心里非常地喜欢。妈妈曹淑英在电话里特别暗示，在她没有上门得到他父母同意之前，千万不要和他发生那样的关系。曹淑英这样的暗示，让汤小兰真是哭笑不得。她怎么解释她和刘晓阳之间的关系发展到哪种程度呢？她只能说自己还是个好女孩，她知道适可而止。她相信自己比这个城市里的大多数女孩都要更为保守一些。

“你放心吧，妈妈，”她几乎是一种保证了，“他对我真的很好。”

是的，她现在对他们之间的关系越来越自信了。她说的是真的，他对她好。不是一般的好，是所有的都好。比如说各种的体贴。在他还读书的那段时间里，他对她的关心并不多。倒是他毕业求职后，对她格外地关心和照顾。他怕她一个人过得不够好，总是嘱咐她要照顾好自己。其实那段日子他自己过得真是不够好，甚至可以说得上是艰难的。他后来才告诉她，他离开了大学宿舍，为了省钱经常在外晃荡，居无定所。有时回学校里找已经读研的同学要空床位，有时则寄宿到另一个已经毕业的同学单位的集体宿舍里。他说他最难过的一次，是在她生日前，他用积攒下来的钱买了一条裙子，他觉得她要是穿上一定非常漂亮。可是，还没等他送到汤小兰的手里，裙子居然在那个集体宿舍里失踪了。宿舍里平时住的都是小伙子，谁会偷走这样的一条裙子？好在如今一切都过去了，回忆起来，那不过是一件小事。小到它现在只是一个笑话。

对刘晓阳来说，最糟糕、最窘迫的日子都已经过去了，现在他有能力来呵护汤小兰。他们现在没有负担，可以尽情地享受一段纯粹的恋爱生活。而汤小兰，很喜欢陶醉在这样的呵护中……

好消息是有的。

刘晓阳说，虽然福利分房早已经取消了，但是他们单位还是有可能会集资盖房。这样的房子虽然也要用钱去买，但肯定是比纯粹的市场价要便宜。他说他是有机会，有可能的。单位里的大多数人都已经享受过福利分房了，剩下的也就是从外部调来或是新考进来的年轻人。单位里来的新领导也就是考虑到有一部分资历老的同志有改善住房的需求，加上年轻人需要有房，所以动起了这个念头。因为不是单纯的福利分房，可以既受到大家的欢迎，又不违反上面的政策。“我至少可以申请到一套小的。”他说。汤小兰也期盼着，真好啊。再小，那也是甜蜜的。有一次他领着她去郊外的一个地方看了，指着一块地方说，那个地方就是他们单位买下来的。

只要一分到房，他们就可以结婚。不，房子就算还没拿到手，他们也应该先回一趟老家，拜见双方的父母，得到他们的支持和允许。这不是问题，他们是充满信心的。刘晓阳曾经提出来他们其实可以合住到一起，一来是可以节约些，二来是两人生活肯定更甜蜜。结婚只是时间问题。可是汤小兰却不想这样，到现在为止，她还没有在自己的单位里把他正式公开呢。她想，两人就像是一壶坐在煤灶上的水，爱情就是火，烧啊烧，壶里的水就逐渐升温。爱情之火烧到一定程度了，水也就滚了。爱情的火灭了，水的温度也会慢慢地降下来。可是，这水已经是可以放心地喝了。

汤小兰不想喝生水。

刘晓阳有点不高兴，他觉得汤小兰好像是在躲避他，对他不够真心。否则，他们为什么不可以发生那样的关系呢？他们这样年轻，就是农村里的青年男女也不会这样守旧。她不肯把她交给他，是不是还有别的什么想法？是的，这是完全可能的，他想。凭她现在的条件，她是可以在城里找一个有钱人。

“傻瓜。”她被他的想法弄得哭笑不得。

“是你的人，肯定是你的人。”她对他说，“永永远远都是你的。”

周末有空的时候，他们会跑得远远的，到江边的某个地方坐下，尤其是夜晚，景象特别漂亮。夜色深沉，几乎看不到天上的星星。长江低吟，在夜色里就如一条灰白色的长带，偶尔江面上会有几条大小不一的船舶驶过。最气派的当然要数钢索斜拉式的跨江大桥，十几公里长，桥面上灯火通明，倒映在波光粼粼的江面上。两人坐在石凳上，吹着江面上的夜风，感觉眼前的一切真好。有了眼前的一切，其他都退隐得远远的。爱情就是这样的奇妙，它能够在年轻人与现实中间隔起一道墙。他们占据着花好月圆的这一方庭院，听心曲如夜莺一样歌唱。

爱情甜美。

但生活往往就是这样，当你正沉浸在甜美里的时候往往会有别的事情来添堵。汤小兰差不多已经把那件事忘了，有一天却收到了一封来信。

信是从老家的县里来的。

打开才知道是陶老师写来的。陶老师在信里说，他问了好几个人才打听到了她的地址。一直以来，他就存着一块心病，觉得她的落榜是不合理的。作为她曾经的班主任，他一直为她感到不平、惋惜。

他是一个认真而执着的人。

打工和上大学，这是两种截然不同的命运。高考，是改变人一生命运的唯一的机会。他是过来人，有这个切身的体会。如今是改革开放了，城乡的差别在缩小，但往前不用多说，只是十年前，那城乡差距就是巨大的。他自己几乎就用了大半生的时间来改变自己的身份。他从一个代课老师，再到民办教师，一直在不停地工作、学习。他的教学水平在县里有一定的知名度，但却只能在第二中学里教书。他的公开课甚至获得全市的一等奖，直到他得了大病的前一年，他才变成公办教师。就是说，他的户口是县城的了，吃了商品粮。而为了让他的孩子也随他改变户口性质，他整整跑了一年多。

虽然等他终于改变身份时，粮食已经完全不再实行供给制了，但他深信这不同的户口性质的差别今后仍将长期存在。所以，他觉得他作为一个老师有责任帮自己的学生讨回一个公道。他在内心里喜欢汤小兰这样的漂亮女学生。他觉得让他这位学习好，又漂亮的女学生受着这样不公正的待遇，是对他作为一个老师的亵渎和蔑视。他对学校的做法，感到愤怒。汤小兰是他的学生，他必须要维护她的利益。不管汤小兰后来生活得如何，但他不能听任这种不公正发生。

好几年过去了，一切都风平浪静的，也许一些当事人觉得不可能再有人追究了。它就像一道大堤，一直没人加固，终于它裂出了一道道细小的缝隙，涌出水流来……他终于从教育局的一个已经退休的干部那里听到一个消息，说汤小兰当时是考上了。她的分数是够的，她完全可以填报一个师范类的或别的什么专门学校。但在她填报志愿之前，她的成绩就被另一个姓赵的女生顶替了。那个女生家里的父母是有身份的，在外地工作。她是随了她舅舅家的关系在二中读书。至于如何运作的细节，没人说得清。总之，姓赵的女生成了另一个汤小兰。

陶老师简直不能相信这是真的。他想到汤小兰曾经向他打听过这事，越发相信这一定是真实的。他找校长打听。他相信当时的校长一定是知情的。但是校领导却不理会他，而且对他的这些询问非常不满，甚至警告他如果他再这样，他们就要停止他的一些医疗费用的报销。

“你的权益被他们损害了，他们太过分了，犯法啊。你应该去县教育局找他们要个说法。你是当事人，不可以放过他们这样的胡作非为。”他在信里这样说。

汤小兰接到这信的时候，简直是傻了。真是晴天霹雳！她的怀疑居然被证实了。她的手脚发麻，心里不住地颤抖。怎么可能是真的？怎么可能？

她不能相信这是真的。

“我们要是能拿到第一手证据就好了。”刘晓阳说，“应该去告他们，太欺负人了。”

这太难以置信了，他想。

但他确实不知道就算是掌握了证据后又能改变些什么。学校不可能录取她，她也不可能再回去读书。他只能努力地安慰她。他过去是陪着汤小兰找过学校试图问清楚的，可是那些人却一推三不知。他在机关里工作，他懂得有些事情就是一堵大墙，他们是推不动的。就算是那些小院子的门，你要去推开它也是不行的，因为会有整个大院子里的人都反对，因为他们认为你会破坏整体的院墙结构……

“要找一些人打听打听，或许程蕊蕊的老公在官场里，他会有一些熟人。看看能不能通过他的渠道，看看原来的档案。”他说，“必须要有证据才好找他们。”

汤小兰不说话，心里堵得慌。

她一直想换一份工作，这样的愿望越来越强烈了。她感觉自己现在很不喜欢当下的工作了，时不时地要去参加应酬，招待客户。客人里各种各样的人都有，有钱，粗俗。不止一次她在陪客人跳舞时，有人的手脚不老实。这些情况她只能藏在心里，不能对任何人说。不能告诉郎总，更不能对刘晓阳说。有一次有个银行的副行长在跳舞时甚至很赤裸地暗示说，只要她愿意陪他，他可以把她“养起来”。

下流！流氓！色鬼！她当时气得眼泪都要出来了，这太侮辱人了。他们把她当成了什么？后来她拒绝参加，可是郎总却不答应。

刘晓阳对她所受的这些委屈完全不知情，但他也是不快的。他不喜欢她经常参加她公司里的那些应酬。他能够想象得到，她面对的都是些什么人。只要她晚上去应酬，他总是担心她何时回到宿舍。太晚了，他是各种的不放心。为了这事，他们发生过很多次的不愉快。她知道他是爱她，为她好。可是，她是很无奈的，身不由己啊。

她真的想离开。越想，这样的念头就越强烈。她想应聘到别的公司去，她觉得自己能做很多事。公司里现在的很多事情，她都是熟悉的。只要有公司接受她，哪怕活累一点，工资低一些，她也是愿意的。然而，每到一个公司去应聘，接待人员就会问她是什么学历。当她怯生生地回答是高中学历时，那些人就露出了一副非常不屑的神情。

“我们不需要花瓶。”有一次一个公司的人事主管非常不客气地对她说。

她内心的伤疤就又一次被撕开了。

要是她有文凭，她随时可以走人啊，哪里会受这样的屈辱呢？当然，她还是感谢郎总的，真心地感谢他。在她的心里，她觉得郎总对她的命运改变和程蕊蕊是一样的，甚至比程蕊蕊更重要。

她要去讨说法，她想，必须的。

为了她自己，也为了老师。

她不能忽视陶老师对她的好意。她知道陶老师在一段相当长的时间里，一直在努力地挖掘着这事的真相，肯定是遭遇了不少的难处。他的身体不好，家里的负担又重，还有教学任务。他其实是完全可以不管这件事的。他的执着，真的让她感动。她觉得自己是欠了老师的了。她必须对这事有所回应。虽然这事已经不可能改变她没有读上大学的这个事实，可是她不可以选择让这一页翻过去。

她把这件事对程蕊蕊说了，但程蕊蕊吃惊之后也沉默了，这要追究起来，难度是可想而知的。她觉得她当时的判断是对的，就是汤小兰不同于一般的农村打工姑娘。可是，除了同情她，还能做些什么呢？

“或许你找个律师问问？”她想了想说。

3

周美爱想不到自己会这样的快活。

这样的快活是来自她对自己的发现。她觉得别的年轻女人能做的，她其实也能做。而且，她深深地意识到自己的婚姻是错的。为什么要选择汤爱军？在当时她觉得已经是个很好的选择了，满意得不行，因为她之前的三次恋爱都以分手而告终，只有汤爱军对她是死心塌地的。如果说“姑娘”是一种限制的魔咒，那么她现在是已婚妇女，过去的那些束缚就不再有了。她甚至发现自己真的比别的未婚姑娘拥有更大的优势。她回娘家时也能感觉到，父母对她的宽容尺度比原来大了很多。

原来的眼界是太小了，她想。她觉得汤小兰和自己最大的差别不在于她的文化比自己高，也不在于她比自己长得漂亮，而是她接触的社会层面不一样。她知道汤小兰认识的都是一些所谓有层次的人，甚至还听说她和很大的领导在一些吃过饭。但是，她并不认为她过得比自己快活。她从小李的嘴里，知道汤小兰的公司里的一些情况，也知道她的境遇。周美爱知道她是有压力的。有压力的生活，就不会快活，她想。

相反，自己现在过得无忧无虑的，快活得很，每天就是和朱三他们一些人在外吃吃喝喝，打牌、喝酒、去KTV唱歌。她不需要做什么事，只管跟着他们就行了。有一个曾经认识的中年男人还打电话找过她，她现在完全都不用正眼看他。他和现在她认识的这些人比，算得了什么？抠门，还无趣。现在的朱三在她眼里就是个真正的男人，敢爱、敢恨、敢耍横，霸道、嚣张，男人味十足。她就是喜欢这样的男人。所以，她在认识他后第二次见面时，就在一家夜总会的KTV包厢里被他摁倒了。他非常直接，刚说两句就动手了，都容不得她反抗。当然，她也没打算要怎么反抗他。她想装装清纯的，可是他粗野得很，把她的丝质连裤袜直接就撕了……被他那样了，她觉得自己就是他的人了。虽然法律上她是另一个人的妻子。显然，法律在日常生活里不重要，因为它从来也不管她吃喝拉撒。

朱三有女人。而且和朱三好的女人不止一个。周美爱跟着他，是亲眼见到的，可是她不计较。不管如何，她觉得自己跟着朱三要好过跟着汤小兰的哥哥汤爱军。汤爱军长得倒是人高马大的，也阳光帅气，可是与朱三一比，就太没男人的那种霸气了。他一点也不活络，只会在工地上挣一点辛苦钱。这样的日子一直下去，有什么可过的？她不希望一辈子都要过那样的生活。想想她都觉得怕。她要摆脱那样的生活。而要想摆脱那样的生活，她只有依赖朱三。

周美爱就像是一个吃惯了甜食的人，现在偏爱去吃辣得眼泪都要出来的食物。朱三就是郊县的人，当城市和乡村之间的界线越来越不明显，直到完全消失时，朱三就是这个城市里的人，土生土长。他的父母都是农民，自己也只勉强读到初中。可是他初中毕业就进城混了。他比大多数人都熟悉这个城市的大街小巷。大大小小的饭店、酒吧、茶社、歌舞厅、桑拿按摩店、洗头店……他都熟悉。尤其是那些小巷子里的洗头店，几乎每一个姑娘都认识他。周美爱知道他和那些姑娘都有点不清不白的。看到那些姑娘，周美爱在心里有一种优越感。最初的那些日子里，她几乎是寸步不离地跟随着他。他自己的家在乡下，居然也面临着拆迁。如果拆迁，他会得到一大笔补偿，因为他已经把自家宅基上的两间小屋子扩建成了七间。所谓的扩建，就是拉一大堆红砖垒上，然后上面用工业耐火石棉瓦盖起来。不能住人，但到时却可以根据这个面积来向开发商要求补偿。在这方面他是有经验的，不怕利益不能最大化。用句套话说，他不是一个人在战斗。他有一帮兄弟呢。

“老子就指着这一次了。”他说，倒不是像在争取补偿，而是在谋划干一件抢劫绑架的惊天大事一样。

周美爱对他来说不过是又多了一个可以随便支配的女人而已。他自己都记不清自己有多少个或明或暗的女友了，除了最早的一个，两人在一起有两年多。两年多的时间里差不多有两年一直是在吵架，甚至还动手了。主要是他打那个女的，她被他打得受不了了，就离开了他。再后来的都很短，有的三两个月，有的只有三四天。换女友简直比他换内裤还勤快。他从来就不在乎哪个女友会和他好上，重要的是有人愿意和他上床就行。他在市内的好几处地方有临时的单身宿舍，还有哥们儿借给他的一大套空房子。他经常约错人，甚至有一次还有两个女友撞车的。仇人相见，分外眼红，她们居然大打出手。他也不管，看着她们打。打累了总会住手的，他想。谁是胜利者，谁就可以留下来和他睡觉。当然，如果两个和他一起睡，他也没意见。

和别的姑娘不同，周美爱是个年轻的熟女。她的这个熟，和他认识的熟女比起来，又是生的。显然，她对生活在城市里应该拥有的知识知道得很少。她像是电视剧里那种啥事都不太懂的乡下来的丫鬟，无知又笨拙。

这个女人一点也不矫情，他想。她虽然黏着自己，可是他却并不需要特别对付她。大多数时候，他可以把她当成空气一样地忽略掉。她只要跟着他有吃有喝有玩就可以了，也不耍小性子。他喜欢她在床上放荡的样子。她的小腹平坦，双腿有力。她喜欢冒险和刺激，对他的粗鲁毫不介意。他喜欢一边干一边骂她，骂各种各样的脏话。他越是骂她，她仿佛越起劲，运动得满脸通红，额头上都冒出汗来。她在床上和他较着劲。他发现自己并不总是胜利的一方。或者说，他并不总是扮演着征服者，有时反倒是被征服的。

他过去最烦女生在他面前叽叽喳喳说个不停。可是，周美爱每天都要说许许多多的废话。她对这个城市，对自己遇到的事情或者听到的事情，说个没完。每天只要一醒来就在他面前“呱呱呱呱”地说个不停，全是毫无意义的废话，和他的生活毫不相干，甚至和她自己也没有任何关系。她说的许多事许多人，他根本就不知道是什么意思。所以，他可以听，也可以不听。而她也根本不在意他是不是听了，她就像一个水龙头只管拧开往外“哗啦啦”地流水，至于流到哪儿，谁在乎呢？

“你这张嘴比那些女人的 × 还骚。”他骂她。

她不恼。

你用再脏的话骂她，周美爱都不恼。她就像是他的一只宠物狗，再打再骂，她也在他的屁股后面跟着。也正是因为她的好脾气、听话，所以，他允许她跟着他。甚至他在后面的日子居然只和她睡觉，而不再和路边洗头房或是洗浴中心按摩房里的姑娘乱搞。

老张是朱三半年多前认识的，很投缘。所以当周美爱提出想找一份工作时，他就直接找了张总。张总一口就应承了：“好，没问题，我们是兄弟。”他知道他开公司也需要朱三的帮忙。老张做过各种各样的生意，都不大，混日子而已。他都记不清自己这辈子究竟做过多少事了，开张的生意长的维持三五年，短的只有三五个月。生意虽然做得很磕巴，但他却一点也不沮丧。他甚至是快活的。公司再小，他也是老总嘛。一间十来平方米的办公室，一部电话，墙上挂着营业执照，生意就开张了。名片上的公司名称可以印得很气派，谁会来登门看他的公司！有时他也会聘用一个中年妇女帮他在公司里留守，接接电话什么的。有时就他自己一个人。最多时也招过五六个年轻人，有男有女，但他发现自己这么一个老江湖，却真的对付不了那帮年轻人。年轻人脑筋动得快，手脚灵活。只要一有风吹草动，稍感到不满意，就会拍拍屁股走人，有时甚至招呼都不打一声。他拿他们一点办法也没有，有一次有个二十岁的小伙子从他公司里离职了，居然还顺手把他办公室里的一台打印机抱走了。

生意虽然一直不赚什么钱，甚至时常有赔本的时候，可是老张的日子却是有滋有味的。他的路子广，结识着三教九流的人。尤其是他搞了一段婚庆生意，扛着一台摄像机，居然有了意外的收获。有一次他开着车带着摄像小伙子停在一个工厂的门口，人家居然以为他们是电视台的。发财的渠道往往是在意外中打开的，尤其是在认识了朱三后，给他提供了不少信息来源。在朱三的建议下，他转成了侦探公司，专门帮倒霉的丈夫搜集妻子出轨的证据，或者是帮不幸的妻子搜集丈夫外遇的把柄。来求助的大多是姿色已衰的中年女人，当中也有年轻美貌的。那些中年妇女显然是急眼了，特别急于抓住自己男人的把柄，所以，对他开出的价钱毫不在意。

婚庆的生意自然就不用做了，因为利润和婚外情侦探这个生意比起来还是要薄得多。婚外情的生意越来越火，而且有趣。不需要太多的人，一两人足够了。成本低，甚至他连税都不用交。他只要把那些男人或女人在外开房记录拍下来，甚至是打电话及时通知委托人赶到宾馆捉奸，他就能得到一笔不小的报酬。有一次有个富婆一次性就给了他二十万，因为他不仅拿到了那个男人的出轨证据，还请朱三帮忙，叫了几个小混子把那个年轻美貌的小三打了一顿。前后也就是用了两个星期的时间，比他过去一年挣的还多。

老张觉得这真是一个前途无量的事业啊，太美妙了！

这个市场太大了，大到不敢想象。他甚至觉得他真正的发财机会要来了，如果个个都像那个富婆一样大方，他真的就是发大了。朱三向他推荐周美爱，让他有点喜出望外。他正好需要这样的人呢，因为有时盯梢，总是他一个大男人也不是特别的方便。等到他见到周美爱时，更是满心的欢喜。这个小女人貌不惊人，但却是很愿意做事的样子。屁股坐在沙发上，双手却一直在桌子上动来动去的，拨拉着本子、笔、烟灰缸。看得出来，她对眼前的事情充满了好奇呢。

“我这里的工作很轻松的，”他高兴地对周美爱说，“没什么事，玩儿一样的。没事你就只管玩你自己的，有事了，我就电话通知你。”

“上班吧，必须来上班，每天要来一下。”朱三说，“规矩就是规矩，坐在公司里，接个电话也是好的。”

“那行，好。”老张很满意朱三这样的表态。

4

朱三觉得这样很好，周美爱有事做了，就不用时时跟着他了。

周美爱也乐意来上班。

公司就在非常繁华的商业一条街背后的一条小巷子里，非常的幽深。那是一个民宅，黛瓦粉墙，里面还有一个小天井。老张租了一间门面，挂了一个牌子。一张办公室，两把椅子，一张长沙发。沙发是老张平时睡觉用的。要是来的人多了，周美爱只能站着。她不肯再坐那个长沙发了，因为她第一次坐了后总觉得有股怪怪的味道。

周美爱喜欢这种坐在办公桌前的感觉，真好。除了办公地点有点小，她的工作和别的白领有什么不同？她差不多告诉了她过去的许多熟人，心里是真的高兴。她是真心觉得朱三好厉害的，甚至想要一直地跟定他。

她觉得自己真的嫁错人了。

和汤爱军分手只是迟早的事，她想。他打过电话试图劝她和他一起打工，怎么可能？她再也不可能去回到工厂车间里干那种活。她在一个服装厂里干活，一天十多个小时，只重复一道工序，就是缝纽扣，一天要缝几千只……晚上回到宿舍，手指都是木木的。尤其是刚开始的那段日子，吃饭时疼得筷子都捏不住。她知道如果她提出离婚，她的父母是不会有什么太大意见的。他们喜欢实在的东西，有钱就好，至于她嫁给怎样的男人或者不嫁怎样的男人，根本无所谓呢。他们已经对汤爱军有点不满意了，觉得他逢年过节给他们孝敬的钱太少，不如村里谁谁谁家的女婿大方。如果朱三上门呢？他肯定会提一大堆礼物去的。他是个豪气的大方男人。

张总是个随和的老板，她想，比她过去打工的工厂里的老板要随和多了。她过去在工厂里，只能见到车间主任啥的，她连老板长啥样都看不到。可是现在她却和公司的老板面对面呢。无论如何，听上去公司总比工厂要高大上得多。张总对她没要求，上班不过就是在办公室里泡个茶，简单得很。他在办公室也往往只是吹吹牛，讲讲笑话。他喜欢讲非常露骨的黄色笑话，把她乐得不行。黄色笑话嘛，就是要明白易懂才好。她不喜欢费脑筋去猜。不直接的黄色笑话她不喜欢。他是一个幽默的人呢，她喜欢。

有人上门，周美爱就负责端茶送水，适时地还要给伤心的女士递上擦泪的纸巾，还要防着她们擤鼻涕，到处乱甩。自然，她也要防着年轻的少妇们情绪失控，会把桌子上的办公用品抓起乱砸。让她开心的是，她差不多每天都能听到新鲜故事，很是热闹。她没想到的是，这个城市里怎么会有那么多出轨的男人和女人。而听上去出轨的男人都是那样的有钱，为了女人一掷千金。而狐狸精们，却一个比一个年轻漂亮，又各有各的手段。张总会和这些人谈好价钱，然后签下合同，她把它们保管好就行。房间里有一个小保险箱，里面放满了这种合同。他说还要买一个更大的，里面要存放他得到的那些证据。他教她如何给档案袋编号，如何分门别类。这样的工作，她懂。他出门去办案时，她就会细细地看那些证据，有录像，有照片，有录音。

有一天公司里来了一个男人，和张总寒暄了一番，然后就拿眼睛瞄了瞄周美爱。“你出去。”张总说。周美爱翻了一下眼睛，心里说：有啥了不起的。有啥事，不能当我的面说？既然已经当了乌龟，也不用这样不好意思。还怕当我的面说？可笑。

那天她都记不得他们关着门在里面谈了多久。看上去那个男人倒像是有点身份的，举手投足还蛮讲究的。可是她转念一想，哪个出轨老婆的男人不是有点体面的呢？他们要是不讲体面也就不会花钱来雇人捉奸了。

在那人走后，她看到张总在屋里踱来踱去的，不停地抽着烟。

“又是一只乌龟。”她说。

“棘手，棘手。”张总像是在喃喃自语，他有点兴奋，又有点沉重，“这事是麻烦，这事是麻烦。”

“什么麻烦？有麻烦你让朱三帮你好了。”周美爱说。

“最近我不在公司里，”张总抬头看着她很坚定地说，“要是有人来，你就接待一下。我有事要办。有什么事，你到时打我的电话好了。”

“行。”她说。

5

那个陆记者果然是神通广大。

他告诉郎宇光说，汤小兰这事居然是真的。他在那个大学果然查到了一个叫汤小兰的名字，正是那个中学考过来的。用他的话说，这是一个“很好的新闻”。虽然这算不上是“大新闻”，但足够他进行深入地发掘报道。但事情的难点在于牵涉的面有点广，而且有些当事人已经调离原有的岗位了，甚至在关键的环节上，有的证人已去世了。

“很难的，”陆记者说，“要解决这事是比较难的。这事说大不大，说小不小。对小汤来说，是件大事。但放在整个社会里衡量，这是一件小得不能再小的事了。”

郎宇光觉得他说得很对。

对于汤小兰这件事，郎宇光心里是有盘算的。他必须要做出关心支持她的样子。她不可能会得到什么说法的，他心里清楚得很，但他不说。她必然会受到打击的，他想。她受到的打击越大，她对他的公司依赖就越大……

他要支持她去维权。

陆记者也是乐于去帮助汤小兰的。

“最大的可能，也就是找到这个汤小兰。”陆记者说，“看她是不是作点儿赔偿。她家肯定是有点背景的，才能这样做，因为这背后要修改好多材料的。这事其实是很难被发现的。”

汤小兰心里难受得很，她不想要赔偿。她能得到什么样的赔偿呢？她能得到的无非是经济上的一些补偿。可是，她失去的人生梦想，她的青春，能得到赔偿吗？

她恨死了那另一个叫汤小兰的人。

是的，她们现在完全是两种不同的人。无论如何，她在这个城市里只是一个打工的。而她却是大学毕业了，而且据说已经参加工作了，在下面一个市成了公务员。她的命运被另一个人改变了。

“要去找她谈谈。”刘晓阳说，“不能就这样算了。”

是的，她想。她从她这里偷走了东西，她不能就这样算了，应该有个说法。如果她一直就蒙在鼓里，也就算了。可是现在她知道了，怎么可以沉默呢。她要当面去质问她，她为什么要取走属于她的分数。

她是一个贼！

而她偷盗的不只是分数那样简单，是她偷走了她的前途，她的未来，甚至可以说是偷走了她的幸福，她生活中一切的一切。

她必须要有个说法！

第二章

1

城市一天一个样，变化真是快。

变化最大的，当然就数新区。新区的规模也在不断地扩大，它成了市里的一个重大亮点。省、市领导都非常重视，多次来视察。自然，新区成了城市的一张新名片。新区里引进的企业越来越多，而且对入驻的企业有了更高的要求。从最初的中小科技企业，到必须是世界500强。基础设施当然也是越来越好，向一流的目标迈进，不仅是道路宽阔，还新建了地铁，甚至还在规划过江隧道。领导们对新区越重视，新区的工作就做得越好。新区的工作做得越好，领导就越重视。新区的一把手是市里的常务副市长，但正常负责新区工作的就是杜怀民了。为了新区的工作，杜怀民几乎就没有好好休息过。每天是看不完的现场，听不完的汇报。他没有休息日，整天就是工作、工作、工作。忙不完的工作。但他不能有所抱怨。如果有天突然闲下来，他心里会有点发慌。对于他这样的人来说，忙，才显得重要。除了工作之外，没有什么别的事需要他去处理。于是，忙才体现他的价值。他也喜欢那种被人尊重，需要他决断拍板的感觉。那个时候才体现他是多么地重要。

权力是个好东西。一旦沾上了，就会有瘾。虽然和同学或是旧友聚会，他也会哀叹说工作忙，太累，照顾不到家庭，各种的苦。但在心里知道，自己其实是有多么地愿意身陷其中。麻烦当然是有的，下面千头万绪，各种矛盾，最后都会汇集到他那边。他需要各方面进行权衡，这就需要他清醒地判断了。但如果仅仅只是下面的矛盾交集，还是比较好办的。麻烦在于有时候有来自上面的压力，你有时根本分不清下面的某个项目会牵扯到上面哪个人。而上面的领导在这件事上，往往又隐身于幕后。就算你把问题摆到他面前，请求他明示，他也可能会模棱两可，含糊其辞，和你玩捉迷藏。这就需要自己高超的领悟能力和非常艺术的手腕了，处理得好坏，直接会关系到他的前途。

杜怀民也常常想，他干成这样已经可以了，不应该再有很高的要求。但是，另一方面他的确是想把工作做得更好一些。他不是冲着某个位置去的，可是却架不住别人那样想。这些年一路走来，他知道自己的成绩肯定是主要的，很多该做的事做了，但不该做的也做了。这是工作中的无奈。妥协有时候是必须的。有时候为了向前跨步，就必须要做出一些让步。他也知道自己在工作上，办坏过一些事，也得罪了不少人。有一些随着时间的过去就消逝了，但有一些是一定会埋伏下来的，就像是河水里的泥沙。泥沙淤积太厚，河床抬高，也许就有溃堤的危险。

有人是喜欢他的。上面的领导是看到他干事的，而且干得踏实。而且，有些事干得还非常漂亮。他做事是个用心的人，而且他知道干什么样的事情是可以让它变得漂亮的。他喜欢思考，会总结。一般的群众也喜欢他，说他比较低调、亲和。他觉得自己所以能这样，是因为心里一直装着“谨慎”二字。这“谨慎”，是他做过多年的秘书带来的好处。

他这人爱好不多，从某种程度上他可以说是个无趣的人。尤其是到了郊县工作后，一直就是忙工作。除了工作，还是工作。闲时也就是读点闲书，看得最多的就是古人古训了，各种为官的警句格言。撤县并区后，他在工作上就更为谨慎了，因为关系比原来更复杂了。工作复杂，人际关系也复杂。工作复杂他不畏惧，畏惧的就是那些复杂的关系。各种各样的关系，烦不胜烦。

有的关系是可以不作理会的，但有些关系却必须是要照顾到的。完全不讲关系，那怎么可能？没人可以生活在真空里。上面领导交代的事情，他能不考虑？明知是不妥当的，他也要尽量地妥协。但他坚持一条，坚决不拿好处。因此在有些人的眼里，杜怀民又成了一个不太容易接近的人。

有时为了工作，杜怀民也不得不和一些老板应酬，偶尔也免不了接受吃请。可是，声色场所他是不去的。这样的事，他经历得太多了。那些老板是无所顾忌的，一个个也是胆大包天。钱就是他们手里的钥匙，色就是他们的诱饵。有了诱饵，又有了钥匙，他们以为就可以打开一切权力的大门。也正是因为看穿了这一点，杜怀民往往就是笑着应付他们。在一些老板的私人会所里，居然有全裸的年轻姑娘在床上等他，甚至还有白俄美女。成捆的钱，是装在纸袋里，甚至是行李箱里，硬送到他家。他是坚决不收，甚至不惜翻脸。吃喝应酬都是可以的，就算是有年轻姑娘投怀送抱那也是死无对证的事，钱却是坚决不收的。他也再三叮嘱妻子：任何人的钱都不能收。

他知道有人是恨他的，身边的工作人员肯定也不太喜欢他，因为他对秘书和司机都有要求。尤其是司机，据说机关小车班里的人会互相攀比，谁谁谁跟随哪个领导油水多，哪个油水少。他知道自己的司机一定是不开心的，因为到基层单位，他不准下面的人赠送礼品。

做人是不能太直的，他也是深知这一点的。所以，有时他看到司机悄悄地做一点小动作，也就装作没看见。谁还没个私心呢？他当然不是一个不讲情面的人。司机的家庭有困难，妻子下岗了，是他帮助安排了一份工作。他的儿子没能考上重点高中，还是他亲自出面打招呼，象征性地交了一千块钱的赞助费而不是五万，顺利入学。

问题是不断的，解决一个又会冒出另外一个。一天早晨他到市里参加市长办公会刚回来，秘书小阎就告诉他，田办在打听南山项目的事。南山项目原来是区里专门研究过的，要给一个海归博士的。那位博士从事医疗器械研究，手里握有几十项发明专利，主要是生产脊柱创伤和椎体微创什么的，据说是领先国外的水平，具有非常广阔的市场前景。而且最关键的是不用区政府出钱，国内有几十家风投公司抢着要给他投钱。半年前他跟随省里的领导到美国考察时还见过那位博士，相当地优秀。博士在美国的加州大学建有工作站。区里所能做的，就是给一块地皮。但是，田区长突然说有一家民营公司想要。

田区长其实是个不管事的人。

正因为他平时不管事，杜怀民觉得才更要在意。田副区长原来只是一个中学的物理老师，从政非他的专长。传说中他有个亲戚是一个很大的领导，所以他就扔掉了教鞭，进了机关。从科长干起，短短几年里就成了副区长。从上面来说，区里的一个副区长，说大不大，说小不小，倒也的确不那么显山露水。而田副区长也知道自己的工作能力弱，所以平时颇为低调。虽然他分管了一大堆工作，但经常是乱成一团的。他是个不多事的人，怎么会突然关心起这件事呢？前些时候他就向他提过，但他当时就笑着回答说："这怎么能变呢？这是当时大家研究定下的事。不可能变的。"然而，他再次关心这事，难道只是不懂得官场规矩？

"你就推说不清楚。"他对小阎说，"这个老田……会上定下来的事不清楚吗？怎么又想反复。一件事情总是节外生枝，工作就没法做啊。"

小阎没说话，表示他接受了。他知道杜区长后面的话不是说给他听的，只是他个人的一种不满。或者说的确是把他当听众的，来发泄他的个人情绪。能发泄给他听，表达的是一种信任。从某种意思上，秘书堪比家人。他们之间的信任和亲密程度，大概是除了妻子外无人可比的。领导和秘书之间，其实也是一荣俱荣，一损俱损的关系。这样的工作关系很特殊，但却又很现实。

杜怀民一边处理着文件，一边还在想着。他觉得这事不单纯，越想越不单纯。首先他想这事洪副市长是不是知道，如果知道了会怎么决策。很大的可能是洪副市长已经知道了这事，却不愿意来表态。一个民营企业能产生这样的念头，来头肯定不小。他是见识过的，有些从没听说过的名不见经传的小公司，却是大有来头，大到你根本得罪不起的地步。甚至比他大得多得多的大官，都得罪不起。或许这是洪副市长有意地在回避，需要他来出面承担。这事他还不能直接向洪副市长汇报，那会让他不悦。能解决的麻烦，一定要自己提前解决掉。不能把麻烦摆到领导的桌子上，这是他一贯的做事原则。当然，他也是这样要求下属各个单位的一把手的，却往往做不到。

做事要谨慎，他想。前一阵他去看望了许老，老头精神不错，住院期间他也是多次去探望的，探望只是表示自己一直还是他“学生”。是的，老头想要担当的角色不仅是个“领导”，更愿意把自己当成他的“精神导师”。指导他“做官”，指导他“做人”。老头的子女们很少围在他身边，一个儿子在北京，一个女儿在美国。儿子是有条件把他接走的，但显然他更愿意继续生活在这个城市里。他生活在这里的条件更好，什么都不缺，又有人照料。老头消息不闭塞，居然也知道他可能有机会得到进一步的提拔。

“越是在关键时刻，越要谨慎。”老头说，像是在叮嘱，“你很不简单啊，你背后没有大树。现在和过去不同，不同。什么叫草根？就是轻轻一拔，你就被拔起来了。”

杜怀民当时真的被老头的那句话触动了，眼泪差点要掉出来了。不容易啊，他亲耳从老头的嘴里听到了这句话，“你背后没有大树”。老头等于自己承认，他不欠他的。所有的一切，都是他自己努力得到的。他得到的，只是他该得的一小部分。老头并没有把光环套在他的头上。老头是一个不轻易表扬身边人的人。越是在他身边，越不容易得到他的表扬，包括他的儿女在内，对他是颇有埋怨的。

“到了风口浪尖，你就会被别人盯上。”老头说。

2

杜怀民被汤小兰的眼泪弄得有点不知所措。居然有这种事，让他有点不能相信。这也太离奇了，怎么可能？

但他相信那应该是真的。天下这么大，社会上发生什么样的事都不奇怪。他见过的离奇的事情比这事还要离奇的都有。只是发生在这个小姑娘身上，还是让他感到不小的惊讶。她的眼泪告诉他，她说的一定是事实。其实他不应该看到这样的眼泪的，所以他后来怀疑那是不是程蕊蕊故意安排的。

程蕊蕊是个好女人。他后来知道程蕊蕊和汤小兰并没有什么特别的关系，曾经的老板和雇员的关系而已。那么一个时髦能干漂亮的女人，却有一副菩萨心肠。

周国运从乡下回来了，单独请杜怀民吃饭。所谓单独，只是小范围而已。他是答谢杜怀民的，因为杜怀民帮助程蕊蕊把原来在商业街上那个店铺的赔偿问题解决了。这事拖得太久了，终于算是比较圆满地解决了。

在这个问题上，周国运不仅是感谢，也是佩服杜怀民的。觉得他们虽然是一样的男人，同学好几年，而且又同样是在官场里，但做人做事的风格却真的差别巨大。为了店铺的事，一些商户和那个区政府闹得很厉害。前面问题已经得到解决的商户，后来又有反复。拖了好几年，程蕊蕊算是解决得最晚的。一来当然是程蕊蕊心态好，和相关部门打了几次交道后，她反倒冷下来了。她心里有底，知道自己一定会得到补偿，只是多少和时间问题。二来是她实在不想撕破脸皮。他们后来和杜怀民说过一次，杜怀民答应了。

“好，找机会我来问问，那个区的书记和我的关系倒是不错的。”他说，“但是这事你们不要急啊，总要有个说法的。”

后来差不多所有的商户都解决了，程蕊蕊的事却还没有消息。他们因为同学会什么的，也又见过好几次面，但他却绝口不提这事。“你这是什么同学啊？当了官，就这样应付你啊？托他办个事，又不违反政策。”程蕊蕊一度真的有些冒火了。她那个时候对杜怀民了解不多。周国运有苦说不出，但他相信杜怀民并不是在应付他。官场里有好多规则，程蕊蕊并不了解。但为了程蕊蕊，他好多次想打电话催问杜怀民。看到他那样的恼火，程蕊蕊倒又冷静了下来：“算了算了，说不定他真是不太方便。哪天我自己去问，总要有结果的，没理由别人都赔了，却短了我。”

“你这个结果是最好的。”街道上的工作人员后来对程蕊蕊说。

程蕊蕊是承认的。

街道主任告诉她，她是最后一个被解决问题的。所以，她的补偿是属于特例。“你不在前面的补偿方案里。”街道主任说，“我们要感谢你对我们工作的大力支持。对你这样的商户，我们真的应该给予奖励才对。”

程蕊蕊心里真的很美，很甜，很受用。街道主任还暗示，这件事就过去了，不希望她向别人宣传。因为前面的工作已经了结了，她是属于拖下来的，被遗漏的。程蕊蕊当然心领神会。就在她要离开的时候，街道主任还悄悄地问了一句：“您和杨书记很熟悉？”她笑了：“不不不，我不认识。”她知道肯定是杜怀民向这位姓杨的区党委书记打了招呼。她也真的不得不服这些人处理这些复杂难缠事情的手腕。

周国运知道杜怀民对吃请其实是没有什么兴趣的。吃饭应酬对他们这样的人物来说，往往更像是一种折磨。但他也知道杜怀民和自己也是难得相聚。他们所以能聚在一起，还是基于多年前的友情。两人虽然在职务上有悬殊，却同在官场。两人碰面了，可以聊点官场上的甘苦，做人和为官之道。杜怀民心里的有些牢骚，能适合倾诉的，仿佛也就只有周国运。和他可以交心，就算说了出格的话也不妨事。

当然杜怀民也不会说太出格的话。

他是一个比较成熟的官员。

周国运是要表现诚意的，所以他在请杜怀民吃饭时特地带来了杜怀民老家的土特产。读大学时，杜怀民曾经把家乡的特产带到宿舍请大家品尝。他知道杜怀民爱吃水菱和土方法烹炸的肉圆，就一下带回了不少。“哎呀呀，你这样做就太过了，太过了。”杜怀民有点不好意思了。他是想念小时候的那种味道，可是，那也只是尝尝就够了。周国运请他，他还是蛮高兴的。一来他们关系不一般，二来他也喜欢和程蕊蕊这样的人打交道。他在心里是有点羡慕周国运的，能娶到这样能干的女人。他是越来越觉得程蕊蕊的能干了，她是和自己的妻子完全不一样的女人。

杜怀民在外从不谈及自己的家庭，甚至连对周国运这样的老同学都不谈。老同学问了，他才会回一句，“挺好的”。自己既然从政，妻子当然是越隐蔽越好。他的妻子个性很强，骨子里有点高冷。这样倒也是好事，就怕遇到那种爱张扬的妻子。有些爱张扬的妻子，公关能力强，倒像个交际花。对丈夫的仕途有时有帮助，但坏作用也很明显。最理想的妻子，他觉得就应该是程蕊蕊这样的，能干又聪明，美丽又不张扬。

城市很大，男男女女，许多交错而过。在偶然的交汇中，会有不同的组合。如果有上帝，他从上空俯瞰人类会不会发现这种组合多少有些盲目和混乱？每个人开始都会以为是一场明白无误的选择，其实站立的起点就是错的。走得越远，犯的错误也就越深。发现之后才改正，要回到原来的起点去，却根本没找到正确的方向。杜怀民觉得周国运是找着了，他是一个幸运的人。而自己走的路呢？他是无法去改正的。他是知道问题所在，却还要继续往下走的人。因为他揣着那份明白，所以他在家里家外做事就格外地谨慎，从而他保住了后院的平静。所有破裂的婚姻都有成本，如果他走那一步，成本会比别人高好多倍。他清楚得很，因此他时刻提醒不要发展到那样的局面。"温水煮青蛙"，他想如果他们是一对青蛙，就是已经适应了那样的温度。

汤小兰的确是程蕊蕊叫来的，她内心里的确是存着一点小想法，希望杜怀民能帮到她。她装着问汤小兰最近在忙什么，汤小兰就把自己的事情说了。汤小兰也知道她其实是不应该哭的，但说着说着，突然就崩溃了。她在刘晓阳的面前是哭过的，自己独自一人也是哭过的，但在这么多人面前哭她真是第一次。委屈得像个孩子。

进门的服务员都被吓住了。

杜怀民觉得这是个麻烦。

他真的同情她。自己当年也是通过高考才有今天的，太不容易了。高考是决定一个人的一生的。她怎么就会遇上这样的事呢？

“你找过那个女生吗？”他问。

“找过。”

陆记者告诉了汤小兰那个女生的联系号码，可是对方完全不理睬她，说她根本是在胡说：“你这纯粹是诬陷，你有证据吗？这怎么可能？谁信你？”

汤小兰决定去找她，当面问个清楚。她坐上了长途车，几个小时后才到达那个城市。她要看看那究竟是怎样的一个人，事实上她过去看过，只是看看她现在的样子。她要一个说法。刘晓阳说是要陪着她去，她想了想还是拒绝了。她觉得两个女生面对面也许更方便交流。她至少要听到她的一个道歉，还想知道那个女生当初为什么就选择了她。她需要一个诚恳的说法，来熨平自己受到伤害的心灵。是的，她受伤了，而且伤得很深。这个伤口也许一辈子都不会愈合的。就算是她以后生活得也不错，也不可能弥补没能读大学的遗憾。

那个叫汤小兰的女生开始并不愿意和她见面。

“莫名其妙。”她在电话里说，“这太荒唐了，世界上同名同姓的多了去了，凭什么你就认为我和你有什么关系？”

“我要是没有证据也不会来找你，你想想。”汤小兰说。

当两个汤小兰坐在一个咖啡馆的大厅里时，她们的心情是完全不同的。汤小兰确信这个女生就是姓赵，而不是姓汤。

但对方坚持说自己就是姓汤，而且她当年是凭着自己的实力考上的，并说自己从来也不知道二中的情况。“这是没有影子的事，你说那个记者搞的材料，他怎么不公开啊？有些记者就是下三滥的，乱编一些材料，捕风捉影。我所有的档案都是准确的，你这样说出去谁信哪？”

“天下同名同姓的人多了，难不成只允许你叫汤小兰，就不允许我叫汤小兰？你说你叫汤小兰，我还说你的名字是学着我的呢。”对方说。

汤小兰一时竟无语。是的，这个世界上同名同姓的人多了去了。她前一阵还在报纸上看到一个消息说全国叫“张伟”的同名者达到三十万人。她这个名字在乡下也是比较常见的，同名的一定也不会少。然而，她知道对方就是狡辩，但它却实在是个充分的理由。

下午的阳光很明亮，整个大厅里一片灿烂。她们坐在靠窗的位置，可以看到外面大街上车来车往。汤小兰注意到这个汤小兰说话时，并不看她。她俩的目光偶尔一接触，她就赶紧移开去。汤小兰看着外面这忙碌的车流人流，忽然觉得鼻子有点酸。她不知道自己为什么会出现在这个地方。她本来是可以不出现在这里的，以这样的一种面目。她的生活被人改写了，可是她却是那样的无奈。

“你是不是有亲戚在县教育局呢？”

“有啊，”对方说，“有亲戚不代表就做违法的事啊。在教育局工作的人，都有自己的亲戚啊。不能说在教育局就有能力帮亲戚的孩子改分数，那在监狱的警察就能放掉亲戚罪犯吗？这是不可能的，对不对？”

汤小兰在回去的路上心里已经笃定了这个汤小兰就是偷走了她分数的人。不，是偷走了她的人生。她的人生是被她改写了。那是确凿无疑的。尽管她表面上完全否认，但却在努力地安抚她，反复向她灌输说如今考上大学也没什么了不起，说她的好多同学上了大学，毕业后也找不到理想的工作。她问了汤小兰当年的分数，然后说凭这个成绩，是上不了好大学的。

“你这分数就是鸡肋嘛，没什么意义的。除非你家有背景，有人，才能上一个比较好的大学。现在从好大学毕业出来的，都不能分配到机关了，何况一般的大学呢。”她说。

“那是不一样，”汤小兰很坚决地回应她这样的说法，“不管是不是鸡肋，是上怎样的大学，能上不能上是一回事，上什么样的大学又是另外一码事。”

她大约是意识到了自己说法的不妥当，赶紧就夸赞汤小兰的美丽、年轻。说自己和她一比，悬殊太大。她说她羡慕汤小兰这样的生活，说汤小兰的工作一定又体面又轻松，工资福利又好。她叹说她羡慕汤小兰是在更大的省会城市里工作，以后会有更多、更好的发展机会。她说像汤小兰这样的，以后就算是在城市里扎根了。她说她佩服她这样的人。

“你不承认也是你。”汤小兰说。

“随你怎么想，”那个汤小兰仿佛也是失去了耐心了，板起了脸，“脑袋长在你脖子上，你要怎么想，那是你的事。”

3

发财的途径真的是多种多样的，张二想。在这样的年头不努力挖空心思去发财，简直就是一个罪过。没有他妈的什么正当不正当的，能搞到钱就是好的。发财是人一生中最最正当的事情。还有什么比发财更重要的呢？人生在世，不过就是讲究一个吃喝玩乐。没有钱，屁也干不成。

人要与时俱进。什么叫“与时俱进”？就是学习，学习先进的东西。手机啊，电脑啊，都要学。他是学出了甜头了。虽然他在心里很佩服本家老张，但他依然认为他是一个傻瓜蛋。放弃自己的生意不做，在村里当个主任，吃力不讨好，还三番五次地被别人搞，何苦？最后没人会真正喜欢他。镇里的领导是非常不喜欢他的。有天他看到了老张，想到要炫耀一下自己和葛镇长的关系，话到嘴边，又咽了回去。

朱三是个厉害角色，他想。朱三有一天找到他，交给他一叠照片，对他说：“你帮我寄出去，我们搞点钱花。”老张看了看，照片有点模糊，上面也是一男一女的床照。“又是老公捉老婆的？”他问。他想不到朱三也会干这事。这是要抢他的生意？朱三不屑地说：“鸡巴毛，老公捉老婆算啥。你看看这照片，这男的，像不像镇上的老葛？”

有点像，又有点不像。老张仔细看了看，不太好判断。

“像不像？”朱三有点不耐烦。

“有的……嗯……也不是很像。”

朱三的脾气上来了，有点动火，“要那么像干吗？你他妈的傻啊！他敢说这个一定不是他？他敢说不是，直接就寄到纪委去，弄到网上去。‘黄泥巴掉进裤裆里，不是屎也是屎’。你信他敢不？”

老张有点语塞。

“现在他妈的哪个不是花天酒地，在歌舞厅、桑拿什么的里面鬼混？就要不清楚才好。照得太清楚了，反倒不好办。”朱三说。

老张被这一点拨，有点开悟了。

朱三因为自己的老屋拆迁的事感到不爽。他觉得姓葛的完全没关照他。他要搞一搞他。要搞他，自己只要隐在后面。虽然追查到他的可能性极其微小，但他考虑到还是谨慎一些比较妥当。

老张并不相信这事有多大把握，太小儿科了，能成功吗？他真的非常怀疑。一个星期过去了，两个星期过去了……毫无动静。

“没鸡巴用！”老张不无讥讽地对朱三说，“你这脑子咋想的？这主意好倒是好，可就是不顶用。”

朱三也不多分辩，过了几天又带来了更多的照片，还带来了一份名单：“你按照名单就这样寄。他妈的，不信吓不死他们。”

老张看了一下名单，上面密密麻麻列了好几十个大大小小的干部。

“你自己寄不就行了？”老张觉得这不会有什么作用。

“滚，这事必须要分头作业，你懂不懂？”朱三冒起火来，“有了好处，自然不会少你的。”

第一笔的钱不算多，五万，打在周美爱刚刚开的银行户头上。后面陆陆续续地又进了二十多万。他们沉浸在发财的快乐里。朱三甚至忘了和姓葛的芥蒂。姓葛的内心是强大的，或者要么他就真的是“干净的”。

老张想不到有一天葛镇长会亲自进城来看他。

这太让他意外了。

葛镇长请他吃饭，在一个很高档的酒店里，只有他们俩。他心里其实不断地打鼓，不知道他对他这样客气是一种怎样的意思。

“你老弟神通广大，”葛镇长面露为难之色，“我想托你点私事。”

老张心头燃起了小火苗。

“葛镇长你只管吩咐，我能帮到的，绝对 OK。你只管放心，我是全力以赴。”

葛镇长却不肯说，只是劝他喝酒。一瓶茅台喝了大半，葛镇长才从怀里掏出一只信封，里面露出了几张照片。老张认出来，那些照片正是自己寄出去的。

葛镇长自然不肯承认他和照片里的人的关系：“这是没有的事……但是，我也不想惹上这样的麻烦……你帮我想点办法……付钱，我也认了。可是，我必须要这人彻底地销毁掉原始的照片。这种事情我也是见识多了，一而再再而三的，那我哪里应付得起啊？”

老张心里乐了，可是他的脸上却不见一点笑容。

“那是，那是。”他深表赞同。

“我也不知道对方是什么样的人。”葛镇长说，“你老兄神通广大，看看能不能联系上。我听说你是有点道上的朋友的。”

“……有倒是有的……”老张犹犹豫豫地说。

“我是绝对信任你的，才能委托你。”葛镇长说，“说起来，我们还有点亲戚关系……远房亲戚，那也不假的。……我也是无可奈何，这种事必须要摆平。你知道我们这种人，最怕的是这种事。”

老张拍起了胸脯：“你葛镇长放心，我一定争取搞定。你不要担心的！”

“这种人真他妈的太无耻了！”看到葛镇长忧心忡忡的样子，

老张简直就是义愤填膺了，“我先通过一些朋友打听打听看，谅这种人也干不出什么大事来，只不过想的就是一个‘钱’字，只要找到他，我带上朋友痛打他一顿，他必定不再敢的。”

葛镇长酒劲发作，满脸通红，却又不忘理智：“只要他把原始的照片毁了，也不要打他，万一闹出事来，反倒不好。这事的影响要控制在越小的范围里越好。”

“对对对，”老张说，“这事你放心，绝对放心。我保证把它办得妥妥的。不办妥了，我对不起你葛镇长。”

“事成后，忘不掉你。”葛镇长说。

老张几乎要赌咒发誓了：“这是哪里的话？我们是什么关系！你的事就是我的事，比我自己的事还要重要十倍、百倍。我不帮你办好，还是人吗？”

半个月后，葛镇长在老张公司附近的一个小饭店里专门请老张和朱三喝了一顿酒，向他们表达了谢意。因为照老张的说法，这事多亏了朱三的帮忙，而且做得极为干净，以后再不可能出现一点麻烦。葛镇长那天高兴极了，舌头都喝大了，说话打结。他几乎是拍着胸脯对老张和朱三说，他俩就是他的亲兄弟：“以后你、你、你俩有、有、有……什么事，在我的地界上，只、只、只管说！”

“这种事，一旦被人弄到网上去，说不清……”老张搂着葛镇长的肩膀，“以后你只管放心，有啥麻烦，说一声，兄弟们全力地为你保驾护航。”

“放心吧，这事就到此结束了。”朱三说。葛镇长给了他们一人一个纸包，各是五万。有了这五万，他们就亲热多了。拿人钱财，替人消灾，这是应该的。何况这灾是自己一手炮制的，“消灾”就像是自己吹口气那样简单。他们就像是高明的魔术师，轻易地就搞到了厚厚一包的大钞啊。

三人散场时，夜已经很深了。但城市的大街小巷里还是一片灯火，辉煌得很。葛镇长叫来了司机，坐着车离去了，老张和朱三却有点意犹未尽。

“你是天才啊。”老张突然笑了起来，拍了朱三一下。

朱三也笑起来，说：“搞钱不难。”

“这方法好。”老张说，他心里在琢磨要不要把有人委托他跟踪一个区里区长的事对朱三说，性质是不一样的，他想。那个需要证据，委托人才会付他钱。难度有点大，但应该是可以办到的，只是要更多地花点时间罢了。

“我请你去泡个澡？”朱三说。

“好。”老张很高兴。他知道朱三泡澡的意思。泡澡不是泡澡，泡澡里的内容多。谁还把泡澡当成单纯的泡澡，谁是傻子。而且朱三泡澡，门路广，他熟悉哪里来了新姑娘。所有的下三滥的场所，他熟悉得就像是熟悉自己的宿舍。越是肮脏的地方，关系就越简单，越快乐。

借着酒劲，两人勾肩搭背，深一脚浅一脚地往路边的一条小巷深处走去……

4

有时候郎宇光还是会偶尔想起林岚。

他觉得她的离开还是冲动了。当然，女人都是情绪化的。他相信她离开后，肯定会找到一份不错的工作。她的能力，他是毫不怀疑的。她为什么一定要和他结合呢？其实他自己最清楚不过了，他不是她最适合的对象。他们一起做事情可以，但一起生活是不行的。所以他过去才主动帮她进行撮合，介绍别的离异的男人。他觉得那些男人的条件都还可以，其中有一位是银行里的中层管理人员，支行的主任，离异，有一个七岁的男孩。还有一位是大学老师，老婆车祸去世了。但她都拒绝了。他真的不以为她会离开，只是一时的性起。她过去在背地里说过好多次她要离开的话，可从没真正发生。

他会想起他们过去的那些事。一旦她离开了，仿佛过去的缺点都消失了。是的，她比他听说过的一些女人要好得多。通常情况下，她肯定要从他这里要走一笔经济补偿才会离开，可是她真的不是这样的人。她不是一个很爱钱的女人。她精神上更独立，骨子里蛮强势的。这样一想，他就觉得自己还是欠了她的。她过去所有在场面上的八面玲珑都是为了他，而装出来的。

郎宇光想给她打电话，问问她的情况。可是，想了好几次还是放弃了。11 位的号码数，能在摁到最后一位时，停住了，又把前面的数字删除。他有一次到底没忍住，问汤小兰知不知道林岚的情况。汤小兰说她也没联系上，因为打她的电话总是提示关机。他有点不太相信，一天下午在办公室悄悄地拨打了一下，居然通了。响了三下，他又把它挂了。他有点恼火，感觉好像是汤小兰在耍他。她居然也会撒谎了？也敢撒谎了？这是要成精吗？他想。他很想在第二天就责问她，可是他很快就把这事忘得一干二净。

半年多后的一个晚上，郎宇光陪着几个朋友去酒仙桥那边的一个酒巴里玩，意外地在一个敞着门的包间里看到了林岚。是的，她仿佛一点也没变，就像是昨天他们才见过一样，还是那个样子。不，发型变了，烫了，好像更适合她的脸型，变得更妩媚了一些。看上去她的情绪不错，精神很好，说不定她又到别的公司就职了，他想。那个包间里全是年轻人，有男有女，热闹得很，桌子上摆满了大大小小的啤酒瓶，还有瓜子什么的。那群人里只有一个男人，看上去比她的年龄要大些，他无法识别他的身份。林岚的目光一下也和他碰上了，显然是吃了一惊。他停住了脚步。她就走了出来。

“来玩？”

“来玩。”

“好久不见。”

“好久不见。”

“你好吗？”

“挺好的。”

“打过你的电话，总也打不通。”他说，“尝试了好多次，不是提示关机，就是说不在服务区。”

她笑了，摆出一副很抱歉的样子：“呵呵，那阵子我的手机丢了，买的新卡用，过了好一阵才又启用了旧卡。”

这个解释很合理，他想。那说明汤小兰也并没说假话，是可信的。汤小兰也谈上男朋友了，甚至是到了谈婚论嫁的地步了。他好像是见过那个小伙子一次，但不能肯定。听说他们是高中的同学，小伙子一直是坚定地追求她。这倒也是难得的，他想。当然，这也是值得的。他觉得汤小兰配那个小伙子，应该是绰绰有余的。

这姑娘其实还是很内敛的，也有主心骨，她知道自己的人生方向。

她是可惜的，他想。她居然发生了那样的事情，这就改变了她的人生。如果她顺利考进大学，也许她就会有另一种不同的生活。他在心里为她惋惜。可能正是基于这样的原因，他没有对她最终使出厉害手段。他其实一直是动摇的，有冲动。

可能是因为林岚离开了，所以他后来经常在酒店里过夜。有时做，有时不做。他不做也叫来，只是为了说说话，很有意思。他喜欢和她们聊天，听她们说家里的情况。她们大多数时候说的只是家人，却不愿意说自己。是的，不管她们做的是多么丢脸的事，她们心里却还是装着家人的。有一次他叫了两个姑娘上来，说好了包夜四千。结果他却和她们打了半宿的“斗地主”，几乎把他答应付给她们的钱全又赢了回来。他当时乐坏了，乐得在床上打滚。他笑得岔过气去，觉得太滑稽了。那一刻，他感觉比自己一下子挣了一千万还要高兴。他笑得那个开心啊，眼泪都笑出来了。那两个姑娘却一肚子的不高兴，她们前面一直是小赢的，可是在后来他上了一次卫生间后，他的手气简直就是有如神助。他的那种手气真的把她们激怒了，她们在最后一把时和他赌了一个大的，指望着来个惊天逆转，结果却是输得一文也不剩。

这是他最得意的一件事了，想起来他就乐不可支。但这事他只能在小范围里讲，不能公开。虽然事实上他在她们离开时，还是如数把钱付给了她们。有些事，永远也不能放到台面上来说，因为道德还是在一定程度上受人重视的。

“你现在做大了。”林岚说。

“没有啊，”他说，“还是老样子。你现在做什么了？”

她笑笑，捋了捋短发：“还没想好，现在瞎混。”

他当然不太相信她这样的话，他对她还是有所了解的。她不是一个低调的人。如果她低调，那她一定是故意地想掩饰什么。

“要不……回来吧……”他犹豫着，但还是说了。他知道他不应该这样说。他知道她一定是会拒绝的。可是，他忍不住不说。他觉得说出来更像是一种责任。

“不不不。”她笑了，谢绝了。

“你……结婚了吗？”她问。

“没有。”他说。他说得很坦然。这也是证明他没有和她走到一起并不是嫌她不好，他只是对婚姻没兴趣了。有一次在一个企业家的联谊会上，他居然和另一个离异的女企业家聚在了一起。他那天晚上喝得是有点多了，半夜醒来，他穿上衣服提上鞋子，出了门。在电梯间里，他看到了自己的样子，感觉自己真的很脏。那是一个有钱女人，应该比他有钱得多。年轻时的她一定也是风姿绰约，美丽动人。他知道像她这个年纪的女人，是会去找小白脸的。他过去经常理发的一个小伙子就曾经被一个富婆看上了，放弃了理发，一身的名牌衣服，名表也戴上了，开了车，甚至还买了房子。他不明白她为什么要和他做这样的事，而且自己居然也糊涂了。

像是为了惩罚自己，他走出酒店的时候没有要车。那个时候也没有车了。他看了手腕上的表，显示是三点二十。他决定徒步走回公司。他真的走了，把身后的灯火抛得越来越远。他看到了周围的黑暗越来越浓。他看到了天上的星星，就像小时候看到的一样密。空气也清新啊，那个时候的空气，应该是城市里最干净的时候。他一边走一边大口地呼吸。大道是笔直的，一个人都没有，也没车。

他感觉自己就像一只夜游的动物。

天地之间，就只有他一个。

他瞬间喜欢上了这样的感觉。

他决定在天亮前，走回到公司。

5

郎宇光想要实现自己的计划，就要保证自己有旺盛的精力。要有好的精力，就必须要把身体弄好。

是的，他想他要从床上运动中摆脱出来，去做真正意义上的体育运动。他在公司里有了一个提议，周末去爬山，没有特殊情况的，必须参加。而且，每个员工还可以带上家属，甚至是男女朋友。汤小兰觉得郎总这话，像是专门对她讲的。她倒是想让他在公司里出现一下，他也蛮高兴的，满口地答应了。他是个热闹的人，也喜欢表现自己。进单位后工作了这段日子，他变得自信了。

汤小兰是真心希望刘晓阳能参加呢。无论如何，他在公司里露一下面，总是好的。说是她的虚荣也好，单纯地为了他能来和大家聚会一次，有利于她在公司里的人际关系也好，总之她是希望他出现的。结果他临时有事，又没能来。她的心里有点失落，但当她和大家一起聚到那个金寺山的山脚时，心情还是开朗了起来。公司来了不少人，甚至是别的什么子公司的人都来了，有男有女，个个都穿上了运动装，精神焕发。郎宇光这样搞，还真是第一次。他想到自己过去身体太虚，应该加强锻炼。大家都夸他这个主意好，而且建议他多搞。除了陈总出差了，王总和辛总把家属都动员来了。参加了有好处，不仅可以报销全套的运动装的费用，还能在结束后有聚餐。

金寺山名气大。

汤小兰还是第一次来。她知道周美爱都来过两三次了，说是来烧香。她不知道她这样的人来拜佛，求的是什么。她越来越强烈地感到，周美爱和她哥哥分手只是早晚的事了。她内心里很挣扎。这样的女人肯定是不好的，越来越不像样子了。虽然她没有亲眼见到她做了什么太出格的事，可是她能想象得到的，绝不可能有好事。如果他们有一天离婚了，她不会奇怪的，也不觉得惋惜。问题是她只怕父母受不了，还有担心哥哥以后的选择。

来金寺山的人真多，不仅有外地的，本市的也有不少。这山里有个寺庙，就叫金寺，香火很旺。很多人都说这个庙的菩萨是很灵验的，她也一直想来。她想要和刘晓阳一起来，祈愿他们将来的婚姻美满幸福。他最近提出来找个机会回去一趟，大概是想让她在他父母面前亮相的。自然，他也想让她的父母看一下。无论如何，他们结婚一定是要回到老家操办一场的。她觉得他想得有点急了，最好的机会当然是在春节期间回去。她最盼望的是他单位的房子能早点盖好，如果能分到一小套，哪怕五十个平方米也好啊，那样他们就可以成家了。

她和大家一起往山上走，她发现小李一直在打电话。她现在对他有点不满，但她装在心里。她想如果不是他，或许周美爱就不会是现在这样子。至少她觉得他不应该把朱三介绍给周美爱，而就算是周美爱要赖着朱三，他也应该劝阻朱三不要理她。再进一步说，朱三和周美爱也鬼混过了，也该散场了，干嘛又给她介绍工作到另一个男人那里？她感觉那个男人更不会是好人，只是表面上比朱三好一点罢了。

周美爱会越陷越深的，她想。

在人来人往的山路上，汤小兰看到远远走来两个年轻的姑娘，身姿轻盈，蹦蹦跳跳的。从身高上判断，她们应该是高中生，在读或毕业不久。她心里生出一些羡慕。山路弯曲，及至走近了，却是两个面容端庄的尼姑。当她们擦肩而过时，其中的一人对着她颔首而笑。在她微笑的那一瞬间，汤小兰觉得其中的一个竟然和自己是那样的相像。她心里一惊。她知道自己并没有别的姐妹。天下如此之大，也不应该会有完全相同的两片树叶，更别说是人了。她回头去张望，发现她已经消失在一大片的树木背后，不见了踪影。

就在大家走到庙前，七嘴八舌要准备进香时，汤小兰的手机响起来。她看到是一个陌生的号码，犹豫着要不要接。她不知道会有谁打给她。现在做广告的骚扰电话太多了。她犹豫一下，摁了，听到的是一个男人的声音。

“小汤？”她听到那个声音在问。

她一下就反应过来了，是杜区长。这太让她意外了，她有点激动。她真的想不到他会给她打电话。他在电话里告诉她，他向有关部门咨询了她这个情况，事情比较棘手。

“但是，可以通过其他方法，考一个同等的学历。”他说，“有了一个学历，以后还是有用。”

他在电话里安慰她，说这种事不要急。事情复杂了，急了也没用。他说以他的经验来说，当发现一条路走不通时，可以尝试走另一条路。事实上走哪一条路不重要，重要的是抵达目的地就行。

“不要急，再等等，再看看还有别的什么方法。先做好自己的工作，”他说，“机会总会有的。”

汤小兰不太明白他话里的意思，但她能感觉到，他是想帮她的，这让她的心里很温暖。她知道所以能这样，当然是因为周国运的关系，是看在程蕊蕊的面子上。杜怀民这样的干部在平时她是不可能接触到的，怎么可能会关心她的事呢？再说，她的事和他一点关系也没有。他是可以不打这个电话来安慰她的，她想。

“和谁说话呢？”当他们最后纷纷爬到山顶之上，俯视着大半个灰蒙蒙的城市时，郎宇光问她。当他听了她的回答后，并没有显出多少惊讶。他仿佛就像把这事当成爬山一样的平常。

“你看哪天能不能请杜区长吃饭。”他后来说，“请他来视察一下我们企业的情况啊。”

汤小兰红了脸。这事有点难，她觉得她不一定能完成。

第三章

1

几百里地外的村子，是一片烟雨朦胧的。

汤立德那天早晨站在自家的门口看着远处有点发怔。远处仿佛已经下雨了，空气里充满了湿漉漉的凉意。地里，庄稼都收割了，机器正在抽水灌溉，到处漫成白花花的一片。远处的水鸟都飞来了，在水田上空盘旋。它们在觅食，旱地被淹后，死掉的虫子们会在水里挣扎。新水田的气息有很重的土腥气，还夹杂着一些植物被刈后的味道，会传得很远很远。到了夜晚，这样的气味更重，弥漫在整个村子里。夜晚村子里格外地安静，静得能听到鸡窝里鸡们的骚动。曹淑英最近是睡得安稳了，前一阵子一直喊着头疼。

她是过去年轻时坐月子落下的毛病，到老了却越发地严重了。

鸡们在场上突然地疯跑起来，不知道在追逐什么。他们一直想到城里去看看，看看女儿，顺便看看媳妇。他们其实是忧心忡忡，对媳妇是不太放心的，嘴上却又说不出来。他们知道村子里一定是悄悄有一些说法的。儿子还是在外面打工，老样子。如果儿子媳妇有了孩子就好了，他们可以帮着带孩子。是的，像村里所有这个年纪的人一样，他们渴望有一个孙子。有了第三代，他们的人生才算是圆满了。

远处传来了轰隆隆的声音。

那是雷声，他想。他眺望远处，看到天空里的黑云越聚越低沉，只露出天边处的一线灰白。那尚泛着白亮的天边处，他知道是很远的远方，或许就是女儿工作的城市。他听女儿说过，城市里不怕下雨，只是上下班路上不太方便罢了。而且，雨水有利于空气的洁净。怪不得人们喜欢到城里去，他想。下雨既不影响收成，也不耽误收入。农民却是完全被老天左右的。

他想出去，出远门，去找儿子。他的心里藏着事，不想对曹淑英说。他怕她会受不了。他是很犹豫的。就在前一天的下午他接到一个不好的消息，说汤爱军在工地上受伤了。“伤哪儿了？怎么样了？”当时他听得就傻了，都不知道要问些什么了。但电话那头的人告诉他，情况还好，没有生命危险。人已经在医院了，至于今后会不会残废，那可不好讲。

“我想去看看爱军。”想了半天，他回屋对着正在灶台上忙着做早饭的曹淑英说。

她略略显得有点吃惊。

“我们去看看。”他说。

“为什么？”她问。她感觉明显有些不对。这一大早的，而且外面的天气很不好，他怎么会有这样的提议呢？太反常了，不合情理嘛。

“不为什么。”他说，“去看看吧，他也好久没回来了。”

“那你打个电话问问吧。”她说。

她觉得他要是在隐瞒什么，那她这样说就会容易让他的想法“短路”，她不想他瞒着她什么。她必须要知道，他为什么会有这样的想法。是出事了？

“他现在这样子不愿意回来，你又不是不知道。”他说。他觉得这样的说法是有说服力的，而且他们的确在心里很清楚，汤爱军现在不太肯回村里。自己在工地上做着最苦最累的工作，而女人却在大城市里做着逍遥自在的事情，自尊扫地。周美爱是个大嘴巴，她几乎告诉了每一个能联系上的人，说她现在在城里混得相当的风光，有吃有喝的，还有钱挣。村里人都有点不太相信，但看到她拍回来的那些照片，都很确定她混得真是不错，感觉她混得远比汤小兰好得多。读书真的没用了，他们想。他们想到的当然不是汤小兰，而是村里村外这两三年里考到外面读书的人，工作都不太好找。

现在外出更好走了，因为从他们这里一直到县城都是宽阔的柏油马路，和城里的一样。一直就有一种说法，这路修得这么好，是为了邻村那个在北京当了大官的人回来祭祖扫墓方便。虽然他很少回来，但家里的老屋都翻修过了，而且祖墓也修得好看，墓碑都是用汉白玉那样的石头雕刻出来的。他的侄子们在外地做着生意，也是托着他的福，越做越大了。村里都是羡慕的。可是，又是羡慕不来的。宽阔的大路，进一步刺激着村里人向外的步伐。

“去看看他，也顺便去看看小兰。”他说。

曹淑英听出他话里有潜台词，此行仿佛有要撮合儿子和儿媳关系的意思。是的，他们长期这样下去不是个办法。其实，他们现在已经能预见到将来了。儿子是不可能进城的，而周美爱肯定也不会离开。他们这样做，或许只是做一点最后的挣扎。挣扎无效，他们也多少获得一点安慰，因为他们尝试过了，努力过了……

“那……”她停下了手里的舀水动作，“你说，今天去吗？”

“去。”他说。

屋外突然响起一个炸雷，把他俩都下了一跳。随即他们听到了由远及近的如潮水一样的声音，迅猛地涌来……

暴雨轰鸣。

2

市里的建筑一幢比一幢高，高度不断地被刷新。

城市就像一个魔方，不断地变幻着它的色彩。或者说它像一个变形金刚，不断地变换它的形象。所有财富源源不断地往城市里涌，集中，又像变魔术一样，创造出更多的财富。偶尔它也会产生一些小黑洞，吞噬着财富，但这财富却又在别的地方显现出来。且越显示它的财富效应，钱就流入得越快。钱流入得越快，城市的物理变化就越大。城市的变化越大，吸引的人越多。它像一个核反应堆，能量巨大。

这样的快速发展，当然也带来了许多问题，就像垃圾的处理就成了大问题。市里要建一个垃圾处理厂，而偏偏就规划在靠江滩的那个位置。这是一件好事，也是一件大事，杜怀民提醒自己必须要谨慎对待。所以要谨慎，是因为他知道处理不好就会有麻烦。科学认证是一回事，但民意又是另外一回事。这些年，官方意志和民间的意愿发生了背离，社会矛盾越来越大。政府有心办好事，但老百姓却不相信。这样的事情外地有类似的，最后居然成了群体的恶性事件。他要找机会去看看老领导，再听听他的意见。这个他是不能抗拒的，但万一如果因为推进这事有了不好的事情发生，他需要一个人站出来帮他说话。没有人会帮他说话的，同僚们到时候不踩他就已经很好了。这一点，他对他们可不高估。但他又不能不做这事，因为担子就在他的肩上，卸不掉。他是一个喜欢做事的人，甚至是一个喜欢做大事的人。他喜欢做成大事的那种成功感，满足感。而越是成功，他说话就越管用，至少在区里他是一言九鼎。他喜欢什么事最后都汇总到了他的桌上，然后等待他一锤定音的感觉。

做的事大，责任也大。为了有些项目，他甚至有过几天几夜不合眼的纪录。他的苦干，虽然不能说是有口皆碑，但好评是不少的。有人说他工作起来是“拼命三郎”。这话不是别人说的，而是市委书记说的，可见这评价不是一般的高。他喜欢听到别人对他的夸赞。也可以说，他内心里有虚荣。那么卖命地工作，如果没有夸赞，那他还会有积极性吗？他喜欢忙，忙了就掩盖住了其余的欲求。但他这样难保有一天不出差错。而唯一能帮他说话的，也许就是老头了。

老头说话会很管用。

当然，他不希望用到老头。

他很小心。

汤小兰居然打电话请他吃饭，他心里吃了一惊，随即他在心里笑了。到底是年轻小姑娘，多冒失啊，全然不懂官场上的规矩。她怎么可以请他吃饭呢？这是不可以的。可是，也正因为她这样的冒失，让他心里又喜欢起来。年轻，冒失得有点可爱。因为她这样的年轻冒失，让他想起自己的年轻时光。

杜怀民想起自己年轻的时候，也做过许多的冒失事。他和她是一样的，都是从农村出来的，父母也都是农民，并不懂得城里的规则，也不懂得多少与人相处的诀窍。农民们相处要简单容易得多，没有太多的讲究。可是，城里是不一样的，人际关系要复杂得多，讲究得多。他和她有所不同的，也就是他读了大学，后来又进了机关，慢慢学习和积累了一些经验。她则不一样，接触的社会面不一样，他想。

但他是个不喜欢回想的人，或者说他不喜欢去回想过去的那些小过失。小过失就是人生白纸上洒下的小墨水点，随着时间的推移会自动淡去。在他眼里只有两种事，要么是大事，要么就是小事。小事的小过错当然是可以忽视的，因为它已经犯下了，回顾有什么意义呢？他喜欢向前看，做大事。用今天的大事去覆盖昨天的小事。可能也正是因为他秉持着“不乱于心，不困于情；不念过去，不畏将来”这样的理念，所以他算是在同学中相当出类拔萃的一位。同学中有做学问的，也有经商的，都做得相当好。在官场里，他的职务也不是最大的。但是，他肯定是名声最好的，是仕途上的一只“潜力股”。虽然已经是人到中年，但在别人眼里好像他的仕途好戏才开始不久。

正因为汤小兰这样的冒失可笑，他才觉得她又是可爱的。他是真心想帮她，不仅是因为周国运和程蕊蕊的关系。这一路走来，他其实是帮过不少人的忙的。所以，他的口碑才能这样的好。只要不是特别违反原则和纪律的事，他是愿意帮忙的。为什么不呢？这是一个人情社会啊，当官，也要讲人情。不讲人情，一定是走不远的。

他见过不少暗箱操作的事，比如有人把亲戚弄进了公务员队伍，有人把电视台里年轻漂亮的小姑娘弄进机关，甚至还给了级别。他有时候也装糊涂，睁一只眼闭一只眼。有时装糊涂是一种聪明。他的同僚每人都有自己的自留地，他要允许别人存有私心。适当的妥协是必须的。他们自己做下的事，自己负责。他想自己愿意帮助汤小兰，除了周国运的托请外，也是因为他喜欢她这样的姑娘。年轻、漂亮，又羞涩冒失，就像他过去村里的邻家妹妹。是的，这些年随着他的官越当越大，找他的人也越来越多，包括家乡来的。可是，家乡来的那些人，他不是不肯帮忙，而是他们托的那些事的确非常难办，他只能做到“无私”了。慢慢地，也就有一种声音说他是个有原则的人，连家乡里的人来找他都是不行的。

杜怀民往往一笑了之，他知道不是那么回事。他知道自己内心里还是有很柔软的地方的。大多数时候他是不易动感情的，意志坚定。他知道主政一方，有时候必须得铁石心肠，否则你就没法正常开展工作。汤小兰的遭遇打动了他，或许是因为自己也曾经无助过，也曾经处于一个“弱者”的位置。到底是年轻，难免天真。她说她找过那一个冒名顶替她的女孩，也找过律师。律师建议她去打官司。对这样的想法，他不置可否。她当然应该相信法律，他想，或许这也是唯一的办法。

他会帮她找到比较好的律师。他有朋友在律师协会里当秘书长，也有朋友在法院里。他会帮她打招呼。他打招呼的意思当然不是违反纪律，而只是希望她能得到公正的处理。他知道那个冒名顶替的女生背后一定有些资源，至少要比汤小兰家的背景要深厚广泛。汤小兰的父母只是普普通通的农民，他们甚至都意识不到需要拿起法律的武器来捍卫自己的权利。汤小兰如果不是因为认识了程蕊蕊和周国运，或许也不会有这样强的维权意识。生存环境决定意识，自己也是从农村出来的，深有体会。

汤小兰很漂亮。他第一次看到她时，心里就吃了一惊。他见过的漂亮女人不少，社会上的，机关里的。她的美和别的年轻姑娘的美，又有些不同。她的美是清新的，自然的，还带着那种好像是还没有学会刻意的懵懂的少女般的羞涩与天真，和她的年龄是不相符的。他尤其欣赏她的眼睛，那双眼睛真是亮啊，黑白分明，闪亮着，就像夏夜傍晚时分西边天空最亮的那颗星星。程蕊蕊对她是各种夸赞，无非是说她如何的与别的进城的姑娘不同，自然也不同于真正的城市女孩。但他觉得她的夸赞还不够。男人和女人在判断异性时，有时的关注点不一样。

曹雪芹说女人是水做的骨肉，或许她真的是，他想。他看到她的肤色真好，雪白的皮肤非常地细嫩，笑起来腮边还会飞起微红。她进城也有些日子了，可是本色却还在，骨子里清纯得很。要慎重，要慎重，他在心里对自己说。帮忙是帮忙，但也要掌握好一个尺度。他见过许多美丽的女人，有演艺界的女明星，也有机关里的女干部，还有就是普通的社会阶层里的。有些漂亮女人很主动地接近他，都是有事相求的。有时候他是躲闪的，因为他知道自己并不是一个铁石心肠的人。他想到基辛格说过的一句话，“权力是最好的春药”，真是有道理。这话他记得牢，但他从来不会公开说。有些道理可以在台上说，有些道理却只能在台下说，还有一些道理是任何时候都不能说。前两样做到不难，难的是最后一条，“任何时候，台上台下都不能说”。

做到最后一点，那就是修炼成精了，他想。许老似乎都不能做到。当然，也许他那是有意为之。有些人要为自己寻找到历史定位，所以，才会在最后都要说话。那是另一回事，当作他论。许老是另一个层次的人，如果说他不是处于权力的最顶峰，也是经历过最顶峰的惊涛骇浪的。他的个人经历和国家的命运是相关的。而绝大部分人只是随波逐流，包括他自己。在别人眼里，他已经是个相当不错的官，可他自己知道，“高处不胜寒”，他却连高处的大门还没摸到呢。在权力的道路上，他只是一个走了一小截路的旅行者。

权力的旅行者。

或者说，是登山者。登山者更为形象？在相同的单位时间内，有人爬得高，有人爬得更高……还有人跌落下去……

汤小兰心里堵得慌，她不知道这事情如何处置。她所能做的，或许只能是起诉那个其实是姓赵的女生。但郎宇光却建议她不要这样做：“那是一个很漫长的过程，而且对方肯定会想方设法一直拖下去，你就把你后面所有的时间全搭进去，也未必有一个好结果。”

他说的这是完全可能的，她想。

“你一个小姑娘和她谈，她当然不怕。”他说。

她恨透了那个女生，是的，恨透了。她在心里诅咒她，把最最恶毒的话都说了。她从来也没像现在这样恨过一个人。她多少次在梦里和她厮打。可是，在梦里她总不是那个其实是姓赵的女生的对手。好多次她都哭醒了。醒来后她就睡不着，她变得焦虑而沮丧。她能怎么办？

郎宇光努力地安抚着汤小兰，他既要在表面上支持她主张自己的权益，但事实上又并不希望她涉入太深。他有他的利益考量。他需要她好好地待在自己的公司里。如果她真的像她希望的那样能通过权益主张，回到学校读书，那他过去花在她身上的心血岂不是白费了？事实上她也不可能会有什么追索的结果，他想。就算她放弃现在的工作全力去讨要说法，只要对方不配合，不承认，她就很难去发掘到真相。她不是电影里的那个“秋菊”。他以自己的经验告诉她，这事太难了，难得超过所有人的想象。他过去经历了太多的事，比她的遭遇更加委屈，他能怎么样？

“我来找人帮你想想办法，看看能不能解决好。”他说。

“这事急不得。”他说，“我一个朋友能量大，在那个市有关系，我托他看看。”

汤小兰相信郎宇光的热心，也相信他一定有比自己更多的办法。她和刘晓阳对于这件事都没想出更好的解决办法。他们也去咨询过律师，可是律师需要他们交一笔不菲的金额，然后也并不能保障说可以让她重新入学。

“我不要别的什么赔偿，我只希望我能再去上学。”汤小兰说。

“除了打官司，还能怎么办？”程蕊蕊问。她知道，维权是一个漫长的过程。这方面她是有过体会的，而且性质和她的还不一样。是非是清楚的。官司的结果也许会得到一个公正的结果，可是，也就是一个公正的结果而已。她还年轻，她面临许多问题，有许多的事情要做，她要把自己所有的时间都耗在这件事情上吗？而且，她知道汤小兰的骨子里其实还是一个温情的小姑娘，不可能去耍横使泼来维护自己的主张。而且，汤小兰会深深地陷进这个维权的进程里，会痛苦，会受挫折。每一次小挫折都会增加她的痛苦。当经历的小挫折的次数变多了，她的痛苦也就会被几何级数地放大。

程蕊蕊喜欢汤小兰，却觉得没法帮她。她觉得只有向周国运说，看他能不能向杜怀民说说，有什么别的更好的办法。有能力解决这问题的，其实只有杜怀民了。然而，这也太为难了。

她知道分寸的。

那个汤小兰失踪了。

汤小兰给那另一个汤小兰打电话，手机里一直提示是关机。她一次次地打，一次次地提示是关机状态，再后来她打过去提示的则是空号。

郎总后来打听到的消息是没有这个人。是的，很确切的回复是他的朋友没有查到这个人。辛总也帮忙，甚至是找了公安的朋友查了，说没有查到。这个人像是消失了，无影无踪。难道这事是她虚构想象出来的？郎宇光说得很肯定，说他的朋友真的很努力地查了，没有查到这个人。

汤小兰感觉自己的内心垮了，支撑不住了，仿佛要生病了。下班回去的时候，坐在公交车上整个人轻飘飘的，四肢无力。她感觉不到坐椅的存在，甚至都感觉不到自己身体的存在，只有思绪乱糟糟的，在车厢里飘荡……公交车到了终点站，驾驶员发现她还瘫在座位上，脸色苍白，病怏怏的样子，吃了一惊。驾驶员是个中年男人，还是公司的先进工作者，赶紧问她是不是生病了，要不要送她到医院去。汤小兰这才反应过来，慌慌张张地下了车。

她请了假，自己一个人在出租屋里睡了两天。她觉得她真的是太不幸了，怎么会遇上这样的事呢。程蕊蕊打电话本来想约她哪天逛街的，结果听出了她声音不对，就问她是怎么了，她没能控制好情绪，哭了。

杜怀民也想帮她，但他知道自己的身份不宜过分介入。他所能做的就是在自己的权力范围内，可以解决她的一些实际困难。她年轻、漂亮，他愿意去帮她。他是一个男人，自然就有男人的共同缺点。他希望自己能帮到她，然后听到她的感谢与夸赞，他内心里就会有小小一点得意与满足。人是一个奇怪的动物，他明明已经得到了那么多的好评了，为什么还要介意她那么一小点点的夸赞与感谢呢？他自己也回答不出来。

他想他可以帮她的最直接的办法，就是可以把汤小兰的户口迁进城里。当然，这是需要技巧的。区里推行过一项政策，就是只要在区县买房的，都能落户。这种户口其实非驴非马，当初是为了鼓励外来人口买房而采取的一种临时措施，和真正的城市户口并不等同。但事情总是变化的，谁也说不准将来会怎样。将来或许就能变成真正的城里人，有时候真得要用发展的眼光去看未来。

他知道她还在读学历。虽然不能和正式的文凭相比，但对于她来说也算是一种安慰。而且有了文凭，她的前途就可能会产生一些变数，比如说，参加一些事业单位的招聘。当然，杜怀民没有对别人说。这种事，现在也就是想想而已，得有合适的机会。有合适的机会，才有可能帮助她。他觉得在没有操作好之前没有必要告诉她，也没必要对周国运和程蕊蕊讲。

这算是以权谋私吗？不，她只是得到她应得的，他想。事业单位的招考现在的条件是比较宽松的，尤其是区县这一级的，这给她的考取提供了很好的通道。一个年轻的女孩子进入一个事业单位，要比在她现在的那个企业好，尤其是房地产企业。他知道房地产企业里的名堂多，不适合年轻漂亮的女孩子。那是一个吸金窟，也是一个大染缸。

他要把她拉出来。

杜区长那天算是“暗访”，因为他没有带多少随行人员，只带了自己的秘书。那天已经是下午两点多钟了，他对小阎说：“走，我们去新区看看吧。”小阎说：“好的，那我去叫小黄。”小黄是杜怀民的司机。“别叫，你是骑自行车的吧？你去下面再找一辆，我们骑车去。”小阎有点意外，但脸上却什么也没表示，立即就转身去办了。

小阎年轻，白面书生。他才刚跟他不久，是重点大学中文系的研究生。其实杜怀民本来是想要找个学经济的，或者是学金融的，但结果推荐来的却全是学中文的。他无奈之下选了小阎。用了这两三年时间，他感觉还不错，小伙子内敛、沉稳，还有些姑娘家的羞涩。现在的年轻姑娘都不知道羞涩了。所以，他的羞涩就是小缺点了。

难得那样的轻松，他们一路骑一路看。看着新区里的面貌，真的是有自豪感的。杜怀民出访过好多个国家，感觉就是自己的国家这些年发展得最快。一切都是崭新的，充满了朝气。小阎是不明白的，只是跟随着杜怀民到处看。杜怀民不急，骑骑停停。对他而言，这也是难得的体验，很轻松。他的心里装着一件事，却不可以示人，那就是汤小兰说请他吃饭的事。他当然是明白的，汤小兰自然会通过周国运请的，这事还是她的老总的主张。

他是很注意和一些企业老总打交道的。应该说，政府的工作就是为园区里所有的企业提供服务的，所有的企业老总都是他的客人。他们为这个园区创造税收。但是，他又不能和他们走得太近。要是他愿意，身后会排一长串的等待着要请他吃饭的老板。但汤小兰所在的公司请他，而且汤小兰在电话里近乎是求他了，他当时是笑着拒绝了。可是，他却在心里记下了。他有点担心她会不会因此受到老板的责怪和刁难。

杜怀民和小阎两人参观了一些企业，大多数都不做惊动的。小阎只是告诉参观的企业，他们是区政府的，随便来看看。也有个别企业的负责人被惊动了，赶紧就迎出来，然后还要求他做指示。他笑着推辞了，也就是随便问问企业的经营情况，尤其是有没有困难以及哪一些需要政府来解决或协调的。跑了几个企业，他心里还是很高兴的。看上去和听上去，园区的企业都还是相当不错的，有的企业产值和利润可能达到历史最好水平。总体来看，传统的产业还是不景气，必须得是新兴的科技产业。他在想着前一阵一直洽谈的一个机器人的生产企业，还是要想法引进来。机器人代表着一种方向，未来必定是前途无量的。

参观了几个大企业，然后他就来到了汤小兰的公司。他心里清楚，这个公司肯定是用了一点小手段才能进入园区享受优惠的税收服务的。科技公司只是公司的一小部分，实质上是一家房地产公司。当然，好的房地产企业也是政府需要的。这些年政府的财政收入很大一部分就是来自土地，而土地买家自然是房地产企业。

郎宇光见到杜怀民的时候吃了一惊。他完全没有想到他会在那样的一个时候来，完全没打招呼。杜怀民没有看到汤小兰，他也不便问。他和小阎坐到郎宇光的办公室里，听郎介绍企业的情况，在郎宇光和另外几个副总的陪同下，又特地到处看了看。

“杜区长在这里吃饭好不好？”郎宇光很恭敬地问。

杜怀民笑着说：“不了，还有事。”

“简单的，”郎宇光更加小心地说，“就简单的。”

“您来一次不容易。”郎宇光说，“已经这样晚了，晚饭总是要吃的。”

另外的几个副总也一起挽留。

“我们有食堂。”郎宇光再一次说。

杜怀民看了一下小阎。

“那就工作餐吧，看看他们的食堂。”小阎说。

3

那年冬天很冷，到了年底了，下了一场又一场的大雪。汤小兰和刘晓阳两人结伴，回了老家。他们的关系已经明确了，得到了双方父母的认可。汤小兰的父母那次来城里最大的收获也就是看到了女婿，算是在哀愁中获得了一些安慰。

刘晓阳表现好，鞍前马后的，带他们在城里到处逛，还请他们到翠香阁吃了一顿好的。那一顿就花了好几百块钱，很是奢侈。他们俩在热恋中也没这样奢侈过。他到事业单位上班的那一天，他也是请她的。他说要上饭店，但她却坚决不同意，两人只是到西餐厅，点了两份简餐。他点了一份牛排，她要了一份通心粉。尽管不算铺张，但她已经非常开心了。也正因为她处处为他着想，节俭，他也是越发地认同她。

汤小兰的父母从来也没进过那么高级的饭店，后来听说那桌菜居然要好几百块钱，真的有点心疼，一个劲地埋怨不应该那样讲究。“自家人，自家人，”老汤说，“唉，花这么多干什么。简单地吃碗面条就好了，这些菜好吃，可我们吃过也就吃过了，白糟蹋了钱。”“孩子有心，请都请了，吃也吃了，你倒说这种不着调的话。”曹淑英小声地埋怨他。老汤就有点愧疚，不说了。这一趟城市之行，他彻底地觉得他自己不再是过去的自己了。是的，过去他总以为自己是一家之主，能撑起一个家，孩子们得听他的。而现在，他意识到自己其实就是一个完全没见过世面的农民。除了懂得家前屋后的那一亩三分地，对外面的世界完全不懂。以后的一切都得听孩子们的，尤其是女儿和这个准女婿。他们以后，都要依靠年轻的，他想。

对刘晓阳，他们满意得很。刘晓阳在机关里，而且还能分到房子。关键他们又是高中时的同学，这些年一直在谈着。太般配了，汤立德觉得这女婿看上去真的特别地顺眼。读书和不读书还是大不一样的，他想，要是儿子汤爱军也愿意读书，像汤小兰这样，那他也不会是现在这样的下场。他是第一次如此真切地感受到读书的好处。

汤爱军从脚手架上摔了下来，把腿摔断了。真是万幸，性命保住了。本来他是负责捆扎钢筋的，结果那天到脚手架上去取工具箱，一脚踏空。医生说他还需要在医院里躺一个月，然后才能考虑出院休养。汤立德和曹淑英见到了建筑公司的一个负责人，对方答应支付全部的医疗费用。至于赔偿，对方却不愿意承担。“我们这样已经很好了，再说，这是他自己的责任，”那个负责人说得理直气壮的，“他自己不注意安全，我们不追究他的误工责任就不错了。”老汤听得不知道说什么好，一时拿不出有力的理由来反驳他。曹淑英是完全没有想到会发生这样的事，只是在一边失魂落魄般地哭泣。

那天杜怀民到汤小兰的公司视察，没能见到她，正是因为汤小兰赶到外地医院里去探视受伤的哥哥。她接到父亲关于汤爱军出事的电话时，心一直在颤抖，就像是光着身子站在冰冷的雪地里一样。她打了好几个电话给周美爱，周美爱却一直不接。直到她坐上长途汽车行驶到半途上，才接到她的回电。她说她是出门办事了，没听见手机响。汤小兰真是强忍着怒火，如果不是眼睛里还汪着泪水，她觉得真的要冒出火星来。她告诉她，说哥哥受伤了，从很高的脚手架上摔了下来。

“要紧吗？”周美爱问。

汤小兰在她的声音里可一点也没有感到她有一丝的紧张。

“不要紧。”她也用很肯定的语气说，“没有生命危险。”

“那就好，那就好，”周美爱在电话的那一边说，“我这边走不开呢。你先去看看情况吧，如果有什么情况你再打电话给我。”

汤小兰没有和她说“再会”就掐断了电话。掐断电话后，她的眼泪就像断了线的珠子一样地往下掉。她努力控制着自己的情绪，更不想让别人看到她在哭。但她的悲伤怎么能瞒得住呢？冬天的阳光虽然一点也不温暖，可是它却是明晃晃地照在人的身上，也把她悲伤的面容反映在车窗玻璃上。两行清泪，在车子的高速行驶中随着路边的树木飞快掠过如星星一般地闪烁。

“小兰很厉害。”这是汤立德两口子回到村里经常说到的一句话。

汤小兰也许是因为自己的问题咨询过律师，所以她更愿意相信依靠法律来解决问题。她在赶到医院看过了哥哥后，直接就找到了他打工的那个建筑公司，找到了那个头头。她说她会请最好的律师，来主张哥哥的权益。

“我们不是要讹你，但该你们公司承担的责任怎么能不承担呢？”她说，“实话说，我自己也是在这一行里工作的。我们公司也有外聘的法律顾问，打过好多次这样的官司，对相关的法律还是非常清楚的。”

那个负责人装成漫不经心的样子，但事实上却一直在听她的话，而且每一句都听进心里去了，非常真切。他坐在宽大的老板桌的后面，身子半靠在黑色的真皮老板椅里，盯着眼前这个年轻漂亮的姑娘，手里不停地转动着一支圆珠笔。他的手指灵巧，那支笔不停地翻着筋斗。可是，他的脑筋转得比手里的笔还要快上一百倍。他不说话，只是听。他喜欢看着她漂亮的样子，喜欢听她滔滔不绝地讲。他在捕捉她话里的破绽。他想，她总会露出破绽的。他接触过的人多了去了，数也数不清。通常情况下，他听人讲话几分钟就能在心里知道个深浅。

可是这个姑娘显然是个厉害角色，他想。他想不到她的口才那样好，思路清晰。而且，她说得入情入理，又语气坚定。她仿佛对劳动法一类的法律知识是相当了解的，或许她从事的工作真的和劳资方面有关。他干咳了两声，然后换了一个方式，用圆珠笔在桌上轻轻地敲打。他多么的老到呢，敲击得时疾时缓，时沉时轻……

她不说了，他也不再敲了。他看出来了，她是真懂。

“好的，赔偿是可以有的，”他说，“你也懂的，其实就是一个‘度’的问题。”

她点头，能理解。

“对他的受伤，我们也是不希望的。谁也不希望自己的工人出事。你说对吧？我们平时的安全教育抓得很紧，措施也是到位的。

我们做了这么多年，基本没有什么工人受过伤。”他像是很自豪的样子。

“他伤得不重，”他说，“我们尽最大的诚意，但是，你们也要适度，对不对？”

“好。”汤小兰对他这样的爽快，倒真是意外的。

一切都谈妥了，赔偿款第三天就送到了老汤的手上。汤小兰回城时，那个老总还递给她一张名片，握着她的手说：“没事的，放心吧，等他伤好了，还可以回到工地上。到时我给他找个轻松点儿的活儿。”汤小兰笑笑，说了声“谢谢”。

周美爱到底也没有去看汤爱军，她只是打了电话问了伤势，然后就问工地上赔了多少钱。“就赔五万块钱，”汤小兰说，“付了医院的医药费、住院费，再加点营养，还能够干什么？”“不赔钱，我带人去讨。我有朋友的，不信他们不拿钱出来。”她在电话那头说。汤小兰冷笑了一下：“他们来几个？这里的工地上全是人家的人，几百号民工，个个手里拿着大铁棒。他们来了，还能回得去吗？”

“惹下的事，要能收得了场啊。”汤小兰说，“光靠打架能解决问题，也得看是对谁啊。”

周美爱没了声。其实她也就是嘴上说说罢了，以示自己对男人是关心的，知道讨要赔偿。朱三爱打架，也能摆平一些事情，却未必愿意为她的男人去讨要。讨来一万，他得分去五千，这对于她来说是没法交代的事情。而且她知道现在汤小兰对她是有了看法的，既然没有了赔偿，她就越发地不愿意去看望了。

大雪飘飘，满天满地都是雪啊。一片雪白。雪天雪地里，空气都是新鲜的。呼吸进去，虽然心里凉着，但感觉舒畅。

哥哥带着弟弟在门口放了一串很长的鞭炮，炸得村里震天响。他挺高兴的，因为妹妹带着妹夫回来了。他打心眼里佩服妹妹，妹妹是他的骄傲。他的腿脚还是有点儿不灵活，但基本无大碍了。也许再休养半年，就又能出去干活了。他在心里已经对周美爱不抱希望了。他们在电话里除了争吵，还是争吵。他是整明白了，这个女人已经不可能再成为他的人了。既然不是，就当没这个女人好了。妹夫的到来，冲淡了他心里原来的压抑。

邻居们听说了，也都纷纷拥来瞧瞧汤家的这个新女婿，个个夸赞不已。一看就是有文化的人，文质彬彬的，细高个，白净脸，鼻梁上架着一副近视眼镜。他们不久前也都知道了，汤小兰当年没能考上大学不是因为她成绩不好，而是被人顶替掉了。也又都知道如今她自己还在学习，不久就会有新文凭。他们羡慕她，觉得她这样的姑娘才是最好的。从开始在饭店里打工，到成了真正的白领，还是有文化好啊！

“汤小明你要好好地学习，将来和你姐姐一样。”邻居们说。

汤小兰看到弟弟有了羞涩。他早已经不是过去的那个调皮的讨厌鬼了，变了，变得少言寡语了。据说他的成绩还不错，是有希望考上大学的。他也长高了，瘦瘦的，鼻梁上架了一副近视眼镜。

他在心里羡慕他的姐姐。他喜欢这个姐姐，但他却羞于表达，说不出口。他要好好地学习，考上大学，说不定将来也能到城里去。

这是他的一个梦想！

一切像是梦。

汤小兰有时候真的不知道什么才是真实的。刘晓阳也托了老家的人打听另一个汤小兰的事，可是反馈回来的消息都是一片空白，没有查到任何实际的有价值的信息。这真像是她做了一场不真实的梦。但她知道是真的，是真实发生了的。她见过那个冒名者。可现在她变得无影无踪，就像风一样的消失了……

和那个冒名的汤小兰相比，自己还是太单纯了，她想。

汤小兰在内心里是真的非常感激杜怀民区长的。那次她处理了哥哥的事情后回到公司，才听说杜区长去过了，而且在公司里吃了饭。公司当然不可能在食堂里招待他，而是去了附近一个很高档的会所里。“杜区长好几次问起你啊。”郎宇光对汤小兰说。汤小兰是信的。而且她有种直觉，认为杜区长去视察还是因为她主动邀请的缘故。

“他怎么可能会问起你呢？”刘晓阳到底是在机关里工作，显然比她更谙熟官场里的规矩，“最多是随口问一句，你怎么没在。他肯在那里吃饭，已经是给你们郎总很大的面子了。他这人平时是很注意的，尤其是不久要换届了，他怎么可能随便接受企业的邀请呢。他的说话水平也是一流的，不会在你们郎总面前随便提你的。让他关照你是可能的，但一定不会在饭局上说的。”

汤小兰觉得他的说法真的很有道理。她曾经向程蕊蕊打听，怎么答谢他。程蕊蕊笑了一下，说：“你能怎么答谢他？不需要的。哪天方便，我让老周请他吃顿饭，你参加就行。这是小事，对他们来说这种事算个啥啊，傻妹妹。对他是举手之劳的事，你要郑重其事地答谢他，反倒是为难他了。”

程蕊蕊的话肯定是有道理的。

但有一天下午她还是又打电话给他了，向他表达了感谢。他正好在市里的一个宾馆开会，他说她晚上可以去看他。她蛮高兴的。她想不起来送点什么好，于是就买了一些水果，叫了出租车一直到了那个宾馆的楼下。她在大厅里等了好一会儿，才又接到他的电话。他告诉了她房间号。她坐了电梯，上了47楼，敲了敲房间门，开门的却是一个年轻人。她后来知道了，这个年轻人是他的秘书小阎。正在她有点惊讶的时候，她听到里面有个声音喊：“小汤吧？进来进来。”

那是一个套间，外面是办公的地方，里面是卧室。房间里的暖气真足，杜区长只穿了一件白衬衫坐在外面的桌子上像在写什么材料，头也没抬。直到她有点胆怯地在沙发上坐下，他才抬起头，笑着问她：“最近怎么样？”汤小兰笑着：“挺好的。”是的，一切都挺好的，她很知足。杜区长绝口不提去过她公司的事，只是问了她今后的打算。

“你还年轻，应该有更好的发展机会。现在的工作挺能锻炼人的，我听你们老板说你蛮能干的。”杜区长说得汤小兰都很不好意思了，有点局促不安，但他依然保持着始终如一的微笑，“我们都是在基层工作过的，尤其是年轻人。”——他转向了他的秘书小阎，“你看小阎，将来要是有机会也要到基层去工作一段时间才好。”——小阎站着，立即微笑着点头：“是的是的，很需要。”在汤小兰表示也同意他的说法后，他露出了满脸的笑容。他甚至还问了她家庭情况，问了她家乡的情况。他显然对她的家乡也是有点了解的：“我们老家相距不远的，你们那个县我去过，有一个乡好像是做脱水蔬菜特别有名，外销厉害。”汤小兰听得云里雾里，她真的一无所知。他怪她不应该买来水果，让她带回去，然后就示意他还要继续工作，让小阎一直把她送到了楼下。

汤小兰有点晕乎乎的，既感到了领导的亲切和温暖，又分明感到他的城府与距离。

“他这样的干部，真的很好了。”刘晓阳说。

是的，汤小兰想。

4

春节回来才上班不久，公司就组织了泰国游。汤小兰是第一次出国，满心地欢喜。她感觉自己从来都没像现在这样开心过，公司里的人都说，从没见她这样大笑过。她一路上说说笑笑，活泼极了，就像一只快乐的小鸟。

“最近你见到杜区长了吗？”在飞机上，郎总和汤小兰坐在一起，他这样问。

她笑笑：“没有。”

蓝天，白云。白云在飞机的下面，就像是飞机底下铺满了高低不平的棉花。雪白雪白的棉花，千姿百态，变化多端，看得她满心欢喜。她想她今后的生活或许就会是这样的幸福，像在天上一样的轻曼。她想起过去她们村子里的老人，要是形容一个人日子过得好就会说：“你这是上天啊。”现在，她真的就是在天上飞啊。

她感觉自己最近都长胖了。心情好，吃得多。她相信以后一切都会顺利起来的，是真正意义上的顺利。用老话讲，她是遇上贵人了，她想。是的，如果不是因为他们的帮忙，她是不可能有现在的状况的。甚至，她在心里对那个叫汤小兰的也不再那样仇恨了。世上还是好人多呢，包括像郎宇光这样的，更别说程蕊蕊和杜区长那样的人了。

“要多联系。”郎宇光对她说，“杜区长这人不错的，人很好。这样的关系不要断了。别人难得有这样的社会关系。你有了，可千万不能断了。”

“杜区长真是一个好人。”

“有机会你可别忘了在杜区长面前帮我们美言啊，说说好话。”郎宇光笑着说，“你可是我们公司的人。我们现在的项目难做，利润低。好的项目拿不到。你去帮我们争取，要是争取到了，我给你发大奖。”

汤小兰红了脸。她觉得郎宇光是逗她开心呢。她自然是不可能不帮着公司说话的，如果有机会的话。不管郎宇光过去对她做过些什么，她都不会记在心里的。因为他的那些举动，并不能算是伤害她。她经受的骚扰其实又不止一次了。上下班时坐公交车，有时也会遇上有些男人故意吃豆腐。关键后来他真的没有再做出格的举动，这样的男人倒真是很难得，她想。她不仅没有为他过去的行为感到讨厌，甚至是更多了一份敬重。

男人克制到这个份儿上，是一件不容易的事。她认真地打量过郎宇光，发现他真的和她熟悉的男人没有任何相同的地方。他的皮肤其实是比较粗的，尤其是鼻翼两侧，有许多细小的颗粒。他的胡须总是刮得很干净，于是皮肤下就呈现出一层淡青色。在颈下却有一根很长的毛发，看上去很怪异的。他却不刮掉，或许是有什么讲究？她知道一些有钱的老板是很迷信的，任何生意开张都要挑选吉时良辰，更别说买别墅是如何地讲究风水了，就是房子的号牌都有忌讳。他的内心里是个蛮自负的人，她想。他觉得他的期待和自己得到的结果，有太大的差距。因为这样的差距，他有时就不满。

郎宇光忙。林岚离开后，他明显比过去忙多了。他醉过好几次，有一次坐在汤小兰的对面，把她刚买的一双新皮鞋全吐脏了。她恶心得要命，心里真的有点生气，却又不能发作。她回去以后拿水冲了，还能感觉到一股酒臭味。而第二天上班时，他却全然记不得了，就像根本没发生过一样。

刘晓阳也会喝酒了，这让汤小兰有点不高兴。进了机关后，他的饭局也逐渐多起来。应酬是免不了的，但她真的不希望他喝醉。以后的日子长着呢，一旦开了头就不容易改正。她是见识到了各种醉鬼的醉态的，很不喜欢。有天他们约好了，晚上她去他的宿舍里。那是他俩在这个城市里相逢的日子，算是纪念日，结果他却又在单位里应酬了。他在电话里一再向她保证，他很快就回来。她能听得出他语调里的那种兴奋，他知道她这个晚上会答应他什么样的要求的。

那天她真的把自己好好地打扮了一下。原本她就是把自己整理得很清爽才出门的，结果到了他的宿舍里看到有点乱，就又像一个主妇一样收拾了一遍。她烧了好多的水，把他所有的东西都抹了一遍，把厨房里的餐具什么的也都烫了。好在他的东西不多，所有的衣服都在两个箱包里，桌子上摆着一台电脑，居然还有一些大学时学习过的课本。她很仔细地翻检他的被褥和床单，帮他换上了新买来的一套，散发着一股新鲜的芳香。她还买来了小蛋糕，上面有一个红心的图案，有一支小红蜡烛，就插在红心的上面，算是丘比特之箭。

她在等他。

虽然是在等待，但她却满心的欢喜。她也有一些紧张。她不能确定这个晚上会发生些什么。她是懂得男女之事的，但毕竟没有真正的彻底经历过，所以心里还是有些忐忑。这个晚上她差不多就算是新娘了，她想。他过去是一直想要的，但都是她坚守住了底线。春节时他们回了老家，她得到了他父母的肯定。他们高兴坏了，看到这样的一个年轻漂亮的姑娘，完全看不出是农村人的样子。这姑娘又漂亮，又有文凭，有工作，还是本乡本土的人，真是合适得很啊。过去他们只是听说没有亲眼见过，等到她来到他们的面前，他们是真的信了。他们给了两个年轻人很多的祝福话，并盼望他们能早点把房子拿到手。只要分到房，他们立即就可以结婚。

“怎么样？我父母喜欢你吧？”刘晓阳带着一点儿得意。

他父母的态度让汤小兰心里很温暖，她原来的一点点儿担心就烟消云散了。她是幸福的。是的，她没有想到她现在是这样地顺利，一切看起来都非常地美满。他们在县城里还召集了好多过去的同学，由他们做东，请了大家一桌。同学们都很高兴，直嚷嚷，说要是他们举办婚礼一定要通知大家，他们要一起热闹一下。

汤小兰沉浸在幸福的想象里。她等他，她拉上窗帘，只穿着内衣钻进被子里等他。不知道他是什么时候回来的，她都已经睡着了。她被他吵醒了。他看着她傻笑着，可是全身软绵绵的。她把他扶到床上，帮他脱了衣服、鞋子。他嘴里嘟哝着，手在她的身上乱摸。他想抱她，亲她。“别闹。”她躲开他的手，打了水为他洗脚，然后又去为他泡了一杯浓茶。等她把茶送到床头时，他已经打呼了。她看着他睡着的样子，站着，想了想，然后找来一只脚盆放在床边，帮他盖好了被子，又掖掖紧，然后自己穿好衣服，为他留了廊灯，关门离开。她想让他睡得更安稳一些。她一个人坐车回去的时候，心里倒也是轻松的。是的，她突然没了负担了。如果他再提那样的要求她就可以理直气壮地告诉他，她给过他机会了。想到这里，她居然笑出声来。好在是个夜晚，路上虽然还是车来人往的，但没人注意到她的笑声。

她感觉她的笑声都传得很远了。

他们去了大皇宫、玉佛寺、巴堤雅、清莱、攀牙湾……骑大象、喂鳄鱼、潜水、享受泰式按摩、观看人妖表演。人妖表演她只看了几分钟，然后就离开了，因为居然出现了赤裸裸的色情表演。围着看的人都在哄笑，纷纷拿出手机拍照。她想不到怎么会有这样下流的东西，男人们起哄也就算了，怎么女人也那样哄笑呢？虽然那些女人都应该是一些已婚的，但也不要这样夸张嘛。大多数都是亚洲人的面孔，也有不少是黄头发、白皮肤，毛孔粗大的老外。他们的身上还背着各种背包，手里却在不停地摆弄着相机，眼睛盯着台上那对年轻的男女在交媾。她在一个安静的角落给刘晓阳发照片，她一路上看到了各种风光。

“小汤还是害羞呢。”后来郎宇光打趣说，“也是快要结婚的人了，还这样保守。”

每个人的眼里好像都在放着光。导游虽然表现出一种见怪不怪的样子，但是他的话却是最多的。他知道什么样的话题最让游客们高兴。

晚上他们去了著名的walking street，到处都是人，各种不同的面孔，说着不同的语言。汤小兰感觉自己的英语完全用不上，只能看懂一些标识。倒是郎宇光还能凑合，他说得明显很不标准，但他敢说，连说带比画。到处都是欢乐的气氛，连空气都像在跳舞。夜晚的风依然是热的，非常热情地抚摩你的全身。整条街上全是大大小小的酒巴，连小巷子里也都是，据说有好几千家。街两边有一些明显的“站街女”，热情地招呼着客人。路边还有一些像是白俄罗斯的女孩子在散发着小传单一样的东西，她们是那样地美丽，就像是天上的仙女。

很多酒巴看上去都大同小异，让他们变得无从选择。他们逛得久了，只能随便找了一家进去，听到里面的嘈杂声和音乐声。台上的年轻女郎没有上装，像蛇一样地在舞蹈。他们每人都点了一杯酒，只要200泰铢。

“会有热情的小伙子搭讪你。”郎宇光说。

汤小兰笑了一下，心想这也当事情说呀。后来她才知道，他说的“小伙子”是别有所指的。他们嘻嘻哈哈地坐在酒巴里，听着嘈杂的音乐，看着各色各样的人在里面像鱼一样地挤来挤去。郎宇光告诉汤小兰说，那些在酒吧里的帅气小伙子就是俗称的“牛郎”。他们一个个都很年轻，眼睛像黑炭一样的闪亮，裸露的肌肤散发着健康的小麦色光泽。小李就在一边有点下流地说他知道的一件事，说有个年轻的富婆曾经来到这里叫了一个“牛郎”，结果那个“牛郎”整得那个富婆爬不起来了。汤小兰红了脸，感觉就像是在说她的私事一样。她也不知道为什么会有这样的感觉，真是糟糕。等她回过神来，发现面对的竟是一个年轻的像是印度的小伙子，他笑吟吟地看着她。而身边单位里的同事居然都不见了，她越发地慌起来。还没等到那个小伙子开口，她赶紧像是被开水烫了似的跳了起来，逃出了店门……

逃到街上，汤小兰的心里还有点慌，感觉当时要是迟疑一下那个小伙子就会对她非礼了似的。虽然只是短短的一瞥，但她真的记住了他的眼睛、他的微笑。他的眼睛里有话，正想通过嘴巴说出来。或许他已经说了，只是她在慌乱中根本没有听到。或许他并不是一个“牛郎”，只是一个服务生或者同样来这里猎奇的游客。都是异乡人，来到这样的一个国度，尽管互相之间是那样的陌生，但人们还是有交流的渴望，尤其是外国人。他们不像中国人这样内敛。他就是一个单纯的游客。这样的可能是有的，她想。而且她越想觉得这样的可能就越大，于是她这样的仓皇就成了一个很可笑的举动。

第二天他们都不提前一个晚上的事，只有小李还是兴趣盎然，说起他是如何见识了各种有趣的声色。汤小兰就把头扭向别处，装着不去听。她也是真心不想听。可是她越是努力地不去听，就越觉得他的话刺耳。

当她坐到回国的飞机上，心里想的却只是购物。帮父母买了，也帮刘晓阳买了，更主要的是给程蕊蕊夫妇各买了一套名牌T恤，给她的孩子买了一双运动鞋。她没舍得给自己添东西，因为她还是想节省一些。要是真在不久的将来结婚，他们需要花钱的地方太多了。她坐在舷窗边，看到了大片的蓝天。是那种非常干净纯粹的蓝，蓝得没有一丝杂质。它们蓝得假，蓝得那样不真实。这种不真实的感觉让她自己也以为自己是不真实的。是的，她有种时空被置换的感觉——她的生活被割裂成了两个部分。她知道这两者其实都是真实的，但她却愿意用现在的这种真实来代替前面的真实。当理智告诉她前面的生活是真实存在的，她就会怀疑当下的真实……

她需要再次去当面感谢杜区长，她想。这是必须的任务。他给她的帮助太大了，她真是永远也无法报答的。也许真的像程蕊蕊说的那样，这种事对他来说算不上很难。难只难在他愿意去帮她，这是不容易的。这是缘吗？当然，如果不是因为程蕊蕊，她是不可能有这样的好福气的。

“哪天你去看望杜区长，你一定要告诉我一声。”郎总也是再三叮嘱，“感谢他到我们公司视察，对我们工作的支持和指导。

我们单位又不方便表达什么敬意，你去了带上，也不是什么值钱的大礼。你个人带去他不好拒绝的，算是你的心意，也算是我们公司的。好不好？”

汤小兰觉得郎总考虑得好，这是一举两得的事。

“你是我们公司的人，自然就是代表我们公司。你送了，就是我们公司送了。”郎总说，他的脸上有一些倦容，显然他这些天晚上没有得到很好的休息。所以，很重要的事他说起来也是慵懒的：“你现在经济不宽裕，所以还是公司准备礼品比较好。”

“好。”

“一定一定，你哪天去通知我，我把东西交给你。”

“行。”

美好的心情，就像那飞机底下朵朵绽开的白色花朵……

第四章

1

“你简直能当间谍啊。”

老张夸着周美爱。他这个话其实是包含了两种意思，前一种意思当然是夸她跟踪别人拍照取证比较好。她出去的目标比他小，没人会惊讶于她的行为。后一种意思他其实是夸她口风紧，心里能藏住事。他一度有点担心她会把他们俩发生的事告诉朱三，结果却发现朱三好像对此全然不觉。

周美爱自有她的能干处，他想。他需要的也正是这样的人，全无心肝的样子。虽然据她自己讲没读过多少书，但是拍照摄像什么的倒是教了一阵就会了。而且她仿佛对“拍”这种东西还很着迷。他通常把一般的婚外情的取证就交给她做，三五天里她总会有结果，这是她的神奇处。她到底是年轻，体力好，脑子又不笨。她还有外地口音，和人发生点口角，别人倒还有点怵她。她真正耍起泼来，真的有点母老虎的样子。据她自己说，有次和朱三吵架了，他打她，她还手了，把他的脸上划了好几道印子。她倒让朱三吃了一惊。在此之前，没有哪个女人敢对他这样。她说她也没想到当时为什么就敢于还手了，在她不要命地还手了之后，他后来反而平静了下来，坐在床边呼哧呼哧地喘气，嘴里只是说她。说她是婊子，骚货，千人捣万人日的贱人。他一边擦着脸上的抓痕，一边警告说如果她下次敢再这样，他就要“把她这张 × 撕成两瓣”。但自那以后，他尽管还是很粗鲁但却真的不敢再对她动手了。当然她也不认为他那样就是粗鲁。他要是不粗鲁地对待她，她都有点不习惯。

她说起话来噼里啪啦的，而且手舞足蹈。跟随朱三久了，她也越来越妖冶。她喜欢穿紧身的弹力裤，把大腿勾勒得格外地饱满修长，尤其是走路时，屁股在他眼前一晃一晃的。老张总是忍不住想捏一把。她还喜欢穿低胸的 V 字领口衣服，他坐她的对面能看到她雪白的半个乳房。有次他真的实在忍不住，在她经过他身边时拍了她的屁股一下。她夸张地跳起来，骂道：“要死，你要吓死我。”看她那样子，却并没有真恼。老张整个中午，脑子里充满了精虫，它们在他的大脑里兴奋地游来游去，叫喊着：你上啊，上啊！他妈的，上啊。冲动之下他就起身关紧了门，然后站在她的身后，大手顺着她的领口就游下去，一把捏住了她的乳房。“你干什么呢。”她说，却不像是抗议。她这样的态度真是完全出乎他的意料，他以为她一定是会挣扎反抗的。如果反抗激烈了，他也许就会放弃那样的想法。但事实上她连半推半就都算不上，这极大地鼓舞了他。他像只饿极了的馋鬼连话都忙得来不及多说一句，仿佛说话都会影响了他的速度，直接把她抱起到办公桌上，放平她，扒下了她的弹力裤，一头扎了进去，就像一个投井自杀的人那样决绝。那是一口美妙的井，井水甘甜。他像一只发疯的野牛，急红了眼，惊天动地地一阵猛饮，直到他的那种野蛮劲发泄透了……一切自是妙不可言，他觉得他满眼满心满脑都是她的样子，哪怕很小很小的一点不同细节，都刻在了他的心里。连她小小的奶头，在他的眼里都是妙不可言。更主要她还是朱三的女人，让他越发地刺激。

一阵风雨过后，残叶落败，他才感到那猛饮之后甘甜井水的凛冽。他不能不有所后怕。他不知道这个女人会不会去向朱三告发。如果告发，那他就会惹上大麻烦。可是，好多天过去了，一切如常，风平浪静。老张内心真是窃喜，他怎么也没想到这女人的嘴巴如此地严密，但更没想到这女人的嘴巴在后面会更加地美妙。这是老天赐给他的妙物，他不由得不这样暗想。她的脸上很平静，也就像什么事都没发生过一样。这个女人不简单，他想，这是很合他的心意的。他发现自己在心里爱上了她。他喜欢她的年轻，喜欢她的性感。她的放荡是深埋在骨子里的，只有把她压在身下才会爆发出来。他越压她，她的放荡就绽放得越彻底。她的放荡是多姿多彩的，让他大开眼界。

他要把她养起来，他想。他要给她足够的工资，就能拴住她。他现在有方法搞到钱。让他感到多少有点郁闷的是另外一件事情，一直就没有眉目。当然，那事的难度太大了。他总是弄不定他的行踪。他主要是在市里，偶尔才来新区。他不知道他的委托人是个什么身份，但能感觉到肯定是有点背景的，而且这里面的水很深。他们的目标是市里的副市长。他们（虽然老张只接触到一个委托人，但他不相信那只是一个“他”，而更相信在“他”的身后是一群“他们”）让他盯梢洪副市长，盯梢他的家，看什么人去他家走动。重点是看他参加什么样的应酬，出入什么样的宾馆。

老张不懂政治，但觉得委托人这样的方法其实不算是一个上上策，充其量只是一个中策。真要扳倒这个洪副市长当然应该是从政治上入手，从这种生活作风上能搞出什么名堂呢？这样一分析，他觉得委托人又不像是个背景很深的人。做这样的事还真不如像朱三那样，把低层官员作为主要目标来得实惠。这让老张就有点琢磨不透了。当然，他不愿意去多想，他只要拿到实实在在的证据，对方就会给他一笔相当不错的报酬。为了那个报酬，他就必须努力去做。

有效的跟踪并不多。他非常熟悉那个00009车牌号，因为它非常规律。每天早晨从玉山路的那个地方出发，最后一路经过上海路、光明大道、将军营、陈府路……到消失在市政府大院的深处。他另一个去得比较多的地方就是宾馆，其中以天鹅湖宾馆最多。当然，他也经常出入一些更高档的宾馆和一些私人会所。富豪们的那种私人会所极为私密，他完全不能靠近的。他所能想到的，也就是可以在天鹅湖宾馆做点工作。他可以找个前台的服务员或者是搞维修的小伙子，悄悄地做个什么交易。当然，他要巧妙，不能对他们讲实情。编个什么样的理由呢？这是伤脑筋的一件事。

他想，他也许可以试着让周美爱试试。

2

那天杜怀民在办公室里差点跌倒。他一阵心悸，然后就感到胸口堵得慌，喘不上气来。心口是剧烈地绞痛，痛得他头上沁出了一层大汗。他不知道自己是怎么了。原来工作很累的时候他是有过轻微的晕眩的，但那只是正常的一种反应罢了，他想。而这样的事情还是第一次。

小阎看到了他的情况立即就叫来了司机，迅速把他送到了医院。医生采取了一系列的检查后，服了两粒药丸，他心口的疼痛舒缓了许多。医院的一位副院长和几位专家会诊后，判断他暂时没有什么大问题，但一致认为他应该好好地休息。因为这样的状况可能会引起心肌梗死，那将是无法挽回的。他需要休息。杜怀民在舒缓后认为自己没有什么大问题，因为他不能休息。他意识到自己在这个时候其实是不能生病的，至少不能生大病。在他这样的位置上，如果身体出现了问题也就意味着仕途会出现卡顿。短时间里能恢复还比较好办，时间长了麻烦就比较大，因为这是一部无形的巨大的机器，平时你几乎看不见它们严密的动作，甚至会认为是各自在不同的空间里运转，互不相干。但如果一旦某个位置出现了空缺，你马上就会意识到其实那些巨大的齿轮都是互相咬合的，而且咬得非常紧。他和别人不一样，有些出了问题的心灰意冷才会愿意泡病假赋闲。他要参与到机器当中去运转。当你不能协同运转时，你则很快会被暂时闲置到一边，甚至被别的齿轮所替换。这是杜怀民不希望出现的局面，尤其是在下一个时间节点上。

“不要对外面说什么。”在他请求马上出院遭到医院的拒绝后，他吩咐秘书小阎。他希望和主管的市领导说一下，休息三四天（最多也不超过一个星期）就出院。他有许多事情需要处理，不能再拖了。有些事情应该明确的要明确，他想。他要找田副区长聊聊，看看他葫芦里到底卖的什么药。虽然他在心里真的从没把田副区长当回事，但也不想和他有什么不快。他知道在官场里有一种人，他永远不犯错，因为他永远不干什么正事大事。田副区长就是这样的人。这个职位对田副区长来说是一种福禄，永远在这个位置上快乐地享受着这个级别的所有待遇。他本身的能耐不大，却不好得罪。得罪他不可怕，可怕的是有时候得罪他就意味着得罪他身后的一些人。那些人是他所看不见的，他们盘根错节，有着你想不到的麻烦。那些看上去根本不值一提的无数小麻烦，足以把他绊住……

南山项目突然推动不下去了。那天洪副市长突然找他，说省里有关领导对新区规划有新想法。这个新想法当然是好的，因为江边那一带会有国家的重大项目要实施。局部必须要考虑到整体，由此必然要带来原本协调好的南山煤电的变动。南山煤电是经过了过去长达一年多的协商和调整才达成最终结论的，甚至当时还调整了地铁三号线的方案。如今这一切就又要泡汤了。再作更改，后面又是数不清的麻烦。原来可能已经解决掉的小麻烦，会在瞬间成了大怪兽。这样的事情他经历了不止一次了。就在半个月前他还专门去了一趟南山煤电，看到那片煤炭贮运场上十多座像小山一样高的煤堆规模在缩小，只有三四座了，黑黑的小山一般，在蓝天白云下静静的。

一切都还是按照规划来的，他想。南山项目和过去的科技产业园不同，原来是引进得比较杂，当时是只注重引进项目的多少，甚至有些印染企业都进来了。这是杜怀民内心的痛。他需要时间进行调整，要把一些企业重新布局。而南山项目就是区里的一个好规划，它不只是要把那个海外博士引进来，因为杜怀民有意要把那一片通过海归博士以点带面做成很大的有关医疗、健康产业的高端科技区，通过它再孵化出一批好的科技企业。

这是他的一个雄心勃勃的大计划。这个计划实行了，将有助于他今后进一步地发展。所以，他也一再地对周国运说，让他引进一些项目。他甚至想好了，要把新区里的一些化工企业转移到他所在的那个县里去，让他去游说县里的主要领导，开建一个专门的化工园区，提供相应的政策优惠措施。这是一个双赢的方案，对周国运来说肯定是一件很好的项目，对企业来说，这边要进一步扩展遇到了限制，而那边的成本又比这里要低好多。他们当然是非常愿意的。甚至，他还可以对这些企业进行一些税收上的减免。

他没有想到程蕊蕊和汤小兰会来看他。她们应该是约好了一起来的，手里提着水果什么的。她们来看他，他内心里还是蛮高兴的。程蕊蕊是个能干女人，她如果在政府机关里至少是可以独当一面的。他在心里真是欣赏她。她应该是代表着周国运来的。

他和周国运通过话，并没有提到自己住院的事，但显然周国运是向秘书小阎那里套到了实情。

“其实没什么，什么事也没有，”他笑着说，“但医生就是不让我出院。”

“当然要听医生的，”程蕊蕊正色说，“好好地休息一阵子，可不能又急着出去。虽然你很重要，但又不是地球离了你就不能转了。健康有保障才是最重要的。”

杜怀民笑了，他当然不会把自己看得这样重要。在这个城市里他只是一个小小的区长罢了，说大不大，说小不小。他能做一些百姓们做不到的事情，但却也有许多事情是他力所不能及的。她这样说当然也不是不知道他的位置，只是为了让他听了舒服。听上去有一种责怪，但更多地表现的却是亲近。她比他和周国运都要小，她是周国运的学生。说起来她是周国运的妻子，可是他的心里感觉她就像是自己的晚辈。

更晚辈的当然是汤小兰。

“最近怎么样？”他问。

汤小兰笑着，笑得特别地甜蜜和幸福。在她的身上，有一种羞涩和胆怯。他喜欢这样的气质。

“小兰一直想要感谢杜区长。”程蕊蕊说，“你是帮了她的大忙。”

“也没什么，都是能力范围内的。”他微微一笑，“户口的事情打的是擦边球，无关紧要。”

汤小兰的眼睛里有泪花在闪光。

他理解她的心情。

前些日子他还听到了一件事情，说原来新区那边的下马乡有个农民（现在当然算是城里的户口了），当年超生的儿子一直是黑户，跑了无数回派出所都报不上户口。多年来虽然就这样混过来了，甚至拆迁时也争取到了相应的人口补偿，可是最终没户口肯定不是个办法，因为将来领取结婚证什么的甚至是到了有下一代的入托和上学，都会是大问题。当农民时可以随便糊弄将就，编入市民户口以后还是很不一样的。那个父亲四处找人，腿都快跑断了，但就是落不了户。直到这个小青年参与一场斗殴，被派出所抓了，很快就登上了户口。因为有了户口，才能对他有个明确的处罚。

这听上去像一个笑话，他想。

“好好地休息，哪天等你恢复了，让小兰请你吃饭。”程蕊蕊说。

“好。”他笑了。

他看到汤小兰也笑了。

汤小兰努力忘掉另一个汤小兰。

但她忘不掉，另一个汤小兰总是会不自觉地浮现在她的意识里，隐隐绰绰的。每当想起来，她的心就有点绞痛。她所以能这样，就是因为有背景。那背景到底有多深，是自己无从想象的。她想那个姓赵的“汤小兰”不可能就这样消失的，或者她又离开了那个城市，隐藏了联系方式，换了一份新工作。甚至，她又可能变成了另外一个什么人。有个晚上做梦，她居然梦着自己和那个“汤小兰”在一起。她看不见她的脸，只看到了她的背影。恍惚间，她不再是自己，却是变成了那个假冒的“汤小兰”。

梦里她拿到了那个大学的正式文凭，而且分到了一个机关工作，把她高兴坏了。

“你满意了？”梦里的那个赵姓女生问。

她笑了。她当然是满意的。她为什么不满意呢？汤小兰高兴坏了，醒来后才发现不过是南柯一梦……

有权的人家就是好，她想。

汤小兰能感觉到别人对她的态度。尤其是她熟识了杜区长后，郎总对她越发关照了。杜区长生病了，她陪着程蕊蕊一起去看望了。她没敢告诉郎总，因为觉得杜区长不一定愿意别人去打扰他。

杜怀民对她俩的出现，有点意外。“嘿，你们怎么来了？”

“看你呀，我不来周国运要怪我的。”程蕊蕊笑着说，“我是代他来看你的。”

杜怀民也笑了。看上去他的脸色和精神都还不错。他们聊了一会儿闲话，挺愉快的。“小汤要来看你，一直对你心存感激的。”程蕊蕊说。杜怀民说：“小事，谢什么。”

她们那天没有久待，怕影响杜怀民休息。而且程蕊蕊说杜区长并不希望这事被别人知道，领导的健康有时候也是一种秘密，尤其是在某个关节点上，比如在人事调整时。杜区长显然是个不想麻烦别人的人，那天她们去了，他就表现出了一点不安，说不应该惊动她们跑去。她们应该是最早知道他住院，并且最早去探视他的人。说起工作，他似乎略有不快。他希望早点出院再投入工作。汤小兰当然不能理解他为什么要这样急着出去，就像程蕊蕊讲的，工作再重要，身体才是第一位的。

好久不联系的周美爱那天突然打电话给她，约她一起去东市街吃麻辣烫。汤小兰当时怔了一下，但还是应约了。她对周美爱真的心有怨恨，觉得她当初接待她真是一件无比愚蠢的事，同时她更惊讶周美爱怎么又会来主动联系她。她不知道再次见面时，是直呼她的名字还是继续叫她“嫂子”。她从小李那里已经隐约知道周美爱在外面鬼混的情况。她不愿意把她想得太坏，她还是希望她能恢复成过去的样子，哪怕到工厂里打工，或者干脆回到村里。她不相信她这样混下去会有什么结果。可是，事实却证明自己一再判断错误。

周美爱变了，不仅变得更娇艳，好像还变得年轻了。她的脸霜涂得有点重，眼影画得也夸张，却处处体现她现在是有条件讲究了。汤小兰不喜欢她的打扮，感觉她打扮得简直和那些从事不名誉的勾当的女子一样。她的弹力裤把她的屁股包得太紧，而且是低腰的，能看到一线隐约的腚沟。脚上鞋子的鞋跟也太高了，所以走起路来身体摇晃的幅度就有些大。她穿着低胸的上衣，脖子上戴着明晃晃的金项链。

“我就想吃麻辣烫，好久都没吃了。”她说。

汤小兰看到她做了美甲，花哨得很。

“你过得怎么样？”她反主动问起汤小兰来。

“挺好的。”她说。她相信周美爱肯定是听说了自己一些什么，比如说她的户口迁移，比如说她的学历文凭，比如说关于刘晓阳即将要分配的新房……汤小兰知道周美爱两三个月前是回去过一次的，但在家里只待了三天。三天时间里整个白天差不多都是在村里招摇，吹嘘她在城里的各种见识，主要是吹她的能耐。

“她骚包得不行，脸都不要的。”汤爱军说。

老汤和曹淑英也气得不行。他们把一切都看在眼里，可又装成什么都没看见。他们心里关心着未来的孙子，却又不想知道她回来的两个晚上有没有和汤爱军发生恩爱。他们感觉是不曾发生的样子。可是，如果没有发生，她还回来干啥呢？他们不知道，汤爱军看她回来原本是有点高兴的，晚上是想和她做事的。可是结果上床后发现她居然穿着那种他从没见过的丁字裤，心里不由就有了一种猜忌。但他随即又想，或许她是为了讨好他才穿成这样的，于是也就不再多想。一阵激烈的狂风骤雨后，他才发现她居然把那个地方的毛都刮光了，这让他真的火冒三丈。这是不正常的！一个在外面谋生的年轻女人，她好好地为啥要把毛发刮光呢？两人在半夜里吵了起来。他认为她在外面一定是干了不好的事，而她则分辩说自己那样做纯粹是个人的喜好。一句话：她愿意。而且她认为他很虚伪，事先也没声张，事情干完了，倒计较起这事来，可笑极了。

“恶心！恶心！你恶心！”她跳起来喊。

“你刮光了不恶心？那才恶心！”他说。他是真心感觉到恶心了，而且像是触到了什么霉头。他是一个有点迷信的男人。他过去在工地上，隐约中仿佛听人说过的，遇到“白虎”是要触霉头的。他甚至想到或许自己前面在工地上出事，就是和她有关。

“我自己身上的东西，又不是长在脸上，我刮了关你什么屁事？”她显然也气愤得很，而且打心底里瞧不起自己的男人，少见多怪。

“骚货才会这样干！”汤爱军说。他在工地上看过录像的，知道什么样的是坏女人。一个良家妇女是绝对不可能干出这种事的。

周美爱因着男人这样的态度，索性就去了娘家。娘家人听到她控诉受到男人的冷遇，自然是气愤得不行。“我家这么好的女儿，到他家却是守着活寡。照这样子不如干脆离了算了，凭你这模样，现在找什么样的男人不行？”她妈说。“他妈的！我去打死那个小杂种！”她老子更是气得不行，恨不得立即就把汤爱军彻底地砸瘸了。在他们眼里，现在的女儿真是一朵鲜花插在了牛粪上。他们觉得女儿当时嫁给他，真是昏了头了。

“你最近怎么样？”汤小兰问。她想知道周美爱心里到底是想的什么，真的铁定心要离婚了？或许她就是找她说这事的？她一直记得周美爱刚来的那会儿，有次和她一起上街，在太平洋百货商厦的广场上看到一个乞丐，她从口袋里掏出了两块硬币，弯腰悄悄地放在那只空碗里。这人的心肠不坏，当时她这样想。

“就那样，”她说，好像又低调得很，“没什么事干，老板让干啥就干啥。”

“干啥？”

她撇一下嘴，眼睛向上翻了一下：“杂事。”

“谁知道他最近在鬼忙些什么，”她又补充说，“好多天没看见他了。公司里的事都不太管，全扔给我了。有时一天要接好多个电话，手拿着话筒都举麻了。”

其实周美爱有好多好玩的事可以对汤小兰讲，但她想想又忍了。她觉得她不应该太张扬。她在她的面前早已经得意过了，现在要低调。她要找汤小兰帮忙。她听说汤小兰居然把户口也迁到城里来了，让她心里吃惊不小。既然她可以做到，她为什么不帮她呢？她已经估计到了，汤小兰未必肯帮她，但她想试一试。

“不行的，”汤小兰果然是这样说了，“这个不容易。”

汤小兰知道她不能再欠郎总的人情了，更不能再欠程蕊蕊的情。欠下的人情太多，她有什么能力去偿还呢？再说周美爱要迁移户口是什么目的？

“我……我有了。”她说。

汤小兰一惊，她说的是指和哥哥的孩子吗？应该是的，她想。

“我可不想让孩子像我俩一样，”周美爱说，“将来在城里读书什么的，总是好的。有人就能办到呢。有的地方办的人多了，只要想出方法来。”

说到这里，她忽然就有点伤感起来，泪水就悄然地滑过脸颊。她的心思没人懂。她有委屈呢，只是不说，也不能说。

“我再打听打听吧，如果后面有机会。”看她流了泪，汤小兰赶紧说。

她在心里居然不像刚才那样憎恨她了。

周美爱笑起来，有这句话就行。其实她就是想来看看汤小兰最近过得怎么样，顺带想从她这里拿点好东西。比如从她这里顺走点什么美容化妆品，哪怕是一支唇膏也好。或者是穿走一两件漂亮衣服，反正她俩的身高差不多。她知道自己是个花言巧语的人。所以，她才能傍得上朱三。

花言巧语是女人的又一种武器。

她在城里生活得久了，越发觉得撒谎的重要性了。撒谎就像黄鼠狼在面对敌手时放出的臭屁，能让自己脱身。甚至，撒谎有时还会给她带来一些好处。撒谎是一种高智商的表现，她想。她在朱三和老张之间发现自己撒谎的机智。她发现只要她愿意，她可以在一分钟内编出三次谎言，而且绝对天衣无缝。在使小心机上，她觉得汤小兰真的是远不如自己。她觉得汤小兰如果像她一样放得开，又会用心机，一定可以占到好多的好处，为什么不用呢？不用的是傻瓜。这年头谁越能放得开，谁得到的好处就越多。

“你什么时候结婚呢？”她问。

汤小兰也笑了一下，说：“快了。”

3

刘晓阳现在越来越不喜欢汤小兰的工作。

他对她有担心。她的应酬太多了，而且总是和各种各样的人在一起。那些人在社会上可都是属于那种凶猛的动物，而汤小兰只能是一只漂亮的小绵羊而已。相处的时间越长，两人的关系越深，他反倒越不安。他不知道是自己在变，还是她变了。

汤小兰也是埋怨的，在内心里非常不喜欢参加公司里的应酬，但她做着这样的工作却又不能推辞。她必须要努力地表现自己，好好工作。她不能忘掉郎总对她的关照，她要学会感恩。对于刘晓阳的不满，她能理解。她知道他有时候会表现出多疑。他感觉自己在她的面前失去了优势，不自信了。她一直在努力地用爱情来感化他，她甚至想把自己早点交给他来消除他的多疑。可是她又担心他会不会在以后越发地怀疑她呢？有两次，她都差点把自己交给了他，可是她却在关键时候肚子痛得厉害。

两人有时候就会生分，甚至还有小小的争吵。汤小兰总是让着他的。她心里有委屈。刘晓阳对她的不信任感一天天地在增强，而且有了各种各样的挑剔。往往在激烈的争吵后，会有一小段时间的缓和。他会表现出一点歉意，然后努力地哄她，讨她的欢心。可是，他却并不后悔曾经发生的争吵。

争吵的确是不可持续的。但同样，爱恋是更不持续的。爱恋是绝大多数时间，争吵只是热中的插曲。可慢慢地，争吵和不快成了他们相处时间里的绝大多数，爱恋却是那其中很少的一部分。

汤小兰开始怀疑自己是不是错了。不是她错了，而是怀疑自己是不是爱错了人。她是爱他，爱得无怨无悔的。原来的他是多么地好啊，简直就是天底下最可靠的男友。他为她做的一切，让她感动。她有一段时间多么骄傲啊，真的，觉得她是选中了最好的人。他是可爱的，更是可信的。他对爱情的执着，是天底下最可贵的品质。

但这个品质现在在褪色。

在她一切越来越好，她自认为和他越来越般配的时候，他对爱情执着的可贵品质在褪色。它不再是纯金的，而像是镀金的。她意识不到自己变了，或者说她知道自己变了，是变得越来越好，却意识不到她这样的变化是他不能接受的。是的，是他不能接受她的境遇变好。他其实是多么希望她的条件越来越好啊，可是他在她这种境遇的变好中变得有些不安。没人说得清这里面微妙的变化，连刘晓阳自己都说不清。他只觉得她没有理由变得这样顺风顺水起来，而这样顺风顺水的背后呢？

她变了，变得让他有了许多的猜忌。他甚至想，他宁愿她是原来的样子。

刘晓阳是愿意相信汤小兰的。但是，这个世界上光有相信不能解决生活中的问题，尤其是心里的爱情。有一次汤小兰的公司在希尔顿饭店里搞嘉年华活动，他去接她。本来说好她会早点离开，然后他们一起去看夜场电影。结果他在饭店的大厅里等了她两个多小时，倒是看到那个郎总和两个年轻的女子搂搂抱抱的。

他经常听到生活里各种各样的事情，感觉一切都可能会变。别人会变，自己也会变。每当看到汤小兰在争吵后痛哭时，他都有点心痛。他不知道要如何面对今后的生活。他爱她，发自内心地爱她。他相信他再也不可能爱上任何别的姑娘。是的，除了汤小兰，他谁都不会再爱了。

然而，他要如何把这样的爱始终如一地保持下去？如何让爱情像原来一样的火热，纯粹，而不受外部世界和内心世界的伤害？

他觉得他做不到。

他没信心。

汤小兰的心里越来越冷。

他们那次从老家回来就说是要筹备结婚的，但却为了无数的小事而争吵。她不能理解他对她的指责和挑剔。程蕊蕊听了也皱了眉头，还没结婚呢就已经开始争吵了，那今后的生活还能继续吗？她劝汤小兰好好地和刘晓阳沟通。她依然相信刘晓阳是一个很好的小伙子。

“他肯定是爱你的，否则人家在大学里等你，傻啊？”她说。

汤小兰是承认的。可是，就这样一直在争吵中爱下去吗？

“我们都冷静一下吧。”那次在争吵之后，她说。

“分手？”他说，“分就分吧。”

当然没有分手，没有什么分手是可以一次决绝的。

两人见面的机会少了。

刘晓阳经常出差，到乡下检查工作，或者是到外地开会。短的两三天，长的半个月到数月。她不想主动联系他，而他偶尔发来一个短信问候，语气也是淡淡的。有一次她在街上无意中发现他和另一个年轻的姑娘走在一起。他们挨得很近，有说有笑，非常亲热的样子。

她不认识那个年轻姑娘。从年龄上推断，别人认为他们很像是一对情侣，也很般配。或许那就是他的新女友。有什么不可能吗？

汤小兰没有去问他。

他不再主动来找她了。有一个周末她去找他，本来电话里是说好的，可是过去的时候，他却不在家。她打电话问他在哪儿，他含糊着说在外面有事。他在躲她，她想。他当然没有必要这样，他可以直截了当地回绝她。原来他一直提议去民政局领取结婚证，可是当她真的把户口也落实了催他和她一起去时，他却总是推说忙。

他是在退缩吗？她想。

程蕊蕊想到要把他们叫在一起吃饭，她想问问他的意思。她希望他们能重归于好，或者他们根本就是好的，只是彼此在闹意见。恋人间时不时地闹点别扭也是常有的事，只要有一方先把姿态低下来，马上就能和好如初，如胶似漆。她认为或许汤小兰也是有责任的，比方说她的矜持。

“男人有时候是需要哄的。”她说，“你看周国运，看上去是个又黑又高的男人，像是挺爷们的，其实有时挺小孩子气的。”

汤小兰觉得刘晓阳是没法和周国运比的。周国运其实是个很柔情的男人，他和程蕊蕊结婚后，居然主动提出不要孩子。“有聪聪就行了，”他说，“他不就是我的孩子嘛。”程蕊蕊有时倒真心想为他生一个，生一个真正属于他的孩子。但他反觉得程蕊蕊的想法是奇怪的。他甚至吓唬程蕊蕊说：“小聪聪多好啊，又聪明又漂亮。我们要是再生一个，万一有缺陷怎么办？”

“怎么可能？”程蕊蕊觉得他这样想是可笑的。

“怎么不可能呢？这世界上比我们聪明的人太多了，不要以为我们的智商不低，就一定能生产出优良品种啊。”他还说得振振有词。

如果刘晓阳有周国运一半的柔情蜜意，那她该有多幸福啊，汤小兰想。然而，那是不可能的。当然，她不埋怨。她知道刘晓阳有刘晓阳的好。她打电话给他，告诉说程蕊蕊想喊他来吃饭，刘晓阳直接在电话里说自己没空。

“我要出差了。”他说。

汤小兰握着电话的手木住了：“好吧，等你出差回来，你来我这里把你的衣服拿走吧。”她说。

刘晓阳把汤小兰的这句话，理解成了一种“驱逐”。她把他的放在她屋里的东西，清除掉。那些衣服原本就是汤小兰取走的，帮他洗干净了，又熨烫过。如果她不是想赶他走，她为什么要急着让他取走呢？

恋人间只要有了情感的裂痕，必然会越裂越大……

他取走衣服那天，是个周三。因为周末他要在单位里开大会。而在汤小兰看来，他选择在周三是有意的，因为他可以不必久留。当他坐在屋里的时候，她能感觉到他心神不宁。她觉得他其实没有必要装下去，很累的，何必要装成留恋的样子呢。他可以立即就离开的。

“你可以走了。”她说。

“赶我吗？”他问。他觉得他们恋了这么些年，一下就如此生冷？

“是你有意急着要走。”她觉得他真的没必要装。她了解他。

“我不走。”他说。

是的，他不想走。看她的那种表情，他害怕自己走出去就再也回不来了。他决定在这个晚上和她好好地谈一次，融化掉彼此心里的坚冰。他希望她能真诚地对待他。他希望她用实际行动来证明她是全心全意地爱他的，就像他这么多年来一直在全心全意地爱她一样。

她从来不使小性子。但那个晚上，她突然使起了小性子，她拉他，推他，她想把他推出门。她想，如果他真的被推不出去，或许他们的关系还能缓和……

两个人不管贴得多近，但跳动的却永远是两颗心。

4

天气冷了。

时间过得真是太快了，一晃又是几个月过去了。几个月不算长，却发生了太多的事。汤小兰有好久没有见过杜区长了。郎总一直很关心她什么时候去看望杜区长。她发过好几次短信给杜区长，却一直也没收到回信。她能理解的。杜区长太忙了，怎么可能会有时间理她这样的小人物呢。然而，郎总又一直催她。

她变得为难。

她必须要完成郎总交代的任务，因为她必须要为公司考虑。公司好，她个人也才好。原来她一直是想辞职，另觅职业。可是，自从和刘晓阳关系破裂后，她却对公司越发地依赖了。她面对的那些客户本性还是那样，她依然在内心里很讨厌他们，可是她又知道郎总是保护她的。她并不知道郎总保护她，却是有着另外不同的想法。如果说她对刘晓阳是没法理解的，那她更是无从知道郎宇光的内心。

郎宇光的内心，是一堵厚厚的黑幕，她完全看不透。

汤小兰看透的，不过是非常表面的。她知道郎宇光表面的想法。因为对于郎宇光来说，要是自己的企业能和区里的主要领导建立起一种可靠的联系，那是相当重要的。他的意思是要她把这事当成一件任务来完成，“要常去走动，”他对她说，“你年轻呢，将来的路还很长。他将来也许是市长，甚至更大，对你有好处。”他说的语气还很重，仿佛认为她是一个忘恩负义、不知回报的人。

杜怀民其实都看到了汤小兰发给他的短信了，但他的确是没有时间来回复。他知道她无非就是想送点礼物给他，或是请他吃饭。他的身份是不适宜和她约了吃饭的，尽管他们间没有任何说不清楚的关系，可是他需要注意影响。没人会在意你的清白，但会很介意你的不清白。你的清白对别人来说是很无聊的事情，你的可能的不清白对别人来说却简直就是天赐的大礼。就算是和周国运夫妇一起聚会，他最近也是分不开身的。那次他在医院里只待了三天就坚决地出来了，不顾医生的反对。他必须要工作。工作太多了，千头万绪的，他需要出来处理。他身在这个领导岗位上，就不能不处理。

再说，他也不需要她回报的。他帮她办成了一点事，她高兴了，满意了，就足够了。他自己也有种被别人仰慕的成就感。皆大欢喜。用周国运的话说，他是一个有想法、有追求的人。换句话说，他是一个在政治（仕途）上有追求的人。这种追求，正大光明。尤其是在钱财和异性上，他拎得清的。他不敢说自己做得多完美，但他相信自己比绝大多数同僚做得好。他是知道一些人的底细的，工作之余就是吃吃喝喝，每天饭局不断，和企业家称兄道弟的。而私底下，却是有着利益交易。

他不做这事。

因为周国运有这样的评价，杜怀民也蛮高兴的。有一次同学大聚会，是毕业三十周年庆，连远在美国和欧洲一些国家的同学都回来了。负责筹备的一个同学想让他找个企业赞助一下他都没答应，只是让酒店打了折。他不想给别人留下把柄，尤其是一些政治对手。政治对手是看不见的。有一些同学对他是有看法的，他知道。甚至他们中有人认为他只是假正经，故意做给别人看的。他所以和周国运有着这样好的友谊，和他能正确地认识他有关。周国运和他的友谊是长期的，无论是他得意的时候，还是失意的时候。他记得自己当时离开许老，到那个偏僻的乡里去当一个乡长时，有些同学言语里是有点冷嘲热讽的。周国运那个时候还在大学里当辅导员，在一个星期天坐了公交车去看他。两人在他的宿舍里用煤油炉煨他带去的一只老母鸡，两人在鸡汤的香味中天南海北地瞎吹。

杜怀民有时很怀念那样的日子，清贫，但却依然有一种简单的快乐。简单的快乐，往往倒是让人记忆深刻。

让杜怀民没有想到的是，田副区长调走了，调到省里的一个厅当了副厅长。谁都知道副厅长只是暂时的，很快就会升到正职。这对老田来说，是再适合不过的一个美差。省里和区里，又是不一样的风光。虽说他这样的调动还是在同一个城市里，但区里和省里怎么一样呢？他去副职过渡一下，然后做正职主持工作干几年，最后光荣退休。这算是仕途上一种功德圆满。

田副区长走的这一步是聪明的。

按理说，像老田这样的在区里也就算是到头了。但他突然改变了仕途的方向。当然，这样的例子是很多的，可大多数都是年轻的，又的确是有作为的。他们需要一个更好的起飞平台。但老田多大的年纪了？他在内心里，还真的瞧不上老田。这算是一个意外。

不，这也不意外。这怎么可能是意外呢？他后来想，这其实是可以预想到的。老田不是一般的人。老田在调动前，组织上也找过杜怀民征询过意见，他当然夸说老田是个好同志。这是他虚伪的一面。更准确地说，这是规矩。让他说田副区长的缺点，他能说点什么？他真的说不出太明显的缺点来。其实老田是个多么平庸的官员啊，一个没有太大缺点的官员。没有缺点，就是优点啊。平庸不可怕啊，因为他是去当副职，可见组织上考虑是细致的。

调走谁他都没意见，那是组织上的事。他只管好自己，他想。他必须要认真地对待自己的工作，并努力地做好。市里的个别领导也多次和他谈过话，言语里透露出他将来有进一步上升的可能。杜怀民知道自己有机会，但他不去多想。他知道自己只要照着正常的路子走下去，一定能够到达一个更好的位置。

南山项目依然是没有说法，反倒成了“烂尾”。一想起这事，杜怀民的心里就不太舒服。很多人不理解，以为区里的主要工作就是建设，却不知道事实上实施起来有各种的困难。有难有易。易的时候还比较舒畅，但有时他也会有各种的无奈。

别人看到的，都是表面风光。

那个晚上，杜怀民感觉特别地孤独。是的，他还很少有那样强烈的感受，多少年不曾有了。

让杜怀民没想到的是，许老突然离世了。走得非常地突然。杜怀民一直是计划着抽空再去看看他的，可是却一直没能腾出空来。老头的秘书悄悄告诉他，老头是突然发生了脑溢血，前后只有半个小时。老头子发病的原因说是和他的大儿子生气了。很显然，许老听到了关于他儿子经商的一些说法，或者就是儿子想让他做什么事了，他没有去做。

“我当时在外面，听到书房里他们在吵，不好进去的。”秘书小方说。

杜怀民当然知道秘书这个角色的微妙。

“然后就听到里面‘咚’的一声，我就猜到不好。进去时就看到许老倒在地上……”小方小声地说。他说得很小心，也许因为他觉得杜怀民也曾经是许老的秘书所以才当成是自己人说的。这事是绝对不可以对外公开的，因为那是许老的家事。

在许老的追悼会上，杜怀民哭了。在医院里他就在许老儿子的陪同下，瞻仰了老人的遗容。他努力地控制着自己的情绪。他看着他躺在那里的样子，满头的白发，面容倒是很安详。那种感觉居然有点亲切，他当时并没有特别的伤心。但在追悼会上他真的没能控制住，他在哀乐声里几乎是泣不成声。回去的路上他一言也不发，司机也不敢说一句话。车里的沉默，就如灵堂一样。他原来在心里真的还是有点恨他，但现在却非常地怀念他。他的离去，让他伤感万分。

老头对他是苛刻的，苛刻的程度超过别人的想象。但是现在他知道被老头苛刻的不止是他一个人。老头没有伪装。原来他以为老头是有一点点伪装的。小方说，老头还是关心他的，一直在探听他在新区的工作情况。从某种意义上说，许老不仅是他的老领导，更主要是充当精神导师一样的角色。老头在，说起来他还有点背景。老头不在了，他仿佛就失去了根基。他知道那其实不是事实，但别人却可能会那样想。

那天下午他还推掉了一个小型会议，一个人在办公室里静静地待着。他内心里有太多的感触。一切都是浮云，他想。他突然想到了汤小兰，想到她曾经给他发过好几次短信的。他想他可以请她一起在食堂里吃饭，顺便问问她的生活和工作情况。他内心是个细致的人。最主要的是他需要一个人来分散他内心的压力，排解他的孤独。

他需要有一份自己随意的自由。

5

同一片天空下，同一个社会，每人的生活却是各不相同。有人是大同小异，有人却是天壤之别。社会本身在经历着巨大的变化，有人的生活可以波澜不惊，有人却是天翻地覆。有些惊人的变化是表面，社会化的。而有一些惊心却发生在个人的内心里，是私密的，不为人知的，就像城市道路上的梧桐掉下了一片落叶。

汤小兰在一个午后翻开自己日记的时候，还是吃了一惊的，因为她清楚地记得自己当初买的日记本是有心要记录自己进城后的生活的，要记下自己所有的感受，艰辛或是快乐。可是现在打开一看几乎是九成的空白。尤其是在她第二次回到公司后，只零星记录了三十多次而已。有的时间跨度居然有两三个月，而最后一次记录已经是两年多之前的了。

爱情也是被记录的，尤其是在她初遇刘晓阳的那些日子里，她写了好多页。那里面写了太多对爱情的倾诉。而当他们真正陷入热恋的时候，反倒不再写了。

幸福和甜蜜，其实是不可描述的，她似乎是感悟到了。

只有痛苦，才是可以记录的。

她把日记里的那些感受都撕了，尤其是和刘晓阳相恋的部分。

她把它们点燃了。

她娟秀的字迹在火苗里痛苦地扭动着，蜷曲着，挣扎着……

她仿佛听到了那些字在尖叫……

她的心也在哭。

第四卷 Chapter 4

第一章

1

汤小兰后来想起来，她在一段时间里是分裂的。

那种分裂她有时是能意识到的，但她很快就会被那个角色主宰而忘记了自己。尤其是在和客户应酬时，内心会有不安。会有矛盾，会犹豫，会挣扎……但她会想到另一个人，另一个冒她名的人。她愿意把自己想象成另一个人。她有时甚至愿意去做一小点点坏事，想象成是另一个汤小兰做的。在那一刻，她心里甚至会有一些快慰。这样的身份转换非常频繁，有时她都要糊涂了。她不知道这样的感觉是如何产生的。另一个汤小兰像一个隐形人，在她的身体里自由地进出。事实上她完全不知道另一个汤小兰是一个怎样性格的人。可是她愿意把非她本意而行事的汤小兰想象是那一个“她”……

她想要让自己变得更好，而要更好只能是通过另一个汤小兰来实现。刘晓阳的感觉是对的，她变了，她想。但变的不是自己，自己一直坚守着内心。刘晓阳不明白。她以为刘晓阳后来会回来，可是他突然一下子变得那样的决绝，连电话也不再打。她内心是后悔的，是的，有相当长一段时间她有些后悔，她甚至好多次想着要再去找他。这么多年的感情怎么可能说断就断了呢？她不敢把这事对别人说，不敢告诉父母，甚至都不敢告诉程蕊蕊。只有少数同学知道，有一次一个女同学打电话告诉她，说她马上要结婚了，然后就问她和刘晓阳的情况，她忍不住泪水就下来了。她知道对方一定知道她当时的情绪很不好，好在同学看不见她的泪水。同学还在安慰她：“正常的，我们俩在领证的前一天还大吵了一场呢。过几天就好了。你们俩好了这么久的，不可能说断就断掉的。”

汤小兰后来到底是没能忍住，打了他的电话，却无法打通。打到他的单位里，他的同事先说是叫他接电话，结果数分钟后告诉她，说他出门去了，不在。

她的心是冰凉的。

周美爱的消息倒真是灵通的，她倒是探听到一些消息，说刘晓阳又和那个小虎牙好上了。那个小虎牙的父亲在这里成立了一个分公司，小虎牙已经当了分公司的年轻老总。爱女心切的父亲投资了好几千万，让她自由地支配。而她成立公司后想到的第一件事就是开着豪车，去了刘晓阳的单位。她的出现让刘晓阳大吃一惊，他想不到她在毕业回去一年多后又重新回到这里。而她却很明白地告诉他，她所以回到这里，就是为了他。

“你可以到我的公司当总经理。”她说，“在这种事业单位里干，有什么意思？还等什么分配房子，马上就可以买一套啊。”

汤小兰明白了。她相信周美爱探听来的消息一定是真实的。人心易变，她想。没人挡得住那样大的诱惑，她所能做的只有接受……她感觉自己又回到了人生的起点，但她知道，现在的起点和过去的起点已经是不一样了。

对郎宇光而言，他觉得汤小兰是变了，变得比过去更淳厚了。如果说她过去还是青涩的，现在却开始有了一些圆熟的感觉。她和一些客户的周旋相当好，尤其是她还在和杜区长联系着，这很重要。这是一条非常重要的关系，不能断。以他对人的了解，杜区长和汤小兰必定会发生一些私人感情。他没法判断这样的私人感情最终会到达哪一步，但一定是会有的。只要有，对自己而言就是极大的利好。

他感觉手里的钓鱼线越放越长，而且感觉到了这根钓线正在绷紧……

2

汤小兰只能依靠自己从痛苦的旋涡里挣扎着出来。表面上，没人知道她过去经历的那场内心的伤痛。程蕊蕊事后听了都大吃一惊：“你怎么不对我说？”

“说了有什么用？姐。”她苦笑笑，“没缘吧。缘尽就散。一别两宽。”

程蕊蕊想想，觉得倒也不必太为她担心。一个如花似玉的姑娘，而且现在她的户口也迁到了城里，又有一份还算稳定的工作，再找一个对象结婚不是大问题。她只是为她惋惜，也觉得自己没能看透刘晓阳。

人都是多变的，她想。

汤小兰对于郎总交待给她的任务一直是延宕的，因为她觉得已经又请杜区长吃过两次饭了。她知道频繁地打扰杜区长并不妥当。直到有一天杜区长主动联系了她。她当然是愿意接触他的，因为对她而言，她对权力还是有一种特别的好奇与荣耀。

宾馆的房间里很温暖啊。

她看到外面在飘雪花。雪，越下越大，漫天飞舞。她看出杜区长的心情似乎不太好。她不知道他在政治上正遭遇到的打击。

那天他想到了汤小兰给他发过好几次短信，说要请他吃饭，他就决定主动来请她。

对于杜区长约她吃饭，汤小兰还是蛮意外的。她要请杜区长吃饭当然是借口，她主要是要把郎总为杜区长准备的几样礼物交给他。她不知道那样的礼物是否适当，都是那次从泰国带回的特产。有两样是药酒，据说非常好，尤其是适合中老年人。郎总说如果杜区长不需要，家里的老人是一定需要的。东西不贵，关键是稀有。有人迷信泰国的药酒呢。另有一样东西他相信杜区长一定会喜欢，是一件象牙雕刻，相当精美。那是用整根象牙雕成的，刻的是泰国的大皇宫，精细得都没法形容。他是花了大价钱，费了相当大的周折，用了非常手段绕过了海关才托运回来的。

“你要说这些药酒是你买的。”郎总说，“牙雕他要是追问起来，你就坦白好了。”

汤小兰觉得杜区长不一定肯收。药酒应该是可以的，但牙雕就不好说了。郎总真是细心，能想到的都想到了，甚至都想到了可能应对的说辞。那样的牙雕是她根本送不起的。就算是说她送的，杜区长也不会相信，她想。到底是当老总的，就是不一样。

郎总也送了她一件礼物，鳄鱼皮包，LV 的。它是和送给杜区长的礼物一起拿出来的。“这只包你自己用吧，是我特意给你的，不要送人噢。”他交代说。汤小兰红了脸，感觉自己的心思一下就被他看穿了。是的，这样的包对她来说就太奢侈了。她宁愿把这样的包送给程蕊蕊，显然程蕊蕊也更适合带着这样的包。

就像当时预料的一样，杜区长果然对她带了东西非常地不悦：“你这是干什么？”他有点生气地说，“走的时候带回去。”看到了汤小兰为难的样子，他又缓和了语气，“好吧，那酒我收下，药酒啊，治风湿还是壮阳啊？”

“听说治风湿呢。”她说。

他果然厉害呢，看都不看那个牙雕一眼：“这个一定要带回去，我是绝对不能收的。是你们郎总让你送的吧？绝对不可以。”

汤小兰有点尴尬。

杜区长的手机正好响起来，显然说的事情比较严肃，他一脸的正色。她就悄悄地来到窗边，打开了边上的小门，走到外面的小阳台上。外面的凉风吹得她打了一个寒战，真冷啊。和屋内一比，真是完全不同的世界。这个宾馆位置比较偏僻，是在一个小山的后面，到处是树，风景很美。灯光里的雪花真是美，飘飘洒洒，格外地轻盈妖娆。她看到这个宾馆的小院子里长的绿色植物上已经有了一层淡淡的白雪，看样子这雪会越来越大。这个宾馆已经有点年头了，从外表上看有点旧，但房间里却是装修一新的。

他的房间更加地豪华，是套房，休息和会客的地方是分开的。一切都很讲究。她从来也没进过这样豪华、考究的地方，就算去泰国旅游住的是五星酒店，房间陈设不错，但也没这样宽敞。她很喜欢那样的房间，但她却又喜欢在外面看着雪花。她知道自己和杜区长是有着巨大距离的。他在打电话，说的是公事。她在等待他通话结束，然后就和他告辞。

电话好长。

外面真是冷啊，她都打哆嗦了。她突然听到了屋里的异响，然后看到杜区长踉跄了一下，撞到了椅子上。她吃一惊，赶紧冲进房间，看到他脸色苍白，半坐在地上。“哎呀，您怎么啦？”她赶紧过去扶他。他嘴里呼着粗气，一只手在地上乱摸，试图找到地毯上的眼镜，另一只手撑着地，试图站起来。她感觉到他的身体好沉，就靠在她的胸前，她要努力地顶住他，把他往上架……“不小心摔了，摔了，”他吃力地说，“可能是老……毛病。”她帮着把眼镜递到他的手里，然后架起他来，顺着他眼睛注视的方向，她看到了里面的大床。

他重重地倒在雪白的床上。他的头发有点乱。他重新架好自己鼻梁上的眼镜。她赶紧去帮他倒水。“对不起，谢谢你，麻烦你帮我把外面桌子抽屉里的那个小瓶子拿来，一瓶药。”他说。她赶紧跑到外间的那个桌子的抽屉里翻找，发现有一个小瓶子上面写着“心可定”。她飞速地扫了一眼，然后就倒出两粒，再飞速地把它们放进他的手心里，看他闭着眼艰难地咽下去，赶紧又扶起他喝了两口水……

屋里静极了。

她坐在那里，不知道如何是好。她知道自己不能离开。她要确定他完全没事了，听到他吩咐她离开，才能走。“要不要去看医生？”她有点不太放心。“没事的。麻烦你帮我把手机拿来。”他说。他给他的秘书小阎打电话，说的也还是工作上的事，好像是和他前面接的那个电话有关。说的都是什么张区长、赵区长、刘区长的，汤小兰听得云里雾里的。她不懂。她当然也不需要懂。她能听得出他对工作的认真与执着。他的语气时而是舒缓的，时而是坚决的，时而又是愤怒的。她想他突然发病，也可能和前面的那个电话有关。其实没必要为了工作而生那样大的气，她想。

他应该是个宽厚的人。

晚上他带着她去机关食堂吃饭的时候，他很主动地对食堂的那个师傅说，她是他的“小老乡”。她在心里暗笑了一下，心想他们相距多远啊，哪和哪都对不上。他们口音也不同。他进的是小食堂，没什么人。机关里的工作人员基本都下班了，空荡荡的。偶尔有少数几个人可能是因为加班，才留在这里吃饭。他们和杜区长打着招呼，杜怀民也很和蔼地和他们应答。杜怀民点了一份炒素瓜、千张烧肉、水煮鱼、鸽子汤。食堂的事务长满脸堆笑地亲自多上了两份菜，每人一盅海参玉米粥，一份小牛排。

“多了多了，我没点啊。”杜区长认真地说。

事务长就讨好地解释说：“这是中午的饭局剩下的，我就给您做了，不做了也是浪费可惜了的。”

杜区长就道了谢，没再说什么。

汤小兰想，他这样的人，不可能看不出来别人在讨好他。但是他习惯了。他坦然地接受了别人的奉承和巴结，别人反倒是好受的。而自己只是一个普通的年轻姑娘，他这样对待她，她怎么能不感动呢。

他不吩咐她走，她是不能离开的，她想。她要确保他身体没有大碍。她甚至希望他上床脱衣入睡，看着他睡着了再离开。他刚刚把工作说完，手机还没放下，又响了起来。看得出来他犹豫了一下，有点不太想接，但看到了名字就迅速地接通了。

语气很亲热，才只说了五六句，她就猜出来他是在和周国运讲话。因为他们说到了乡下工作情况，说到了程蕊蕊，然后又说了工业园的事。杜区长是力荐他做项目，他说只要他在那边立项，包括向省里要计划，争取资金扶持，他都可以帮上忙。听得出来，周国运是比较听从杜区长的。然后他们就又扯到了别处，天南海北的。有些话说得隐晦……

汤小兰听不懂。她也隐约知道一些各种的风云变幻，但她天生对政治话题没兴趣。政治是男人们的事。男人们才会对政治津津乐道，连刘晓阳都是，关心时政事。她听得昏昏欲睡，房间又太热，她慢慢地迷糊了……

杜怀民看到了汤小兰好像是睡着了，心里笑了一下。

这是一个多么没心没肺的姑娘啊，他想。她在他的这个房间里居然打盹了，整个身子歪在沙发里，脑袋搁在沙发的靠枕上。到底是年轻，没有心思。当然，也可能是吃多了，房间的暖气又太足。晚上他让她吃了太多的东西。她也是拒绝的，但他不希望浪费。他自己也吃得太多了。盘子里剩多了，影响不好。本来他是可以不点那么多菜的。他是个不会点菜的人。遇到点菜，就会有点心慌意乱。没人知道他这样的弱点，他也从来不说。

杜怀民的睡眠一直就不好，通常每天只能入睡四个多小时。不过他已经习惯了。他不知道要不要叫醒她。这样的时间是一个尴尬的时间。他很少有这样的机会和一个年轻的姑娘同处一室，而且还是一个漂亮的姑娘。他过去一直很注意避嫌。他在乡镇时就曾经有个女干部半夜里去找他，眉眼和话语里都充满了挑逗。他知道她是什么意思，所以就努力地敷衍她。然而，多年以后她也调到城里了，而且还在市里的一个局担任一把手。有时候市里开会他们还会遇到，见面很客气，全当那事没有发生一样。当然，事实上也的确没有发生任何事。

“你这人很严肃的。”曾经一个和他还算是比较要好的女同事这样说他。他笑笑，不置可否。他知道她说的是什么意思，但他怎么可能没有那方面的想法呢？他也只是一个普通人嘛。他只是比别人更自律、更谨慎罢了。

汤小兰能这样睡着，也是对他的一种信任，他想。因为有着这样的信任，他内心里感到一种满足。这样的满足非常充沛、丰盈。它在他的心里翻腾，就像已经越来越热的春天蛰伏在大地深处的氤氲。

他吃惊地看到她有几缕白色的长发，心想这是不应该的。细看才知道她如云的青丝是那样的柔软，是在灯光下反射出来的错觉。他很惊讶她的头发会是那样的浓密，长得真好啊。她的面容是那样地恬静，脸蛋的线条柔美，眼睫毛是那样地长。她有一双明亮的眼睛，一双会说话的眼睛。年轻真好。年轻的，就都是美好的。她的双腿真长啊，非常地诱人。

外面传来轰隆隆的声音。

他有点奇怪。

夜已经深了，会是什么声音？他仔细地听着，果然又响了。

他听清了，是雷声。外面在下着雪，天上却响起了雷声……

他走到外间，看到了那两瓶酒，决定喝上一杯尝尝！

汤小兰居然又梦到了刘晓阳。

她是第一次梦到他。他还和她过去见过的一样，穿着一件藏青色的休闲装，下身是一条牛仔裤。他和一个年轻的姑娘在逛街，他们迎面相遇了。他还冲她笑了一下。但是她却看不清他那个女伴的脸。她想那或许就是传说中的“小虎牙”。她想她要是笑一下，就能看到那个虎牙了，可是她却看不清那个女孩的脸，远远看上去只是一个模糊的面具一样的东西。当她正想要揭开那个面具时，那女孩却主动露出自己的脸来，却是她曾经见过的那个冒名的“汤小兰”。他俩怎么会走在一起呢？她正诧异时，一下就醒了。

醒来发现自己还在宾馆的房间里。

她看到杜区长正在看着她。

“睡着了？”

她有点不好意思地笑了：“没，是困了。”

她想看看几点了，抬起手，看到了手腕上的伤口。

手表没能完全地盖住它。

“怎么了？”他显然也注意到了。

她没吭声。她的眼睛望着别处，其实头脑里一片空荡荡……

那个晚上在和刘晓阳的推拉中，他居然打了她。他恼了。他打了她，打了她一耳光。在他们推拉的过程里，她的电话响起来。她不想去接那个电话，可是那个电话一直在响。她知道那是那个学院的俞老师打来的。他非常顽强而执着地给她发信息、打电话。她曾经非常明确地告诉他，她是有男友的人，而且很快要结婚了。可是他却说只要她一天没领结婚证，他就有权来追求她。他说她过去在他那里读书，他是不可以追求的。而现在完全是可以的。她没有接那个电话。而在刘晓阳看来，那个顽固的电话是有问题的，而她不接，只能说明这里面有鬼。

刘晓阳走了，走得非常决绝。他把那些衣服撒了一楼道，他是一边咒骂一边匆匆地下楼的，怒不可遏。

凌晨三点多的时候，汤小兰想起来应该给刘晓阳打电话，铃响了无数次，他却非常坚决地挂断了。

她就那样坐在床边，一会儿失神地看着屋里一片空荡荡的，一会儿又掩面而泣。她感觉自己是那样地孤独。这些年来她觉得自己走得是那样地心痛，遇上了刘晓阳以为从此有了幸福的依靠。她幸福过，真的。和他在一起时，她有过非常快乐而甜蜜的时光。她努力地改变自己，让自己少一些缺憾，包括她在各个方面都做了很辛苦的努力。她达到了目标，可是，她却又失去了爱。她不知道要如何去面对父母，面对家乡，面对今后的生活……

当屋里慢慢由暗转明，她知道新的一天又要来临了。她忽然希望自己能一直隐藏在这屋子里，永远不要天亮。她站起来，找到了厨房里的那把菜刀。

菜刀是冰冷的。

它从来只是切菜和切肉，从来也没有在她自己的手上切割过。她看到了自己的手腕，细细的，白皙的。她看到了皮肤下呈现的淡青色血管。

她坐在床边，深深地吸了一口气。她把刀刃，对准了手腕处……

她闭上了自己的眼睛。

第二章

1

世上有多少亿人，其实就有多少亿种生活。

每个人的生活都不一样，就算是一家子人，饮食起居都是一致的，生活也各不相同。老张原来就对自己的生活挺能咂摸出滋味的，现在就越发地积极了。他安排周美爱做的事居然真的做成了，她去那个宾馆暗通了前台的一个服务员，悄悄地装了一个小针孔。他曾经试过一次，套了半天的近乎。可是当他看到服务生用警惕的眼光看着他时，他吓得就不敢再提半个字了。

“你是怎么做到的？”他真的有点佩服她了。

她有点小得意，却用不屑的语气说：“这有什么难的？很简单的事，分分钟搞定。”她用了点小心思，骗那个男服务生说，她在那个房间里丢了一只发卡。听得那个服务生有点发怔，将信将疑，然后她就使出她身上的狐媚劲，把他哄进了那个房间。后面的事就容易多了，那个男生有点欲罢不能，就算他要承担被开除辞退的危险，他也只能认了。而要不被别人发现，他只有更主动地去配合她，满足她的要求。

“厉害，厉害，”他不得不服她，“你厉害。”

“光夸厉害有啥用，不如给我多加点工资。”她喜欢更实际的。一百句夸赞，也不如来一张百元大钞实在。这么长时间以来，她也算是见过了点世面，见过各种各样的男人。她发现大多数男人花言巧语的背后，想的只是上床罢了，包括张总。老张这个总经理，现在只有她一个兵。一男一女。奇怪的是朱三倒从没怀疑过什么。老张一直嘴上答应给她涨工资，可是却一直拖延着。她认定他要没有她的帮衬，他没这样自在。她慢慢地发现，她在这个公司里从开始时只是吃闲饭，变成了一个其实是不可或缺的人。老张干的这事，她觉得她也能干。如果她是个男的，她就会自己开公司。

“做过这一单，一定加，一定加。”老张像是保证样地说。

“说话要算数的，别总跟放屁一样。”她说。

老张就笑笑，连声说“算数算数”，心里想：你只要和这女人上了床，她就不再把你当回事了。他算是有把柄捏在了她的手里。他还真的不能不在乎她，万一她要翻起脸来，朱三肯定是要偏向她的。

朱三现在有了自己正式的营生，他接手了一个游戏机房。不过他要的是一个“老板”的名头，找了一个人帮他看着，自己隔三岔五地去看一眼，还是喜欢在外面晃荡。他是个爱鬼混的人，屁股坐不住。除了坐着喝酒，否则坐哪超过二十分钟就浑身不自在。他和老张的理念不同，不喜欢做那种婆婆妈妈的事。虽然他听周美爱说老张挺来钱的，但他依然觉得去和那些老板一类的打交道更有意思，尤其是房地产的老板。搞房地产开发的老板们有钱，差不多是这个时代最有钱的人。十个富翁里，差不多有九个半是搞房地产的。有些房地产的老总也需要他们，遇到拆迁难这种事了，公司不好出面解决的，他这样的人就派上大用场了。

周美爱现在不是他的拖累了。她挣钱了。她说老张还要给她涨，这倒是他没有想到的。看来她是能做事，不吃闲饭。他也明白了周美爱的厉害处。她对他也使了一点小心眼，把大部分钱都悄悄地存了起来，然后吃他的，喝他的。她还缠着他，跟他回了一趟家。家里和原来村上的人都以为她是他的新女朋友呢。是的，他早到了结婚成家的年纪了。他听她说了好几次离婚的事，却似乎只是囔囔。

她爱离不离，他想。但直到有一天她告诉他，她好多天没来月经了，他才吃了一惊。谁的？他知道这话听上去有点混账，不能说出口。应该是他的。可她也回过老家啊。这种事说不好的，有人会打一辈子哑炮，有人却是一枪就毙命。

周美爱不多说，因为她真的自己也说不清。她也对老张说了，老张更是吃惊，眼睛珠子瞪得都要掉下来了。

“难道是我的？”他显然有点不相信。

“还能是谁的？”她说，理直气壮地反问他。

老张说不出否认的理由。一群牛过河，谁知道是哪一只蹚浑了河水？他知道自己只是其中的一头牛，但他却不能说蹚浑了没他的份。他不明白她说这话的意思，是不是要他承担责任。很明显，如果她确定她肚子里的东西是他的种，她就不可能生下来。那个种子只能是朱三的。而她如果是要打掉，他只有多补贴她一点钱。这是必须的，只要她不吵闹就好。再说了，他后面还是希望继续用她呢。不过她这样一说，他也不敢总想那事了。他俩尽量不经常在一起，要么他派她出去，要么就是他自己出去。

这真是有意思啊，他想，这是一种惩罚吗？

他那阵子倒是天天回家，也就是在他回家的那个晚上，婆娘告诉他，说村主任老张来找过他两次了。老张对于另一个老张来找他，多少是有点意外的。他们过去一向是很少有交集。文化公司的总经理老张听老婆说，村主任老张已经找过他两次了，都扑了空。

经理老张过去是难得回去，尤其是最近一两年。他喜欢在城里的感觉。有时他就睡在自己的办公室里，这样才显得他很忙。再说他喜欢在外面交着的那些三朋四友的，天天晚上有个应酬。哪怕只是一两个人炒一盘芦蒿香干，喝上二两小酒，那也是应酬。

主任老张找他做什么呢？他知道主任老张一向在心里瞧不起自己。他瞧不起他，他也不在乎的，各人有各人的生活。他就喜欢自己的那种生活，逍遥自在，今朝有酒今朝醉。谁能管得了明天？老派的人看不惯他，他也一样瞧不起别人。他现在晃荡晃荡的，手里也不缺钱了。村里有人看过他和周美爱一起上街，甚至风言风语地说那就是他的小情人。她算是他的小情人吗？不，当然不算，她是朱三的情人。

老张也是有过情人的，就在本村。他们悄悄地好了几年，村上的人差不多都知道。后来她找个借口，说孩子大了，面上不好看，两人就断了。断就断了，老张也不气。从这方面来说，他是个好脾气的人。

主任老张看上去还是那样的倔，进门时眉毛还是紧皱的，声音很低。他的那种倔是能一眼就看出来的，一看就知道这人不好惹。他自己也说，他是个服软不服硬的人。见了他，主任老张坐下，只是搓着手，干咳着，显然心里在盘算着如何开口。

“啥事吧？只管说。”老张说。主任老张来找他，那就是看得起自己了嘛。自己虽然天天在城里混，但到底是在这个村子里长大的。村子现在虽然已经融入了城市，可是他们在心里并没有把自己当成一个真正的城里人，因为绝大多数人没有工作。城里人大多是有一份固定的工作的。他们宁愿还认定自己是农民，或者是半个农民，因为他们无田可种。没有田，也没有正式的工作。

“没事，没事，”他装作很轻松的样子矢口否认，但是重重的心思又明显地挂在脸上，“就是很久没见着你了，想和你聊聊。”

“你在外面见多识广的，”他给他戴着高帽子，“知道的事情比我多，懂的也比我多。有些事情，我一直就想多听听你的意见。”

经理老张觉得主任老张这样说，就有些假了。他不是这样的人。他这样说，其实是在为难自己。经理老张也不忍心看着主任老张这样为难。

“你客气了。”经理老张说，“我们自家兄弟，一笔写不出两个张字来。要论见世面，其实还是你懂得多。你比我能干多了，也比我有能力。我和你的能力是没法比的，你那是大才，全村里的人都是公认了的。”

“哪里哪里。”主任老张谦虚得很，语气里透着不安甚至有几丝惶恐。

“兄弟我说的是真心话。你不光是有能力，你关键有公心，一心为着大家，而且不偏不倚，这不容易啊。前面的主任，想着的都是自己家发财，连同他的兄弟们。有人说他原来在土地出让上，占了上千万。我看没有上千万，几百万总是有的，到现在也没个说法。”经理老张说，他觉得自己是代表大家说了最最公平的话。

“老赵他们兄弟仨，镇上一直说要处理的。最后总有说法吧，”主任老张说，“要有个时间过程，不会就这样了掉的。”

“你不能这样相信的，镇上对他们好像也是睁一只眼闭一只眼的。”经理老张说，他过去是知道镇上的个别领导和当时的主任老赵关系不错的，这就难免要护些短。扯出藤蔓带出瓜，这是必然的。

“郑书记马上从党校学习回来了，一定会有说法的。”主任老张说。他不久前去城里，见过郑书记。两人聊了很多的事。郑书记显然对现在的很多事情是不满意的，但却又不能对葛镇长批评得太过明显，毕竟他不在的这段日子是他在主事。他要尊重葛镇长的一些决定。他最大的心愿是不要出事。上次的事件让他吃惊不小，他不得不主动去了医院，亲自做家属的工作。对于过去的那些乱象，他是对老张有隐约的承诺的。

“以后要有规矩。”郑书记这样说，“必须要照规矩办。”

主任老张其实不明白郑书记这样说，是不是过去就那样算了。他相信那不是。他在郑书记面前很坦然，自己所做的一切都是出于公心。他自然也不怕得罪郑书记。他希望有一天镇上能把这职务免了，那他也就解脱了。

“你就说吧，啥事，只要我知道的，”经理老张说，“我能帮的，都会尽力。”

“我们自家人，没啥说的。”他说。

主任老张像是把眉头舒展开了，像是叹了一口气，“你最近听到啥动静没有？”

经理老张一头的雾水。

“外面在传，说又有什么新项目要落户到我们这里。”主任老张说，“我也不知真假，只是听说。现在村里人的消息，知道得比我早。好几个人找到我，问是不是这么回事，可我一无所知。”

经理老张被这一提醒还真的想起来，他是听说过一些的，只是他一听而过。他自认为自己是个事实上和村子关系不大的人，可以超然物外的。他和主任老张的意见其实不一致，和相当多的村民也不一致。他在村里前前后后的拆迁中，没有吃过亏。虽然他算不上占了太多的便宜，但总是比上不足比下有余的。有了那些补偿款，他才在外面慢慢风光起来的。

“倒是听说过一些的……”

“那能行吗？”主任老张问。

“不好说，”经理老张说，“这事儿不好说，总是有影响吧？要说项目呢，那肯定还是房地产项目要好一些。大家都好。别的项目就不好说。”

“老赵他们兄弟仨，据说现在到城里走得勤。”主任老张说。

“看到的。”他说，“见过两次呢。据说赵老大和区里的什么领导有关系。他想夺回你这个位置呢。”

“如果有公心，我也不反对他再来做。”主任老张说，“前提是村民们同意。我和他又不是权力斗争。你路子广，你帮我打听一个人，可好？”

“行，没问题。”老张觉得他打听对了人。至少，主任老张表现出了真正尊重他的职业特点。尊重了他的职业，就是尊重他本人。

“你帮我打听一件事，看看镇上的葛镇长和那个房地产的大亨刘总是什么特殊关系。”主任老张说，“刘总现在想把我们石牛湖那边最后一块地都吃了。那块要是再被开发了，我们村就一无所有了，以后连想办个企业都没地了。”

“行。”老张说。

经理老张后来才知道，为了这事主任和对方已经僵持了很久了，有一次差点还打了起来。

2

郎宇光知道自己顺风顺水的日子真的开始了，因为他有别人没有的筹码。这个筹码是隐秘的，甚至当事人自己都不明就里。他其实一直在观察汤小兰，感觉到了她的一些异常。有好几天她的情绪是低落的，而且走神。和她说话，她像是完全没听进去。或者是听进去了，却很快就忘得一干二净。她的脸色也不好看，像是受了很大打击的样子。他知道她需要时间来恢复。

那事对她来说，性质肯定是严重的，他想。但一切都会过去的，时间是浸满了眼泪的咸水，会在不知不觉中慢慢地让你的心变得板结。她的情况当然有点特殊，但他知道对于很多人来说这其实是一个机会。他希望她能在这其中获得一种交换的快乐。她现在也许不会有，但只要经过一段时间一定会有，他坚信不疑。而自己才是真正的赢家。他所要做的，就是想法好好地把她留在自己的公司里。

她是他的秘密武器！

他不需要控制她太久，也许有两三年时间就足够了。那时他会拥有更多的资本。他有了更大的实力，一切就会更加顺利起来。有那么一天她会离开这里，也或许不会离开这里。离开或不离开取决于杜怀民。可不管她将来离开不离开，他不能放过这样的利用机会。

“你什么时候结婚啊？”他装出很关切的样子，知道这个时候她需要别人对她未来的幸福进行暗示，淡忘心里的暗疾，“我们可是等着喝喜酒呢。”

“结什么婚？”她说，“没有啊。”

“和他闹矛盾了？”

她淡淡地笑了一下：“没有啊，没有。什么都没有。”

郎宇光那一刻有点糊涂了，他不知道她说的是什么意思。

汤小兰不解释。她知道这一切都是自己应得了。她需要被惩罚，她想。她不怪别人，要怪只怪自己。她怎么可以怪杜怀民区长呢？要怪只能怪自己。她承认自己那个晚上有点糊涂。她没有把杜区长想成是和过去遇到的那些男人一类的。当然，他们的确也不是一类的。所以当他提出让她躺到他身边时，她犹豫了。她心里是抵触的，可她又觉得她不应该拒绝，因为她实在是欠他的太多。所以，当他拉着她的手时，她顺从了。

她孤独，需要被爱。她在他的眼里，仿佛感受到了父亲一样的温暖。

他们只是并排躺着，听着寂静无声。越是寂静，汤小兰心里越显得慌张。这太荒唐了，她想，完全不像是真实的存在。她有些恍惚，感觉更像是在梦里。她怎么可以和另一个男人这样并排躺在一个陌生的地方呢。这个男人对她是好的，她是感恩的。

这是一个成熟的男人，她能感受到他的温暖与强烈的男性气息。他是温暖的，又是陌生的。这个陌生的成熟男人居然和她如此之近，显得分外地神秘。她承认他的身份给了她强大的心理压力。外面的雪早就停止了，不过还在下雨。外面的世界肯定是凄冷得很，而在这个套房里却格外地温暖舒适。如果她不是心里很紧张，或许会更舒适。她更喜欢原来坐在那个沙发里，有一会儿她都已经快要睡着了。当她要离开时，他却建议她再陪他一会儿，因为外面的雨下得正猛。他和颜悦色，并没有那种邪意。可是，他就坐了一会儿就又感觉心脏不舒服，躺下了。

“你的眼睛真漂亮。”他说。

汤小兰有点羞涩。这样的深夜，这样的相处，的确是充满了一种暧昧的。她应该走了，应该走了。不管她多么地惧怕寒冷，不管她内心里是多么地孤独，她必须要离开这里了。她在心里不断地提醒着自己，但她也的确看到他仿佛并不愿意她马上离开。他好像全无倦意，也许因为他是有病痛的缘故。

他握着她的手，安静了很久很久。

“这是什么？”他看到了她手腕上的伤痕，吃了一惊。

她羞愧地忙不迭地抽回手，躲藏着。这是他不应该发现的秘密。她不想让人发现，因为这需要解释，而这解释对她来说实在是太困难了……

“怎么了？嗯？怎么了？”他正色起来。

他挣扎着坐了起来。

她哭了，不可抑制地哭了……

夜在她的哭泣声里，越发无耻地静谧着。

杜怀民感觉自己的心在颤动。无论如何他想象不出这样年轻漂亮的小姑娘，怎么会下得了这样的狠手。

这是需要极大勇气的，没有几个人能做到。她也是脆弱的，仅仅是经受了这样的打击就要去走那样的道路。他劝告她说，这样的打击其实是人生里最小的打击。当事情过去后再回头看，她会觉得当时的行为是极端愚蠢的，是在犯傻。

“你这样年轻，路很长的。”他说，“你以后的生活会越来越好的。”

“凭你现在这样的条件，找个小伙子容易得很。”他说。

“他会后悔的。”他说，“失去你，是他没福气。”

“你要真那样做了，你能对得起谁？”他问她，“程蕊蕊对你多好啊。”

“答应我，以后不要再做那样的事，”他说，“以后我帮你找个更合适的小伙子。机关里的小伙子多得很。”

她的泪水泛滥……

很多事情就是这样在非常态的环境下，导致了错误的结果，但细究起来却发现一切其实都是那样顺理成章。清晰的混沌。原来坚固无比的堡垒，有可能就在这种特别的错误之下如沙堆一样地坍塌。事后她无论如何，都没法解释自己为什么会发生那样大的错误。错误之下，她的心里就像有虫子一样地，时刻在噬咬着她，尖锐地疼痛。

“你冷吗？”他问。

“不。”她一直在打战。屋里就像深春一样温暖，可她寒冷彻骨。

他抱住了她。她不敢动，一动也不敢动，只是双臂交叉紧紧地护在胸前。她有些晕，头脑昏沉沉的，就像那次割腕后的感觉……她需要沉睡，睡过去……不再醒来。

她像一只小猫一样蜷缩在他的怀里。

她不敢动，脸上烫得厉害。她想她的脸一定是绯红的，就像喝醉了酒一样的。她的头脑里乱得很，也怕，怕得闭上了眼睛。她宁愿躺在黑暗里。她害怕自己就这样置身在光亮里。光亮让她难堪。

“把灯关上，把灯关上。”她像是呢喃。

汤小兰憎恨自己。

憎恨自己的最好方法，就是自己把自己藏起来。肉身无法隐藏，她只能藏起自己所有的心思。那些心思如一团乱麻，死死地堵在她的心里。

郎宇光知道她藏着心思。她是个能藏心思的人，虽然有时脸上难免会流露出来，可是她却绝不会主动提及，甚至你再三询问她也不会告诉你。她或许是习惯自己一人承受着一切。他努力地讨好她，装着无意的样子送她一些精致的小礼物。直到有一天一个朋友悄悄地给了他一个视频，他大吃了一惊。

他终于等来了他需要的。

他一直想做的，还没有实据。可有人干得比他更好。

对方开了很高的价格，郎宇光一点也没有犹豫，立即就成交了。但他也提出了一个要求，就是要求对方不要再偷摄了。视频里的图像他一个人关在房间里偷偷地看了好多次，看到的是一个和他平日里看到的完全不同的影像。长时间的室内图像静默无声，人物是分散的，一个人物在走动，一个人物则无聊地坐在沙发里。视频右上方的读秒数字在迅速地跳动，半小时过去了，一小时过去了，一个半小时过去了，两小时过去了……对方提示他要快进到最后的十分钟处看，他终于看到有两人是拥抱在一起的。而之后是一片漆黑，什么都看不到了。

什么都可能发生，什么也可能没有。黑暗隐去了一切。但对郎宇光来说，他觉得拥有这样的东西就足够了，因为这对杜怀民来说也可以说是致命的。他一向的声名是不错的，但仅凭这小小的一段录像足以粉碎他的形象了。

郎宇光小心地保存着。适当的时候，他会向杜怀民暗示的，他会私下里复制一份然后把这份交给他。当然，这个时机他是要拿捏好的。

这么久的用心，他觉得开始有了收获……

和汤小兰相比，周美爱现在干得欢，活得滋润。她知道公司里最近一段时间来钱快，老张真的给她加了不少的工资。时不时地，老张还送些礼物给她。她的工作简单而轻松，大多数时候她就直接把东西交给老张，看都不看。

她没兴趣。

周美爱现在喜欢看言情剧，而且是纯情的长篇连续剧，越纯情越好。那些纯情的电视剧，经常让她感动得一把鼻涕一把泪的。

“太好看了，”她经常对老张说，“好看得不行，太感动人了。”

周美爱现在真心觉得自己活得比汤小兰好，至少她没有像汤小兰那样，居然傻到割腕。汤小兰真是太傻了，她想。她觉得以后有机会，一定要好好地和她聊一次，要解放思想。男人好多是傻子，虽然他们在外面做事很能干，可是只要女人稍微使点小手段，他们就俯首帖耳的。不懂得利用自己的优势是个傻子，她有那样好的条件却不利用，真是可惜。

周美爱希望将来的汤小兰能真正地回报自己。

汤小兰欠她的，她想。

那一次如果不是她及时发现，汤小兰早就没了。

那天一大早她去敲汤小兰的门，因为她发现自己的一串手链丢了。她完全记不起在哪丢了，忽然想到前些日子因为半夜里和朱三赌气，到汤小兰那里睡过一晚。丢了好些天她都没觉察，但那个早晨她猛地发现没有了，所以想到要在她上班之前来看看。

“真傻。”她说，“傻透了。”

她觉得汤小兰这个行为太不值了。

“嫂子……请你一定……不要告诉……任何人……”躺在医院里抢救的汤小兰拉着她的手说。

周美爱的心里也抖了一下。

她决定真的帮她守着这个秘密。

但她相信汤小兰会变的，只是时间问题罢了。城市生活最能改变人了。城市越大，改造力越强。对这一点她是深有体会的，她就觉得自己变了，变成了一个和过去区别很大的人。她对自己的这种变化是喜欢的。

现在的周美爱早不再那么崇拜朱三了，这也是变化之一。原来她觉得朱三的本领很大，现在看来都不如老张。老张挣的钱明显比朱三多多了。老张算不上是个多聪明的人，但明显是会动脑筋。周美爱觉得一个男人就应该会动脑筋。

“会动脑筋的，才会挣大钱。”她对朱三说。

朱三居然忍了她这种教训的口气：“你懂屁！说我不动脑筋？不动脑筋我早饿死了。”

“动脑筋也有许多种动法。你看老张，就是生财有道。”

“有道个屁，”朱三不满地说，“我都瞧不上他。我让他向东就向东，向西就向西。”

“吹！”周美爱觉得朱三这话说大了。放在之前说，她信。现在说，她不再信了。

朱三不吭声。

他不想再和这个女人计较了，但他心里却想：应该找个机会收拾一下老张，让她知道自己的厉害。周美爱突然这样崇拜老张，难保他们没有暗中来上一腿。

朱三越想越觉得可疑。

是的，太可能了。他们几乎整天在一起，发生点什么不可能？他是知道老张的，很好色下流的。“朋友妻，不可欺”，可是对老张来说这就不算什么了。朱三越想越生气，仿佛他已经捉奸在床了。

必须要收拾他。但是，他要动点脑筋。他是不便直接下手的。

他可以想着法子让别人来下手，而且，打了他还要让他出一笔钱。

朱三是下定了决心！

3

发展得太快了。

这个国家每天都在发生着变化，变化巨大。杜怀民经常有这样的感慨，而且有些变化他也参与了，他是建设者中的一员。凭他的能力以及过去的成绩，他是可以升迁到一个更大的位置的，但是结果却毫无动静。上面的人事变动频繁。他有点看不清方向。最初的一段内心浮躁过后，他慢慢又沉静了下来。没人看到他的变化，尤其是心理变化。他一切如常。有一阵子他还受许老家人的委托，整理他生前留下的那些文稿。许老的家人对那些文稿吃不准，也没有太大的兴趣，所以又想到了他这位“前秘书”，说是老人生前有过交代的。

杜怀民当然不太相信，因为他知道老人是突然走掉的。当然，老人提过的可能性也是存在的。送来的材料有很多，有许多材料是他过去看过的，甚至有一些是他当时参与起草的。真正有价值的是许老生前提及的回忆录，写在材料纸上，好几百页。他粗粗地翻阅了一下，发现许老写得有点杂，主线是写他个人的经历，从他的童年开始，如何读书，如何走上革命道路以及后来参加工作，直到成为省里的主要领导后的一些经历。而在这其中不仅夹杂着他许多的个人思考，有对个人的，也有对整个国家和社会的。里面甚至还有许多读书心得，显得非常地芜杂。工作的思考和读书心得在这部芜杂的个人回忆录里占了相当大的比重。杜怀民看到许老对一些经典著作读得的确非常地深入，有些观点不乏深刻，有些则显得有点浅显。甚至有一些观点在杜怀民看来是错误和可笑的，里面有一些事件的时间上可能也需要进一步地核实，可总体来说这肯定是一部难得一见的个人回忆录。他和许老的秘书通了电话，交流了一下意见，决定还是交由组织决定，如果许老的家属不反对。杜怀民自己让小阎复印了一份留存，他要抽空认真地从头到尾读一遍。

那本书里一定还隐藏了许多的人生经验和秘密，他想。老头藏了许多东西，过去都没有说过，但在这个回忆录里提及了，有些还说得很细。如果把读书心得这一部分从里面抽出去，也许这会是一本非常精彩的书。许老读过的一些书，他也要找来看看。但他实在是太忙了，根本静不下心来。

杜怀民有太多的事情要忙。只有忙碌，他才能真实地感觉到自己的存在。忙碌起来才是真实的自己，一旦闲静下来反倒让自己产生一种虚幻的感觉。

他不喜欢闲。闲下来想起一些事情会让他感觉不安。他总会不自觉地想到汤小兰，他知道这个错误有点大，是不应该发生的。他甚至想到要是周国运和程蕊蕊知道，会不会生气。他们或许会认为他前面的帮忙其实都是别有用心的，他要如何申辩？他相信汤小兰不会把那事说出去，可是他却忍不住想自己的失当。

那一切当真是无意发生的吗？当然不是，他想。从开始自己就有亲近她的欲念。他没有想到会有那样的结果，但他绝对不能否认他是喜欢她的，想亲近她。她那样一个年轻漂亮的姑娘，给他内心带来了一定的愉悦和满足。和她随便说说闲话，让他的精神放松。她在他的身边就像一只温顺的小猫，毫无防备。当然，他对她则是充满了居高临下的那种关爱。是的，他愿意去帮助她，关怀她，喜欢看到她受到关爱后那种出自内心的感激流露在脸上的表情里，温柔而甜美。他也不知道自己这样的一个男人为什么会在那个夜晚感到特别地虚弱，他需要身边有一个人陪着他，说话或是不说都可以，只要是有一个人。当然，这还是借口。他想如果只是需要一个人陪着为什么不是秘书小阎或是别的什么人？

但他是克制的。不管对自己有多少怀疑，他从不怀疑自己那个晚上是克制的。他一直试图掌握着一个“度”。他相信自己的理智。

他太自信了。或许是自己的怜悯心又一次发挥了作用，因为他感到她的身体在他的臂弯里发抖，就像是严冬里树上的一片树叶。他情不自禁地抱紧了她……

他在心里不断地提醒自己，放手！放手！放手！可是他却不能适可而止。他忽然变得无法控制住自己了，满脑子里只有一种欲念。他闻到的是一股淡淡的香味，这样的香味他熟悉，又是陌生的。这香味如此年轻让他有点迷醉。他记不得自己何时嗅过这样的香味。这香味离他仿佛非常遥远，可是又如此之近。他能感觉到她激烈的心跳。他感到自己体内有一种力量正在上涌，是从身体的四面八方向某个方向集中，它们汇聚的力量是如此地强大，强大到他完全无法抑制……她在反抗，努力地反抗，不激烈，但却是顽固的。她的顽固一点也没有唤醒他的理智，相反却激起了他男性的更强烈的愿望。是的，太长的时间里他遇到的从来就是顺从和奉迎。

杜怀民后来想，自己一段时间一直挺关照郎宇光的公司，其实就是在对汤小兰进行一种补偿。他希望她在那个公司里能够工作得顺心一些。不知道是不是自己敏感了，他隐约觉得郎宇光知道些什么。他了解一些老板，他们的心眼比自己深多了。他们是挖空心思的。不可否认他们都是一些聪明人，聪明得有时都近于刁钻。自己和他们是不一样的人，必须要有所防范。区里对一些企业进行过一次摸底调查，像郎宇光这样的公司是不适宜享受政策优惠的。他细细地看过了名单，然后把他的公司打了个问号。

“这公司我们去过啊，还挺不错的。”他对秘书小阎说，“他的子公司是 IT 行业，是符合要求的。我们还是要按政策办。”

小阎懂他的意思。

杜怀民觉得自己做的还是能讲得通的。他关心汤小兰，其实心里一直是有影子的。他发过短信给汤小兰，问她最近怎么样。她过了很久才回了一条短信，说挺好的。挺好的，三个字看上去简单却又可以是复杂的。他没有问得太多，心里有点顾忌。有好几次他想再约她，可是手机捏在手里好久，终于又放下了。

或许有更适合的机会见面，他想。

天气慢慢暖和了起来，又一个春天来了。

周国运果然把他挂职的所在地的领导说动了，而且县里的领导表现出了极大的热情。他们先后组团考察了多次，从县经委主任开始，一直到最后四套班子悉数齐来。在他们看来，这是一个很大的项目。对于新区的出让，县里是非常感激的。每次来，他们都会送上大米、蔬菜什么的绿色产品。杜怀民要付钱，可他们坚决不答应。于是，机关食堂留了一部分，大部分作为福利分给了机关的工作人员。人人有份，连临时工都算上。这是杜怀民特意关照的。虽然只是简单的一袋米、一桶油，或是几斤蔬菜、水果，但大家都很高兴。他要求区里的局级以上干部都不许拿。“这些人成天都不在家吃饭的，还要这些干嘛。”他说，“局一级的一律不参与这样的福利。”

杜怀民对于达成这样的协议是非常高兴的。为了解决这个问题，其实他已经想了好久了。区委、政府多次研究过这个问题，当时并没有好的主张。对于现在的这个方案，大家是一致赞成。之后区里又召开了一次企业通气会，企业家们也非常感兴趣。周国运领着那些企业去他们那里进行了实地考察，相当满意。县里为了这个项目，规划了一大片的土地，而且基础设施基本成型，并且保证在税收上有一定的优惠。政府做前期投入，不需要企业负担。而进驻的企业可以进一步扩大再生产，用工成本大幅下降。

市里对这项工作是大力支持的。杜怀民当初的这个构想和市里的领导商量过多次，他们是一致肯定的。区内的这些企业一旦搬迁，那么他们新的项目引进计划也就要开始了，但这件事却又不宜太急，他想。杜怀民想要下一盘更大的棋，比如说要引进国家级的大型科研项目进驻。他有个不成熟的想法，就是引进机器人制造。他是从一份科技情报上读到这个信息的，认为将来的机器人产业会是一个很大的蛋糕。未来的机器人必定要代替人工。

杜怀民觉得这是一个大方向。应该走出去看看，他想。他们应该多和科研院所打交道，除了本省的，还应该去北京看看。一个午后，他没有休息，就让小阎通知科技局、组织部和人事局的领导，到他的办公室。局长部长们都以为是什么大事，一个个都急忙忙地赶来。他却笑着，说要他们提供一份比较详细的名单，列出北京所有著名的高校，尤其是那些最新的科研项目。自然也少不了中国工程院，那些掌握了最新的前沿科技的院士一定要去拜访的。主要的任务落在科技局和科委身上，但组织部和人事局要做好协调配合。

科技局的局长一脸的严肃，组织部长和人事局长则显得一身轻松。杜怀民打发他们走了，心里想：他们很轻松吗？等名单出来后的组织工作就让他们去组织。这是大事，必须全部投入进来。

这或许是全年最重要的一项工作，他想。只有拜访也是不够的，还要搞座谈会，用两到三天的时间。请那些院士和专家们提点意见，明确一下未来的产业方向，这是很有必要的。他相信在这样的会议上，一定能获得有价值的情报和有益的建议。

他很坚定这样的想法。

一切仿佛都还是老样子，沿着既定的轨道。不，事实上他觉得他的工作又有了新动力。他要干得更漂亮些，说他踌躇满志也不为过。奇怪的是有个晚上他居然梦到了汤小兰，梦到她和他见面了，一切如常，有说有笑。一会儿又梦到她哭了，哭得很伤心。他叫她，她却不理他。他想应该和她再见一次。他想对她做一些解释，甚至是认错，更想安抚她，宽慰她。他完全没有料到会是那样的一个结果。他心里是紧张的，这样的事对他而言说大不大，说小却并不小。他希望自己能以别的方式来补偿她。他问过她两次，她却都推说公司里忙，有事。当他以视察的名义再一次出现在她公司里的时候，他看到她的脸红了。

她站在那里，眼睛里闪烁着羞愧与紧张。

第三章

1

一年后。

【本报讯】昨天上午六点二十分左右，在沿江大道附近的岔道口，发生了一起交通事故。一辆行驶中的无牌工程车撞上了路上的行人，致其当场死亡。据目击者说，死者约五十三岁左右，男性，系新区某村委会主任。

（本报记者　杨佩真　通讯员　刘虎）

【本报讯】针对网上有传言，上月27日上午死于交通意外事故的新区刘王庄村委会主任张××死于被人蓄意谋害的说法，所在镇的相关负责人表示，这样的说法毫无根据。事发当天，天降小雨，路面湿滑，事发路段为事故多发地点。记者从当地警方了解到，肇事者已经被警方拘留。

（本报记者　刘前　赵小军）

【本网讯】××新闻网记者3月15日获悉，上午10点35分，该市建设局局长吴光从光明大厦18层坠楼身亡。据该局办公室主任介绍，吴光系擦窗玻璃时不慎失足。

【本台消息】××TV记者3月18日报道，经记者多方调查，前天不幸坠楼身亡的市建设局局长吴光不排除患有抑郁症的可能。据该局同事证实，吴光在事发前的半年时间里经常埋怨休息不好，睡眠不足。死者家属也反映吴光曾经到市立医院就诊。关于此事的后续消息，本台将进一步调查。

（本台记者　大明　晨光　郝应秀　周南　王爱民）

【本报讯】3 月 22 日，针对网上有传言说新区刘王庄村委会主任张 ×× 死于被人蓄意谋害的说法，有不明真相的群众聚众闹事。警方积极行动，目前已经拘捕带头煽动闹事者，并积极对相关人员做好疏导工作。

（本报记者　杨佩真　张宁　马兵）

【本报讯】市委、市政府日前召开会议，要求进一步做好群众的信访工作，加强突发事件的处置能力。市委书记吴荣在会议上强调……

（本报记者　王勇　张茜）

【本台消息】据省纪委消息：经省委批准，副市长徐春因涉嫌严重违纪，目前正接受组织调查。

【本报讯】9 月 13 日，一个涉嫌以婚姻咨询、婚外情取证为幌子的侦探公司因涉嫌敲诈被警方起诉。海陵区法院审理了结了此案。该公司法人张 ×× 和员工周 ××（女）伙同他人利用电脑进行照片 PS，对多名受害人进行勒索，涉案金额高达数百万。

（本报记者 周雨航 刘江 赵田）

…………

2

那天上午和往常一样，杜怀民去区政府上班。和往常稍有不同的是，他那天突然想到应该骑车。儿子有一辆自行车，八成新。儿子去外地上学后，自行车就一直闲置了。为什么不可以骑车上下班呢？这样可以锻炼身体。他忽然想起来自己工作这么多年来，其实一直就没有怎么好好地锻炼过身体。忙碌是他的主要基调。

“骑车好。”儿子也是这样建议的。

杜怀民原来并不太注意健康问题，他自恃年轻时身体一直很好，在大学读书时还是篮球中锋，双杠臂屈伸一分钟能做四十来个，俯卧撑能一口气做一百个，不喘气。当年的周国运远不如他，可现在周国运的身体倒是正常的。

“身体要搞好，”周国运也这样说过他，“不能太累。”

自从那次突发了心脏病后，杜怀民强烈地意识到了身体的重要。但是健身是需要时间的，他哪有空余的时间呢？尤其是最近两年，经常有会，有时还要拖到很晚才下班。还有各种应酬，有些是实在推不掉。他是受邀打过几次高尔夫，但那真算不上是健身。办公楼里有乒乓球室，但他总也打不了一会儿。打一会儿就会有事找他。只要他踏进区政府的大院，他就不能自主了。所以，上下班骑车可能就是他最好的健身选择了。

从家里骑车到机关，大概需要半个小时。他家住在城东，到区政府这一路还是比较顺当的。门卫看到他骑着自行车还很惊讶，他只是报以一笑。开始骑上去时他还感觉有点不太自然，可是他很快就融进了上班的人流里……他和那些普通的上班一族全无分别，他不认识那些人，那些人也同样不认识他。主干道上车来车往，他却不再是那坐着公车上班的人了。这很好，他想。他想他以后可以一直这样骑下去，甚至还可以动员其他同志一起骑，这也算是机关新风。

在九龙桥那里，他遇到了堵车。路上堵得一塌糊涂，说是前面在施工。各种车子互不相让，骑自行车的人也就在这段路上形成了“堰塞湖”。一堵，人们就急了起来。一急，嘴里就埋怨了起来。“施工也不应该堵车啊，”杜怀民也有点心焦，他不想迟到，这天有很多事情要处理，还有一个现场办公会呢，“尤其现在是上班时间呢。”

“这边又不止一次堵了，还有前面，也堵，”边上一个男人大嗓门，“今年差不多都堵了有半年了。各种开挖，一到雨天，更是不得了。”

“他妈的，只知道挖，只知道挖。这些他妈的当官的就知道乱折腾，”另一个男人骂道，“各种乱折腾。”

“他们折腾了有好处。”一个中年妇女说。

“你看看新区这边，杜怀民他妈的干的这好事！地铁4号线、绕城立交、体育馆、金融大厦、清水工程……到处都在挖，满城都是工地。到处挖得不成样子，交通不堵才怪。”那个大嗓门的男人埋怨说。

杜怀民不吭声，心里有点发虚。好在没人认得他，他想。他知道群众们骂的是事实，尤其是最近两年城市改造的动作真是很大，但这是必须的。群众和领导的眼光是不一样的。再过两三年，回头再看他这样的改造，肯定是值得的。老百姓看到的只是眼前。城市改造中有很多的问题，有些真是难以避免的。城市改造不是工人在流水线上，制造一个产品，可以做得极为完美。各种矛盾和利益纠缠交汇，各种的人为因素和不可预测的意外，常常是烦不胜烦。官员们有时候做的工作相当吃力，还并不讨好。但工作就是工作，没什么好埋怨的。他时时也会妥协，有时为了别人，有时为了自己。

他知道自己这两年有了一些变化。

杜怀民知道有时候是身不由己，但他努力地掩饰着自己的变化。

到了大院时，比他往常坐车居然还提早了五分钟。机关里的人看到他居然也骑着车，纷纷向他问候。这样的感觉很好，他想。他把车停在车棚里，然后去了北楼。上了电梯，进了办公室，秘书小阎已经把所有的会议材料全准备好了。这一天有许多事要忙，关键是一个现场办公会不知道能不能顺利地解决。下午还有两个小会要参加。有一个会是可以不参加的。很多会都是可以不参加的，但是如果他不去讲话就好像他不够重视一样，鬼知道的事！所以事实上就是重要不重要的会，他都要去讲话——没有什么工作是不重要的。

“你和于区长联系了吗？”他问小阎。

“于区长说时间不变。”小阎说，“常部长说，双创双收的会议还是请你去参加。”

杜怀民没讲话，心想这个老常，真是固执。这样一来，下午的那个小会他真的要酌情考虑是否再参加了。

双创双收的讲话稿已经准备好了，他计划用二十分钟讲完，结果还是用了半个小时。从会议室出来，他看到小阎正在焦急地等他。赶去开现场办公会在时间上就有点紧了，但他知道车子一定已经发动了。可是小阎却迎上来告诉他，陈市长通知他到市政府去开一个紧急会议。

阳光真好，透过车窗玻璃晒在他的身上有些热。道路两边都是林立的高楼。景观树木在两边排成两行，非常地漂亮。这是他引以为豪的地方。当时是花了大价钱引进的，也有不少的争议。但现在看来，真是值得，他想。

天很蓝，蓝得新鲜。这样的天气真是难得。他完全想不到这一天对他意味着什么。是的，他完全没有预感。只有事后想起来他才会觉得这一切或许是冥冥中命里注定，比如说，前一天晚上他和妻子聊起了家常，说了许多许多的事情。他回忆了小时候，回忆了大学读书的时候，回忆他和妻子刚见面时的那种窘迫以及那会儿刚成家时的经济拮据。妻子有许多的埋怨，他居然也没反感。车子从中山路又驶入中央路，从中央路又驶向北京东路……路两边从高大的法桐变成了水杉和松柏。苍劲与挺拔，相映成趣。

在市政府的大红门那边下来，就有两个年轻的男子迎上来。

“杜怀民？”

他点了点头，仿佛一下就全明白了……

3

七个月后。

汤小兰眼睛的余光看到了一些熟悉的身影。有郎总、小李，也有周美爱……

“全体起立，请审判长、审判员入庭——”

汤小兰不敢抬头。

“查明当事人、诉讼代理人到庭情况，核对证件。”

法庭里静得怕人，只能听得到一个声音。那个声音是那样威严、响亮。她的耳朵里“嗡嗡”的，像是被那声音灌满了。它从她的耳朵里灌进去，震慑住了她的全部神经。她感觉那一刻，她就是一个木头人。她不能动，也不敢动。她怎么也没想到自己有一天会出现在这样的场合……

“请肃静……”

“你叫汤小兰？”

她听到有声音在叫她。

“是。”

她怯怯地抬起头……

她似乎看到了一个熟悉的身影。

是的，有些熟悉的身影，有些熟悉的脸庞……是的，她看到了主审庭边上的一个年轻女法官，剪着短发的，那不就是她曾经去找过的那个姓赵的姑娘，冒名的汤小兰吗?

另一个汤小兰也在看她。

两人的目光电光火石一样，又迅速地移开。汤小兰心里突然一阵揪痛，痛得那样地尖锐。这是命运的捉弄?她们怎么会在这样的一个场合又重新相遇?她现在甚至有点后悔去找过她了。现在的这一切是太戏剧了，戏剧得她自己都不能承受。

她有点站立不稳，双腿就像面条一样地软了下去……

程蕊蕊一直坐在旁听席。

她的心里酸酸的。她怎么也没有想到杜怀民会犯下那样大的事。周国运知道这个消息的时候，内心受到的震动和打击还是蛮大的。在内心里，他一直是佩服杜怀民的，觉得杜怀民各方面都比自己强。他怎么也想不到他会“栽”了。他想到了《桃花扇》里那段著名的唱词：“金陵玉树莺声晓，秦淮水榭花开早，谁知道容易冰消！眼看他起高楼，眼看他宴宾客，眼看他楼塌了……”

杜怀民是一个能干的官员，这是大家还比较普遍的看法。他和别的那些贪腐官员是不一样的，有区别。他做了太多太多的事，必然在工作中有这样那样的问题。有些问题可能是无心的，但有些问题或许他是有心为之。在过去是没事的，但在当下他却是难以逃避的。他出的不是大事，是因为一件小事被牵扯的，据说是受了别人的胁迫。而胁迫他的正是汤小兰公司的老总，郎宇光。汤小兰在这个过程里却并不是一个知情者。她只是一个证人。程蕊蕊怎么也没有想到汤小兰会走到这一步。她有点后悔，也许从她们那次在车站雨中的相遇就错了。如果她们那次不相遇，她们就不会结缘。她们不结缘，她一定就不会认识杜怀民。她也许就只是一个普通的打工妹。或许，她早已经回到乡下的村里结婚生子了，就不会发生眼前的这一切。

但这种事谁能预料得到呢。

程蕊蕊的脸色有些苍白。她不知道汤小兰会面临着怎样的一种结局。但不管怎样，她一定要帮她，她想。

第四章

1

风清云淡。

阳光灿烂，照耀着这个广阔的平原。

这是快要进入成熟季节的大平原，在成熟即将到来时，保持着旧有的静谧。这静谧充盈了整个空气。空气里是熟悉的植物的气息。大大小小的村落看不到什么人，只有一些老人和孩子。一些家禽牲畜都在农户的院子里，安静地转悠着。

很多村子看上去没有什么变化，多年如一日。

刘家村也一样，老样子，几乎像是完全静止的。只有村外的那条大河，依旧在很平静地流淌……

2

时光无声。

就在女儿作为证人出庭受审的那一天，汤立德和曹淑英正在地里薅草。地里的草长得太疯了，它们在炽热的阳光下尽情地疯长。在庄稼地里，它们从没有这样尽情地自由自在地疯长过，长得都快有膝盖那样高了。在那一大片庄稼地里，老汤家的这块地，成了一道特别的风景。

这是庄稼人的耻辱。

他们怎么可以让地荒芜成这样呢。因为他们没有心思打理庄稼。他们在村里藏着巨大的秘密，心事重重。他们不能对任何人吐露。但他们也知道，这样的事情早晚有一天还会被别人知道，所以他们天天满怀着焦虑。

最早是汤爱军回来说的。以前他回来都是情绪很好的样子，但前一次回来脸色就不太好看。他也在城里工作了，在汤小兰帮着找的一个公司里做后勤。所谓后勤打杂。工作不重，工资倒还可以。他对这份工作是相当地满意。进了城，有了工作，他腰杆一下直了不少。他也见过了周美爱，见了面，两人就是吵，互不相让。周美爱的意思是团聚也是可以的，但互不干涉对方的工作和生活。他干他的后勤，她当她的助理。她的理由是很充分的：“城里人多少夫妻，谁不是各干各的？”

汤爱军当然是不满意她这样的表现了。

“离了算了。”他说。

两人一直说要离，但一直也没离。要离婚他们就要一起回到老家，到乡里民政办公室去办手续。离婚不是问题，可他们没有时间，或者说周美爱没时间，她太忙。她偶尔有时间了，汤爱军又对不上。周美爱大过肚子，都怀了有四个月了又到医院打了。自那以后却一直没再怀上。汤爱军仿佛是要和她耗上了。

汤爱军犹犹豫豫，吞吞吐吐，可最终还是说了一点大概，就是小兰卷进了一个非常不名誉的事情里去了。他们从他断断续续的描述里，明白了女儿汤小兰隐约和一个姓杜的区长有关系。他们也知道一个很大的干部帮助过她，但怎么可以发生那样的事情呢？他们相信女儿不会那样的不要脸，一定是有着其他一些说不清的原因。

这事本来是很隐秘的，但是因为一个意外的事件产生了一系列的连锁反应……汤爱军也说不清楚，只知道杜区长是受着别人的牵连被查处了。关于这个姓杜的，外面的说法非常多。有人说他好，也有人说他坏。大家承认他的工作能力，但也相信他一定干了不少违法的事情。时代不一样了，上面的反腐力度越来越大，所以尽管有人试图为他说情，但结果还是被查处了。

有些传言说得有鼻子有眼的，说杜区长给汤小兰买房、买车，说他把汤小兰提拔成机关里的女处长。还有人说他有好多的情人，汤小兰是其中最年轻美貌的一个。

这是谣言！汤爱军知道。

汤爱军辞了原来的工作，他不想再干下去了。他要到另外的城市去打工，哪怕和过去一样在工地上扎钢筋什么的。啥苦重的活儿，他相信自己都能承受。让他惊讶的是居然周美爱也被卷进去了，居然还是敲诈犯罪小集团的一个骨干。她和汤小兰之间有什么关联？他知道是有关联，但他实在想不出是什么关联。他安慰了父母后，真的就又出门了。他不敢留在村里。他在外面苦些累些，有助于他忘记太多的不快。

村里静得很。

村里人对外面发生的事情，现在还不知情。但是，这事能瞒多久呢？

曹淑英的身体这些日子明显差多了，感觉风再大一点，都能把她吹倒。老汤理解婆娘，他知道她的心里比他还要难受。一来她是女人，天生脆弱；二来她是真的宝贝女儿。她在她身上寄托了太多的梦想。她的眼睛一直是红的，哭了好多次了。他知道她在瞒着他，夜里偷偷地哭。有时两人面对面，谁也不说话，突然她就绷不住了，又哭。

她哭得很压抑，不敢大声。她怕被别人知道。她的头发几乎是在一夜之间，就全白了。白得惊人。他们不知道女儿犯了多大的罪，会比那个姓杜的更大吗？女儿其实是受过很多的委屈的，好不容易才好起来，怎么就又遇上这样的劫难呢。他们不敢想，以后的一切又会是什么样子。

“如果不出去就好了，不出去……”她时常走神，坐在田埂上，叹着气。

“谁会想到呢……”

“不读书，不出去打工，也挺好的。”她垂着泪。

她感觉自己特别对不起女儿。是的，当时是她鼓励和支持女儿出去的，希望她去做那种五彩缤纷的梦。她希望女儿能够见识更大的世界，去过另一种不同的生活。现在看来，她岂不是害了女儿？女儿的梦做得的确很美丽，就像阳光下一个巨大的肥皂泡。

可是，现在肥皂泡破灭了……

太阳已经在天空的正当中了。原来他们脚下很长的影子，现在已经基本看不到了。他们一直在薅草，使劲地拔着，每薅去一丛就像是从心头拔去一点恨意。田里的野草可以拔去，可他们心里的野草却越长越凶猛……

“回吧。”老汤说。

曹淑英却像是没听到一样。

“儿子要回来呢。”他说。最小的儿子是今年要回来的，他在县中读书，成绩不错。现在，最小的这儿子又承载着他们的希望。儿子是临时回来，说是要拿些钱。

他们从田里直起了身，向村外的那条道路上望着。那条路上没有任何的动静。偶尔有一两辆车驶过，很快又恢复了平静。

他们眺望，向远处眺望。他们希望自己可以看得更远，要是能看到远处的城市多好啊。他们想看到自己的女儿，她现在在哪儿？她又是什么样子。

他们眺望……

图书在版编目（CIP）数据

眺望 / 王大进著. — 北京：北京十月文艺出版社，
2018.10
ISBN 978-7-5302-1856-3

Ⅰ. ①眺… Ⅱ. ①王… Ⅲ. ①长篇小说 – 中国 – 当代
Ⅳ. ①I247. 5

中国版本图书馆CIP数据核字(2018)第175621号

眺望
TIAOWANG
王大进　著

出　版　北京出版集团公司
　　　　北京十月文艺出版社
地　址　北京北三环中路6号
邮　编　100120
网　址　www.bph.com.cn
发　行　新经典发行有限公司
　　　　电话（010）68423599
经　销　新华书店
印　刷　三河市宏图印务有限公司
版　次　2018年10月第1版
　　　　2018年10月第1次印刷
开　本　880毫米×1230毫米　1/32
印　张　14.25
字　数　270千字
书　号　ISBN 978-7-5302-1856-3
定　价　49.80元
质量监督电话　010-58572393
如有印刷质量问题，由本社负责调换。